一看你就懂四大名著

西游
还可以这样读

小葛老师 ◎ 著
锦绘 ◎ 绘

全彩漫画版

中国画报出版社·北京

图书在版编目（CIP）数据

西游还可以这样读 / 小葛老师著；锦绘绘. -- 北京：中国画报出版社，2024.7

（一看你就懂四大名著）

ISBN 978-7-5146-2291-1

Ⅰ.①西… Ⅱ.①小… ②锦… Ⅲ.①《西游记》评论-青少年读物 Ⅳ.①I207.414-49

中国国家版本馆CIP数据核字(2023)第211874号

西游还可以这样读

小葛老师 著　锦绘 绘

出 版 人：方允仲
责任编辑：郭翠青
责任印制：焦　洋

出版发行：中国画报出版社
地　　址：中国北京市海淀区车公庄西路33号
邮　　编：100048
发 行 部：010-88417418　010-68414683（传真）
总编室兼传真：010-88417359　版权部：010-88417359

开　　本：16开（710mm×1000mm）
印　　张：19.5
字　　数：258千字
版　　次：2024年7月第1版　2024年7月第1次印刷
印　　刷：三河市九洲财鑫印刷有限公司
书　　号：ISBN 978-7-5146-2291-1
定　　价：58.00元

目录

001 引子

002 唐僧
活着的"长生不老药"

009 寅将军
西游路第一"只"妖怪

013 熊山君
蹭饭专业户

017 孙悟空
两个可怕的梦

026 白龙马
本是龙王三太子，奈何俯身当坐骑

036 黑熊怪
妖怪也有"上进心"

042 猪八戒
从元帅到妖怪

053 黄风怪
不吹牛，只"吹风"

059 沙悟净
替玉帝"背锅"的老实人

067 镇元子
低调的"大咖"

076 白骨精
妖怪也会"离间计"

083 奎木狼
痴情一片方为"妖"

092 金角大王、银角大王
妖怪也是孝顺子

099 青狮精
好坐骑志在操持国政，"一国之主"响当当

105 红孩儿
有孝心的"妖二代"

115 鼍龙怪
"叛逆"的龙妖

120 虎力大仙、鹿力大仙和羊力大仙
妖怪也有修道心

128	灵感大王	137	青牛怪
	妖怪的"套路"也挺深		勇闯天涯的坐骑

146	女儿国	154	蝎子精
	"女强人"的心愿		我有毒，我怕谁

159	六耳猕猴	167	铁扇公主
	猴子也"疯狂"		女仙也平凡

172	牛魔王	182	九头虫
	妖怪圈里的"枭雄"		妖怪的"上进心"

192	荆棘岭众树精	198	黄眉怪
	妖怪也要有文化		一个颇有"野心"的妖怪

209	蟒蛇精	216	金毛犼
	我只是想要"美美哒"		"热心肠"的妖怪

224	蜘蛛精	231	蜈蚣精
	原来是个"网络高手"		妖精也有"梦想"

237 狮驼岭三怪
咱有"后台"咱怕谁

248 白鹿精
最胡闹的妖精

256 白毛老鼠精
妖怪也是关系户

264 豹子精
高质量妖怪的智商碾压

274 黄狮精
最"接地气"的妖怪

283 犀牛精
三头牛精一台戏

290 玉兔精
妖怪也有"自尊心"

295 通天河老鼋
妖怪的"梦想"

引 子

话说唐太宗时，佛教虽然已经传到了中国，但传到中国的只是小乘佛教，更加精深的大乘佛教则尚未传入。为了把大乘佛教也传到中国，如来佛祖的徒弟金蝉子投胎到了大唐，长大后成为得道高僧，也就是我们所熟知的唐僧。在命运的指引下，金蝉子走上了西天取经的道路。

一路上，他收服孙悟空、猪八戒、沙僧、白龙马，组建了自己的"取经团队"。而此时，沿途的妖怪们早已翘首以盼，暗暗埋伏。这些妖魔鬼怪又是什么来头呢？他们又身怀哪些绝技呢？这一路的"打怪升级"可谓斗智斗勇……

唐 僧
活着的"长生不老药"

"八十一难"之第一、第二、第三、第四难

主人公	唐僧
法　宝	不会武功、法术,手无缚鸡之力,也没有武器。
特　点	志向笃定、百折不挠,不取到真经誓不罢休。
弱　点	自己本身是"长生不老药",有吸引妖怪来吃的"体质"。另外,经常不明是非、不辨善恶,把妖怪当好人,误会孙悟空。

说起唐僧取经，人们都知道他经历了九九八十一难；说起九九八十一难，人们大都会想起那取经路上遇到的种种妖魔鬼怪。那么，这九九八十一难中的"第一难"是什么呢？说来话可就长了，这还得从唐僧的前世——金蝉子说起。

一只有上进心的蝉

如来佛祖叫悉达多，是佛教的开山祖师，他经常在一个叫"鹿野苑"的园林中，给信徒们上课。这鹿野苑在今天印度北方邦瓦拉纳西以北约10公里处，被后人视为佛教的四大圣地之一。

话说"鹿野苑"中一棵大树上，有一只金蝉。这只金蝉经常趴在树上听佛祖讲课，日子久了，居然有了灵性，幻化成人形。佛祖有教无类，收了这只金蝉做徒弟，给他起名叫"金蝉子"。

金蝉子当昆虫的时候，还比较努力上进，可当了佛祖徒弟之后，反倒倦怠起来。一天，佛祖正在给弟子们讲课，大家都在认真听讲，唯有这金蝉子，竟在课上打盹儿睡觉。佛祖没有用粉笔头扔他，而是直接将其贬入凡间。就这样，金蝉子从神仙变成了凡人——所以说，上课一定要认真听讲。

金蝉子正是唐僧的前世，而它被贬入凡间，也正是唐僧取经九九八十一难中的第一难——金蝉遭贬。

金蝉子被贬入凡间，投胎到了唐朝一户姓陈的人家，金蝉子的父亲名叫陈光蕊，是一个状元；母亲叫殷温娇，是宰相之女。

陈光蕊中了状元后，皇帝派他到江州当官。这江州便是今天的江西省九江市。陈光蕊从唐朝首都长安城，也就是今天的西安市出发，一路要去往江西，那时候又没有飞机、汽车，靠马车、帆船赶路，要在路上走个把月才能抵达。

正所谓"久则生变",走到半路时,陈光蕊一家遇到了劫匪刘洪。刘洪杀死陈光蕊之后,穿上了陈光蕊的衣服,假扮陈光蕊去当官,又强迫殷温娇假装他的妻子。殷温娇当时肚子里怀着孩子,为了保护胎儿的性命,只好顺从刘洪。

过了一段时间,殷温娇的孩子出生了,这孩子便是金蝉子转世。

刘洪见殷温娇生下了陈光蕊的孩子,生怕这孩子长大后为父报仇,便叫殷温娇把孩子扔到河里淹死。殷温娇说:"今天太晚了,明天再说。"第二天,刘洪接到通知,要去外地出差,孩子才终于暂时安全了。

就这样,唐僧一出世便险些丢掉性命,这便是他遇到的第二难——出胎几杀。意思是一出娘胎就几乎被杀死。

婴儿唐僧险些被刘洪杀死,只是因为刘洪出差才暂时保住性命。但他的母亲殷温娇想:"刘洪迟早会回来,等他回来,孩子难免一死,不如我现在就把孩子绑到木板上,放到江中,听天由命,说不定会有人救起收养。"想到这儿,殷温娇写了一封信,信中说明了孩子的身世,然后把孩子和贴身衣物包裹起来,放到一块小木板上,扔到了大江之上,眼睁睁看着这个刚满月的小婴儿消失在波涛中。

这便是唐僧遭遇的第三难——满月抛江。

江流儿复仇

唐僧刚出生一个月,就被扔到了大江之上,沿着江水向下游漂去。小唐僧作为金蝉子的化身,缘在佛门,因此最后漂到了金山寺岸边。金山寺长老法明和尚听见有婴儿的哭声,赶忙去查看,救起了唐僧。

法明和尚看到了和唐僧一起漂来的书信,知道了他的悲惨身世,心想:"虽然知道了孩子他娘是谁,但万万不能送回去,送回去这孩子指定完蛋,不如就把他收养在寺庙中吧。"就这样,小唐僧刚出生一个月,就住进了寺庙里。法明和尚还给他起了乳名叫"江流儿",意思是江中顺流直下的婴儿。

不知不觉,十八年过去了,江流儿长大了。他自小在寺庙中长大,书是念了不少,但都是经书,成年之后顺理成章地在庙里当了和尚,法号"玄奘"。寺庙里的和尚经常聚在一起讲经参禅,玄奘从小熟读经书,谁能比得过他?曾有个酒肉和尚与玄奘辩论佛法,不是对手,为了挽回颜面,酒肉和尚便气急败坏地说:"你连自己叫什么都不知道,父母是谁也不知道,还有什么好说的。"

玄奘被刺到痛处,痛哭流涕地去找师父法明和尚,说:"师父啊,人人都有父母,我却不知道自己的父母姓甚名谁,您就告诉我吧。"法明和尚觉得玄奘长大了,应该把真相告诉他,于是便将当年玄奘母亲殷温娇那封信给玄奘看了。

玄奘这才知道,自己的父亲叫陈光蕊,当年被歹人刘洪杀死,那刘洪取代了父亲的官位,还霸占了自己的母亲。虽说玄奘已入佛门,本应该六根清净,但得知自己的家庭居然遭此劫难,他还是忍不住激动起来,决定去寻找母亲、替父报仇。

玄奘按照母亲书信上留下的地址,很快就找到了自己的母亲。母子见面先是抱头痛哭,然后母亲对玄奘说:"如果想要报仇,就去找你的姥爷吧,把事情的前因后果告诉他,他是当朝宰相,必然有办法。"这么多年了,母亲被刘洪挟持着,竟然一直未能见到自己的父亲。

玄奘听了母亲的话,进京寻找宰相姥爷,找到后,他把十八年前刘洪杀父夺母的事情告诉了姥爷。宰相知道事情的来龙去脉后,便将此事报告给了皇帝李世民。李世民勃然大怒,派六万兵马前往江州,将那刘洪抓捕归案,判处死刑。

这便是玄奘遭遇的第四难——寻亲报仇。

玄奘为父母报仇后,继续当和尚,没过几年就成了唐朝最有名的高僧。当时,唐朝人学习的是小乘佛法。皇帝李世民知道,远在佛教的起源地大西天天竺国大雷音寺,还有一门大乘佛法,更加厉害,便派玄奘到天竺去取经。

事实上,玄奘去天竺取经,是如来佛祖早就预料到的。玄奘临走前,如来佛祖还派观音菩萨给玄奘送去两件宝贝:一是宝袈裟,二是九环杖,算是识别取经人身份的"信物"。玄奘拿着这两件宝贝,骑着一匹白马,带着几个徒弟,便踏上了西天取经的万里征程。

虽然玄奘在取经之前,已经经历过四次大劫难,但他没有想到,在前往天竺的路上,有更可怕的灾祸在等着他……

寅将军
西游路第一"只"妖怪

"八十一难"之第五难

主 人 公　寅将军
武　　器　大刀
特　　点　虽然是百兽之王，但非常小心谨慎。
弱　　点　武功不高，法力不强，属于妖怪界的"实习生"。

　　寅将军是只老虎精，家住河州卫。这河州卫是什么地方呢？就是今天的甘肃省临夏市。唐朝时，河州是大唐的边疆地区，出了河州便是鞑靼国。因为河州有唐朝军队的卫所，就是驻扎军队的地方，所以叫"河州卫"。

　　寅将军作为一只年轻的妖怪，修炼时间还比较短，刚刚从四脚行走修炼成直立行走，还学会了说人话，总算是有了点儿人模样，至于法术、武功什么的，都很弱，有时候甚至都打不过好猎人。但即便是这样，寅将军在当地的妖怪界也已经算得上是"佼佼者"了，因此还有几十个不如他的小妖精甘心在他手下当小喽啰。

　　因为寅将军这伙妖怪的"级别"比较低，所以他们白天不敢太招摇，只敢在夜晚时分为害人间。这天，寅将军命令手下妖怪在一条小路上挖了一个陷阱，并说道："挖好陷阱后，我们便在此埋伏，只要有人跌入陷阱，便可将他擒住！"

　　手下的妖怪齐声说："遵命。"但明显情绪都比较低落。

　　寅将军问道："小的们，为什么都垂头丧气？"

　　众人面面相觑不敢说话，只有个大胆的小妖站出来说："大王，老虎乃是山中之王，即便是普通老虎，遇见人类也是一个箭步冲上去，与其正面交手。您可是老虎中的精怪，王中之王，怎么还要挖陷阱捉人？这也太有损形象了吧！"

　　这小妖的话刚说完，旁边的"马屁精"便呵斥道："大胆，你居然敢说大王是阴损小人！该当何罪？"

　　小妖急忙辩解道："我几时说大王是阴损小人了？这可是你说的！"

　　马屁精的脸稍微有点儿红，说："你虽然没说，但你就是这个意思！"

　　旁边众人纷纷指责马屁精："明明就是你心中所想，所以才会脱口而出，你平日里一定没少背地里说大王是阴损小人。"

马屁精急坏了，刚想要辩解，谁料寅将军大手一挥，示意众人住口，然后又缓缓说道："这世上勇猛的老虎的确不少，但能如我这般修成人形的却很少。你们说，这是为什么？"

众人纷纷摇头，寅将军说道："就是因为我处处小心谨慎，所以能智取绝不力敌，能动脑子绝不动手。大多数老虎勇则勇矣，但却莽莽撞撞，以为自己是山中之王，便能横行一时，实在太过招摇，最后纷纷变成了虎皮裙儿、虎骨酒、虎皮膏药……唯我一生谨慎，才能免遭横祸，最后修成人形啊！"

众小妖齐声说道："大王英明！"

闪亮的光头和狡诈的妖怪

寅将军一伙挖好了陷阱，埋伏在周围树丛中等候。从夜里十二点等到凌晨三点来钟，东方天色都微微亮了，可还是没有人出现。

寅将军说："天快亮了，我们准备撤退。"

手下小妖道："大王，花了三个多小时才把陷阱挖好，现在撤退有点儿浪费，要不再等一会儿？"

寅将军说道："天亮之时，猎人就要出现，咱不能冒险……"

就在此时，另一个小妖道："有人来了，三里地之外。"

寅将军开始不信，心想："天色这般昏暗，怎么可能发现三里地之外的人？"但当他沿着小路朝东望去时，发现果然能看到三里地之外的三个人——那三个人全部都是大光头，晨光照在他们脑袋上闪闪发光，很远就能看到。

有个小妖很紧张，问寅将军："咱们只能看清三人的光头，看不清对方的装束，来的会不会是猎人？"

寅将军笃定地说："不可能，猎人最讲究隐藏行踪，怎么会留如此招摇的发型？大家各自埋伏，准备出击。"

远远走来的三人，不是别人，正是唐僧和两个徒弟，那三颗闪闪发光的大光头，已经将他们的行踪暴露了。三人正一步步朝着陷阱走来，**此刻的唐僧还不知道，自己将遭遇西天取经路上的第一个妖怪，也就是第五难——出城逢虎。**

熊山君
蹭饭专业户

"八十一难"之第六难

主人公　熊山君
武　器　巨灵战枪
特　点　蹭饭界的王者，精打细算，喜欢"存粮"。
弱　点　虽然是妖怪，但没什么特别的本事，战斗力也就比普通黑熊强点儿。

寅将军挖下陷阱守株待兔，唐僧和他的两个凡人徒弟哪里能识破阴谋？果然掉进了陷阱中，来了个自投罗网。寅将军见唐僧中计，率领众妖怪从树林中杀了出来，站在陷阱周围"围观"唐僧。

唐僧在陷阱中抬头向外看去，顿时魂飞魄散。跌下陷阱的那一刻，他还以为碰到了山贼，可此时才发现，设下陷阱的原来是虎面人身的妖怪，他还率领着手下一帮奇形怪状的小妖。唐僧心想："这下完了，碰上山贼大不了被抢些钱财，即便对方要害人，也最多是刀抹脖子。可碰上这老虎精、苍狼精，十有八九要被当成早点了！"

果然，那帮妖怪抓住唐僧师徒后，便把他们绑得像粽子似的，带回山洞，然后支起大锅烧开水。唐僧的一个徒弟说："看样子妖怪想吃火锅，待会儿就要把咱们片成片儿了。"

另一个徒弟说："不能够，吃火锅最起码应该准备点儿蘸料。"

话刚说完，就看见一个小妖不知道从哪儿掏出一罐子芝麻酱、一罐子韭菜花……

唐僧顿时万念俱灰，此刻又听见徒弟说："连酱豆腐都没有，这帮妖怪不懂美食啊！"虽说唐僧脾气好，但此刻也忍不住了，呵斥道："你们都是出家人，怎么谈起吃火锅一个比一个在行？"

师徒三人正在讨论吃火锅的事，突然听见山洞外有人大声喧哗，随后从洞外走进两个妖怪，一个是如同刚从煤窑里上来，全身漆黑的黑熊精，名叫熊山君；另一个是头上长角、鼻子上戴环的青牛精，名叫特处士。看见这俩妖怪，唐僧等人更加恐惧，但他恐怕意料不到，正是熊山君的出现，让自己有了一线生机。

"美食家"徒弟变成了妖怪的美食

熊山君与寅将军是朋友，是那种典型的酒肉朋友。熊山君是棕熊成精，力量很大，但动作不够敏捷，还比较懒惰，因此平时也抓不到什么像样的猎物，经常啃根玉米棒子、喝点儿蜂蜜就是一顿饭。可熊山君的嘴还挺馋，喜欢吃肉，那怎么办？只好去找善于捕猎的寅将军蹭饭。

这天，熊山君正在山洞里睡觉，突然听到外面大呼小叫的，分明就是寅将军手下的妖怪在喧哗。熊山君被吵醒，很不高兴，用被子捂住头继续睡。但只过了半分钟，他便猛然从床上坐起来，自言自语道："大清早的，这帮家伙大呼小叫，听起来还挺兴奋——一定是抓到了猎物！不行，我得赶紧去蹭饭，去晚了不赶趟儿！"说到这儿，熊山君赶紧跳下床，揉了把脸就要出发。

刚走到洞口，熊山君停下脚步，喃喃自语地说："总去蹭饭，都有点儿不好意思了，可是饭在眼前，不去蹭又不甘心，怎么办呢？"他在洞门口来回踱步，似乎是在想办法。过了一会儿，只见熊山君一拍脑袋，说："对，请青牛精（特处士）一起去蹭饭！一个人做不好的事情，尴尬都是自己的，两个人做不好的事情，尴尬都是对方的，结果就是谁也不尴尬。"说完熊山君找到青牛精，一起去寅将军家蹭饭。

二人来到寅将军洞府门前，大声叫道："寅老弟，哥哥们来看你了！"

寅将军心中暗骂："这两个饿死鬼，看我是假，蹭饭才是真！"但毕竟是妖怪同行上门拜访，他也只好满脸堆笑地迎了上去，说："两位哥哥，好久不见，最近忙啥呢？"

熊山君说："最近天天吃素。"此时，他看到了被绑成粽子的唐僧师徒，问："这三个人什么情况？"

寅将军说道："他们是送上门来的早点。"

特处士赶紧问："那你今天可要请客！"

寅将军说："没问题！"说罢便命令手下"做饭"。

熊山君见小妖怪要把三个人都吃掉，便赶忙说道："吃两个就好，

留一个。"熊山君之所以会突然说这么一句话，是因为他乃棕熊成精，棕熊有储存食物的习惯。虽然现在熊山君已经变成了妖怪，但从前的习性还是有所保留，江山易改本性难移嘛。

寅将军觉得熊山君说的有道理，便点头表示同意。可是，要吃谁？该留谁？寅将军有自己的小心思了，他想："这个为首的和尚（唐僧），长得细皮嫩肉，看起来味道不错，不如留着下一顿我自己吃，先把两个又黑又瘦的吃掉好了。"可怜唐僧两个徒弟，就这样成了妖怪口中的食物。这便是唐僧取经路上遭遇的第六难——落坑折从，意思是掉进坑里，"折损"了两个徒弟。

熊山君和青牛精大吃一顿后，抹抹嘴儿说了点儿客气话就走了。寅将军等妖怪忙活了一个晚上，也累了，便都睡觉去了。

唐僧一个人被关在山洞里，想到妖怪起床之后，自己难免要被吃掉，心中万分惶恐。正在此时，一个白胡子老头凭空出现，解开绳索，救了唐僧。这白胡子老头不是别人，正是玉帝身边的老神仙——太白金星李长庚。

太白金星见唐僧被妖怪吓得战战兢兢，唯恐给他留下心理阴影，甚至放弃去西天取经的"事业"，便对唐僧说："你放心，在你取经的路上，虽然有不少凶险，但神仙们都会帮助你的，千万别丧气啊。"说完便骑着白鹤腾空而去了。

唐僧死里逃生，感激万分，但眼看着太白金星远去，自己一个人孤零零的在荒野之中，心中无限悲凉。不过，他很快就会遇到取经路上最可靠的帮手——孙悟空。

话说回来，若不是寅将军和熊山君把唐僧的徒弟给吃了，唐僧也不会再收徒；如果取经路上少了那几个奇形怪状、神通广大、陪伴唐僧的取经人，西游记的故事便不会那么有趣了。

孙悟空
两个可怕的梦

"八十一难"之第七、第八难

主人公　孙悟空
武　器　金箍棒
特　点　战斗力极高,曾一人单挑天庭正规军。
弱　点　任性,脾气大,不过有本事的人通常脾气都不小。

在大唐和鞑靼国的边界，有座山叫两界山，山这边是大唐境内，翻过山便是异国之境。两界山原本叫五行山，生活在附近的人都知道，这座山底下，压着一只猴子。没错，他就是孙悟空。

两个可怕的梦

孙悟空已经被压在五行山下五百年了，起初，他满心愤恨与不甘，铆足全身力气想要掀翻身上的大山，但纵然他有无穷力量，却也无法动摇大山分毫，只因山上有一道如来佛祖留下的金字压帖——那张纸代表着佛祖的力量，孙悟空终究不是佛祖的对手。

数十年之后，孙悟空不再挣扎，他终于明白了：凡人不管怎么努力，都不可能举起藏在自己耳朵里的金箍棒；而自己无论如何挣扎，也逃不脱如来的手掌心。于是，孙悟空开始平静下来，每天大部分时间都在睡觉，只是偶尔有人经过时，才和对方说说话。

睡得愈多，做梦也愈多。孙悟空的梦，大都光怪离奇，不可思议。

第一个梦里头，孙悟空梦见自己是一只"普通猴子"。

梦中，孙悟空从仙石中跳了出来，在花果山上结识了许多同类，成了猴群的首领——美猴王，每日与群猴嬉戏打闹、逍遥自在……至此，梦中的情景与孙悟空本来的"猴生"一模一样，重新走了一遍"猴生路"的孙悟空满心痛快。

某日，一只通背猿猴来到孙悟空面前，说道："大王天赋异禀，花果山群猴在您的率领下其乐融融，可您毕竟是肉体凡胎，终究难逃一死。我听说在那古洞仙山中，有不老的神仙，您若能与他们学习长生不老之术，便可寿与天齐，仙福永享。"

梦中的孙悟空脑子"嗡"的一声，那一瞬间，梦境和现实之间的障碍似乎被打破了。孙悟空想起了自己在现实世界的经历——他的确找到了一个神仙师父，叫菩提祖师，也跟菩提祖师学到了长生不老的仙术，还有百战百胜的本领。可那又怎么样呢？最后还不是被如来压在五行山下？简直生不如死。想到这儿，梦中的孙悟空赶忙对通背猿猴说："我才不要去学什么长生不老的仙术，像你们一样做个普通猴子，逍遥过一生，便是最大的福分。"

通背猿猴长叹一声，转身走开了，临走时仿佛自言自语："普通猴子想要安安稳稳过完一生，恐怕也没那么容易，众生皆苦啊。"孙悟空没有理会他，铁了心哪儿也不去，要在这花果山上自由自在地生活。

不几日，孙悟空正在水帘洞中嬉戏打闹，一只小猴子突然闯进来，惊慌失措地说："大王，大王，不好了，有好多妖王打上门来，说要霸占花果山。"

孙悟空赶忙问："是哪几个妖王？"

小猴子说道："牛魔王、蛟魔王、鹏魔王、狮驼王、猕猴王和禺狨王。"

梦中的孙悟空哈哈大笑，因为他知道，在现实中，这几个妖王最后都成了自己的结拜好兄弟，于是他便说道："休要惊慌，我去会会他们，这些妖王与我意气相投，有话好说。"

孙悟空大大咧咧地走出水帘洞，见到了那几个妖王，开口便说："几位好兄弟，别来无恙啊。"

没想到，那牛魔王却一点儿也不客气，说："你个臭猴子，敢与我等称兄道弟，套近乎，真是不知道天高地厚。"

孙悟空有些纳闷，说："我为何不能与你们称兄道弟？只要意气相投，四海之内皆兄弟也。"

几个妖王哈哈大笑，说："我们几个，都有无边的法力、无上的神通，翻手为云、覆手为雨，你只是一只普普通通的毛猴子，有什么资格与我等以兄弟相称？还不赶紧滚远一点儿！"

　　孙悟空愣住了，他这时方才醒悟：原来，现实世界中，妖王们之所以对自己客客气气，称兄道弟，并非因为"意气相投"，而是因为自己有高强的本领、玄妙的法术。假如自己只是一只普通猴子，妖王们根本不会把自己放在眼里。

　　那些妖王见孙悟空怔怔的，一言不发，以为他想要反抗，便对花果山发动了攻击，喷火的喷火、打雷的打雷，一瞬间，整座花果山便被大火和雷暴毁得面目全非。孙悟空手下的猴子们，也惨遭屠戮。看着眼前的惨状，孙悟空悲从心来，放声大吼……

　　悲怆的情绪让孙悟空不由得从睡梦中醒来。他睁开双眼，一座大山仍然压在身上，四周除了偶尔出现的鸟语之外，依然是一片寂静。孙悟空自言自语道："原以为，我若是只普通猴子，便不会有诸多烦恼，现在看来这也是妄想了，普通猴子的可怜遭遇，只怕会更多……"

　　"大圣、大圣，该吃饭了！"土地公公的声音打断了孙悟空的思绪，孙悟空抬起头来看着眼前身高不满二尺、满头银发的土地公公，说道："餐餐都是硬邦邦的大铁球、火烫烫的红铜水，都吃腻了。"的确，自打孙悟空被压在五行山下，天庭便只给他送这两样东西吃，要不是孙悟空一身钢筋铁骨，怎么吃得下去？

　　土地公公笑了笑，说："孙大圣委屈委屈吧，上仙只让我给大圣吃这些东西。再说了，人间哪有什么好吃的东西，能比得上天庭的仙桃、仙酒？"

　　孙悟空说："那是当然，当年我在天庭当齐天大圣时，仙桃吃一半扔一半，仙酒用来刷牙、漱口，彼时也没觉得那是什么好东西，可现在再想吃一口，恐怕只能在梦里喽。"

　　土地公公依旧笑嘻嘻，说："既然梦里什么都有，大圣你吃饱喝足，就继续做梦吧。"

　　孙悟空说："好你个土地老儿，竟然敢揶揄我老孙，有朝一日我逃出这五行山，必要用金箍棒打你的狗腿。"

土地公公一点儿也不怕，笑道："你总说有朝一日，这都五百年了，我也没等到你说的那个有朝一日。"说完摇摇晃晃地走远了。孙悟空叹了口气，望着土地公公的背影，竟然有点儿不舍，这白胡子老头嘴虽然比较损，但这五百年来，他是和孙悟空说话最多的人。

吃饱喝足，天色渐晚，孙悟空望着头顶上的天空，眼看着月亮、星辰逐渐升起，往事逐渐涌上心头。他想起了老龙王，自己修道归来后，去龙宫把老龙王的定海神针强行要了来；想起了阎罗王，为了让花果山的猴子都能长生不老，他一路打到地府，逼迫阎罗王交出生死簿；想起了二郎神、托塔天王等一干天兵天将，这些家伙奉玉帝之命来攻打花果山，却被自己统统打败，逼得玉帝让自己上天庭做神仙；想起了太白金星，一开始，玉帝让自己做弼马温，就是天庭的马夫，自己一怒之下重回花果山，最后还是太白金星这老家伙说服了玉帝，给了自己一个"齐天大圣"的名号……

太多的往事出现在脑海中，让孙悟空的脑袋变得昏昏沉沉，不一会儿，他又睡着了。梦境中，自己还是那个齐天大圣，住在天庭的桃园中，月亮和星辰都是邻居。

梦中的孙悟空暗自寻思，自己之所以被如来压在五行山下，就是因为吃光了仙桃，偷喝了仙酒，还盗走了太上老君的仙丹，如今"时光倒流"，自己可不能再犯这些错误了。因此，梦中的孙悟空忍住食欲，并没有偷吃仙桃；七仙女奉王母之命来摘桃子时，孙悟空也没有作弄她们；王母娘娘举行蟠桃盛会没有邀请孙悟空，他也强压心中不满，没有做出什么出格的事情。

总而言之，孙悟空像一个"真正的神仙"那样遵守天宫的规矩、忍受玉帝和王母的不公正待遇，他只希望不要再生事端，能在天庭中当个"闲散大神"就知足了。但没想到，孙悟空的愿望还是没有实现。

一天，太白金星找到他，说："孙悟空，玉帝命我来传旨，他说你举止失当，要革去你'齐天大圣'的名号。"

孙悟空又惊又怒，说："我已经如此安分，为什么说我举止失当？"

太白金星说："玉帝说了，上次你在天庭开会的时候，放了一个屁，这便是举止失当。"

孙悟空气得一时间不知道该说什么，太白金星眼看孙悟空要发怒，便凑到他耳边小声说："孙大圣，正所谓一山难容二虎，一朝难有二主，玉帝是天庭之主，你却自称'齐天大圣'，岂不是和玉帝平起平坐了？他心里头自然不愿意，所以你还是把这个名号舍了吧，玉帝心里头舒服了，你的日子不就好过了吗？"

孙悟空冷笑一声，说："既然如此，他当初为什么要封我为齐天大圣呢？"

太白金星探口气说："当初不是因为打不过你嘛，玉帝只好出此下策……"

孙悟空哈哈大笑，说："当初我把天兵天将揍得满地找牙，你们倒能容我，现在我安分守己、遵守天条，玉帝反而觉得'齐天大圣'碍了他的眼。好好好，原来你们是一帮只认棒子不认人的家伙，那就别怪我老孙不客气了！"说完孙悟空从耳朵里拿出金箍棒，纵身一跃飞到天庭上空，朝着玉帝居住的凌霄宝殿一棍子打了下去……

"史上最强徒弟"已就位

孙悟空在梦中又要大闹天宫，耳边突然传来一个声音：悟空！醒醒。悟空！醒醒。这声音将孙悟空从梦中惊醒。他仰起头一看，观音菩萨带着徒弟正飘在半空中。观音菩萨见孙悟空醒了，便对徒弟说："这便是当年大闹天宫的孙悟空，被如来佛祖镇压在此。"

孙悟空故意装作不认识观音，说道："是谁在背后揭我的短？"

观音带着徒弟来到孙悟空面前，说："你难道连我也不认识了？"

孙悟空笑道："想起来了，你是那南海普陀落伽山救苦救难大慈大悲南无观世音菩萨，不知道来此有何贵干？"

观音道："给你一个重获自由的机会，怎么样？"

孙悟空愣住了，嘴里喃喃地说："自由……自由……"刚才那两个梦又浮现在眼前，他隐隐约约感觉到，自己的命运似乎已经注定，那么这一次，别人给的自由会是真正的自由吗？自由的代价又是什么呢？可是他已经在此被困了太久太久，迫切地想要挣脱压在身上的大山，所以即便是别人"施舍"的自由，他也没有理由拒绝。孙悟空道："只要能放我出去，我什么都愿意。"

观音说："很好，不久之后，会有一个唐朝和尚路过此地，他能救你，得救之后，你要保护他去西天取经。"

孙悟空连忙说道："好！好！好！"

观音菩萨也不废话，带着徒弟离开了。

从此之后，孙悟空便每天等待唐僧出现。没有盼头的时候，百年时间也如同一刹那，有了期待后，片刻空等也令人万分焦急。孙悟空等啊盼啊，终于有一天，一个光头和尚出现在他的视线里。

孙悟空如同抓住救命稻草一般，大喊道："你是去西天取经的和尚吗？"**话说此时的唐僧，刚刚经历了他西天取经路上的第七难——双叉岭上。**事情是这样的，唐僧好不容易逃出了寅将军的巢穴，来到了一个叫"双叉岭"的地方，在那里，他又被两只老虎、数条毒蛇围攻，这些毒蛇、猛兽虽然不是妖怪，但对于孤身一人的唐僧而言，也是难以解决的大麻烦。正当唐僧要被野兽吃掉时，当地一个猎户路过，帮他打退了猛兽。

一系列的劫难让唐僧心有余悸，一个人走在荒山野岭，他内心惴惴不安，一有风吹草动，便紧张不已。正在此时，唐僧听见有人大喊道："你是去西天取经的和尚吗？"唐僧又是一惊，心想："为何山间有人和我讲话？"他顺着声音望去，看见了被压在山下的孙悟空。

孙悟空见唐僧看到了自己，生怕自己的怪模样把唐僧吓跑，便连珠炮似的说："观音菩萨让我在这儿等你，只要你救了我，我就保护你去西天取经。"

唐僧的两个徒弟被妖怪吃了，正愁身边没人，见有人主动要给自己当"保镖"，自然非常高兴。但他看了看压在孙悟空身上的大山，说："可这么大一座山，我搬不动呀。"

孙悟空说："不用你搬山，这山上有一张佛祖留下的金字压帖，你撕了就行，其他的事情交给我。"

唐僧将信将疑，但还是登上山顶，果然发现有张金字压帖，就顺手撕下。孙悟空高兴极了，说："你赶紧走远点儿，我要出来了！"

唐僧走出二里地，刚停下就听孙悟空大喊道："不行，太近了，再远点儿！"唐僧走出了五里地，孙悟空还在喊："太近，太近，再远点儿。"唐僧想："都这么远了，还有什么好怕的？"但他不敢不听孙悟空的话，依旧往远处走去。

实际上，孙悟空比唐僧更着急，他已经在山下被压了五百年，早就幻想着"逃出生天"的那一刻了。要不是怕唐僧被山石所伤，好不容易找到的师父当场丧命，孙悟空早就爆发了。他看唐僧的距离差不多了，便用尽全身的力量从山中跳了出来，一座大山被孙悟空瞬间顶翻，只见山崩地裂，无数山石被猴子"炸"到半空。**虽然唐僧距离五行山已经很远了，但还是有许多大石落在他周围，险些把唐僧给砸死，这便是他取经路上的第八难——两界山头**。逃出生天后的孙悟空，一个跟头翻到了唐僧面前，口称"师父"……就这样，孙悟空成了唐僧的徒弟，保护他一路朝西天走去。

白龙马
本是龙王三太子，奈何俯身当坐骑

"八十一难"之第九难

主人公　龙王三太子
武　器　利爪尖牙
特　点　出身高贵，性格纯真。
弱　点　偶尔冲动。

盘蛇山，鹰愁涧。

此处崇山峻岭，群山中有一条瀑布，水流从千仞高处飞流直下，落到了悬崖下的一个大水潭里，然后又沿着山间河道缓缓流向远方。

在那深不见底的大水潭里，一条白龙趴在黑漆漆的水底，如同躲在暗处的猎人，静静等待猎物出现。一旦有大型动物从鹰愁涧附近经过，白龙便会跃出水面，将其拖入水中。一般的猛兽，只要吃饱了就不会再狩猎，但这条白龙不同，他会吞噬掉任何经过此处的大型动物。并非因为他食量大，而是为了发泄心中的不满。

白龙的不满是因为他觉得自己受到了不公正的对待。

在外人看来，鹰愁涧下的大水潭非常宽广，白龙生活在里头应该知足。但在白龙看来，这水潭如同一个小小的牢笼，自己被困在其中，不得自由。他心里想的是无边无际的大海，那里才是他的家。

天下的海，被天庭分成了四个区域——东海、南海、西海、北海，每一片海都由一个龙王掌管。白龙的父亲，就是掌管西海的龙王。作为父亲的第三个儿子，白龙被人们称为"玉龙三太子"，曾是西海一带"最靓的仔"。

在西海，玉龙三太子简直可以为所欲为。时间久了，他便不满足只在西海威风，想要到东海、南海、北海，甚至是人间、天庭去耍耍。但西海龙王却对三太子说："在西海，你大可放肆一些，因为你爹我是西海龙王。但在其他海域，你就要低调一些了，因为其他三海的龙王虽然都是咱家的实在亲戚，是你的叔叔们，但毕竟不如亲爹管用。若是到了人间，你必须装成普通人的样子，要处处小心才行，否则容易招惹大麻烦……"

听到这儿，三太子非常不解，问："父亲，人间不过是凡人生活的地方，他们一没有毁天灭地的本领，二没有通天彻地的能耐，我为什么要处处小心？"

西海龙王道："你懂什么？凡人虽弱，但那些掌管天庭的神仙，却大都出身凡间。所以，他们对凡间格外在意，龙族招惹了凡人，可能要倒大霉！你听说过泾河龙王的事儿吗？"

三太子摇摇头。

西海龙王说："泾河龙王掌管泾河，虽然比不上海龙王有势力，但毕竟也执掌一方，有行云布雨的法力。他在人间行走时，与一个叫袁守城的得道高人打赌，这袁守城说：明日午时定有降水，三尺三寸零四十八点雨——如果时间和降水量不对，便算输给泾河龙王。泾河龙王心中暗想，我就是掌管附近雨水的神仙，你还能赢我？因而自认为胜券在握。不承想，第二天玉帝给泾河龙王颁布旨意，果然命令他午时下三尺三寸零四十八点雨。泾河龙王为赢过袁守城，故意更改了下雨的时间和点数，这下惹怒了玉帝，被判处死刑，最后被凡间的魏征杀死在了剐龙台上。"

三太子听了这番话，心中不忿，大声说道："我们堂堂龙族，掌握天下雨、水，却被天庭当成杂役，动不动就要杀要剐，简直岂有此……"三太子话还没说完，西海龙王赶忙上前捂住他的嘴，小声说道："闭嘴！闭嘴！你个坑爹的玩意儿。"

三太子挣脱父亲的手，说："我们在自己的龙宫中说话，又有什么关系？"

龙王赶紧将三太子拉出龙宫外，说道："你看到龙宫顶上那颗夜明珠没有？"

三太子点点头，说："当然看到了，那是举世无双的宝物，由玉帝所赐，是龙王权力的象征。"

西海龙王说："是宝物没错，象征着权力也没错，但你有所不知，这夜明珠是通神的宝物，它所在之地，便是天庭大神法力所及之处。只要神仙们乐意，随时可以通过这颗夜明珠察觉世上所发生的一切。"

三太子被镇住了，用不可思议的语气说："如此说来……天庭可以通过这颗夜明珠'监视'龙宫？"

西海龙王叹口气，说道："你明白便好。我们龙族生来便有腾云驾雾、行云布雨的法力，比凡人不知道强上多少，也正因如此，天庭才对我们这些异类始终放心不下，才会赐四海龙王每人一颗夜明珠，这颗珠子既象征着天庭给予我们的权力，亦代表着上仙对我们的约束。"

三太子激动地说："我宁可不要权力，也不想被约束。"

西海龙王苦笑一声，说："有些东西不是想要就能得到，也有些东西想舍也舍不掉。你在西海这一亩三分地为所欲为惯了，便以为自己可以掌控一切，简直是大错特错。莫说是你，就算是我，出了西海、上了天庭，也不过是别人手中的一颗棋子罢了，好自为之吧！"说罢，龙王垂着头，走进了那座富丽堂皇的龙宫。

三太子望着龙宫，那里原本是他从小长大的地方，是他的家，但是现在他却不愿再回去。

三太子成了阶下囚

那天，三太子在西海游了许久，掀起波涛无数，直至筋疲力尽，才不情不愿地重返龙宫——纵然不愿，可除了自己的家，他又能去哪儿呢？走进大门，一抬头又看见了那颗夜明珠，它的光辉如此耀眼，照亮了龙宫的每一个角落。这光辉曾经让三太子感到无比温暖、无比安心，但现在却让他有种无可遁形的压迫感。

三太子在龙宫中坐立不安地待了很久，内心的怒气也愈来愈盛，到最后，他的怒火失去了控制，竟然一跃而起，张口喷出一道火焰，烧向夜明珠……

没过多时，大队天兵天将自天庭闯入西海，耀武扬威地闯入龙宫。西海龙王还不知道发生了什么事，赶忙出来迎接，说："天使驾到，有失远迎，不知有何贵干？"

为首的天将冷笑一声，说："西海龙王，你好大胆，竟然烧毁玉帝所赐夜明珠！"

西海龙王抬头一看，只见龙宫顶上的夜明珠果然有龙炎焚烧的痕迹，光彩黯淡了许多，他顿时大惊失色，失声道："怎么会这样？"

天将道："你已经犯下大罪，跟我走吧！"

此时的三太子方知闯下大祸，内心万分后悔、恐惧，但眼看着父亲要被天将带走，他还是挺身而出，说："此事与我父王无关，是我干的。"

天将笑道："好！好！好！只要有人认罪，我们便好交差！"说罢，将手中的铁链套在三太子脖子上，不由分说地将他带回了天庭。

到天庭后，三太子被五花大绑押到凌霄宝殿王母娘娘座前。王母娘娘又叫"西王母"，是专门负责刑罚的天庭大神，最为严厉。她问三太子："是你烧毁了夜明珠吗？"三太子点头称是，王母娘娘道："夜明珠是天庭赐予龙宫的宝贝，你擅自烧毁，其罪当诛。来人呀，将三太子押到剐龙台上，先打三百棒，明日斩首。"

"王母娘娘手下留情！"西海龙王在三太子被带走后，也紧随其后来到天庭，闯进凌霄宝殿为儿子求情。他说道："念在我儿初犯，请王母娘娘网开一面。"

王母冷笑道："夜明珠是天庭赐予你的，你却不知珍惜，纵容儿子放火焚烧，是不是没把天庭放在眼里？"

龙王赶紧躬身说道："小龙不敢，我儿放火实属意外，虽然我并不知情，但也怪我看管不严，请王母娘娘责罚我吧。"

王母娘娘严厉地说："是该责罚你！但那是以后的事。现在的当务之急是惩罚首恶元凶，以儆效尤！既然烧毁夜明珠不是你的意思，三太子便是违背你的意愿擅作主张喽？那就得给他加上一条忤逆长辈之罪！数罪并罚，定斩不饶。"

西海龙王大惊，说："王母娘娘，我儿一贯孝顺，不曾忤逆。"

王母娘娘厉声道："这么说他烧毁夜明珠是你的意思？"

龙王不敢说是，也不能说不是，一时间吞吞吐吐不知道说什么好，只好赶紧向周围其他神仙求情："各位大仙，看在我们同朝为臣的分儿上，为我儿说说情吧。"谁知那些神仙也都十分惧怕王母娘娘，无人敢站出来帮西海龙王说情，纷纷装聋作哑，将西海龙王晾在一旁。

眼看龙王还要低声下气地求情，三太子不愿连累父亲，便说道："王母娘娘，千错万错都是我一个人的错，你只管罚我便是，与我父亲无关。"

王母娘娘笑道："你还算个有担当的，看在你一片孝心的分儿上，倒是可以对你父亲从轻发落。"说罢，命令天兵天将将三太子押出去，缚在了剐龙台上。

此时，三太子在剐龙台上追悔莫及，他恨自己太冲动，不仅断送了自己的性命，还连累了亲人；也恨天庭太过专横，视龙族性命如草芥一般。正当他满心愤恨、万念俱灰之时，看见远处有神仙腾云驾雾而来，三太子定睛观瞧，原来是南海观音！他心中大喜，想："天庭上没有人敢违逆王母为我说话，但这南海观音是西天如来佛祖的弟子，是救苦救难的菩萨，与王母平起平坐，想要活命，只能去求她了！"想到这儿，三太子大声喊道："菩萨救我，观音菩萨救救我！"

观音见一条白龙在呼唤她，便来到三太子面前，问："你是哪里的龙？为什么被绑在剐龙台上？"三太子将自己的遭遇告诉了观音，

观音听罢，说："你暂且安心，我去帮你求情。"

观音来到天庭，直接去见玉帝，求玉帝饶过三太子，并将三太子交给自己处置。玉帝见观音亲自求情，不好拒绝，便下令给王母娘娘，让她将三太子交给观音。王母娘娘无奈，只好照办。

不一会儿，观音从凌霄宝殿出来，来到三太子面前，说："好了，玉帝和王母娘娘都答应放你一马。"三太子死里逃生，感恩戴德，对观音说："谢谢菩萨救命之恩，下辈子我当牛做马报答您。"

观音说："也不用下辈子了，现在就报答我吧。"

三太子自然没有意见，说："尽管差遣，不知您需要我做什么。"

观音说："你刚才说当牛做马，当牛就算了，但可以做马。你去盘蛇山鹰愁涧等候，有取经人经过时，你就变成一匹马，驮他到西天取经。"

三太子愣住了，没想到自己随口说了句当牛做马，竟然"梦想成真"，但此时此刻，他别无选择，也只好冲观音行礼，然后来到了盘蛇山鹰愁涧。

小白龙成了"交通工具"

自打来盘蛇山鹰愁涧住下之后，三太子便每日苦等菩萨口中的取经人。从大海中的龙三太子成了荒郊野岭小水潭里的小白龙，三太子心中有太多不满，可是他也知道，只有顺从菩萨，才能保住性命。

这天，小白龙正潜在水底，突然发觉有人从岸边经过。他悄悄张望，看见一个和尚，骑着一匹白马，还有只猴子给他牵马。小白龙心想："这难道就是取经人？"但他很快就否定了自己的想法："不对，取经人怎么会带只猴子上路呢？我知道了，这是耍猴的和尚，看那猴子，人模人样的，训练得真好。"

想到这儿，小白龙便猛然从水中跃出，要去吃那一人一马一猴。只见那和尚看到自己后，大惊失色，竟然当场愣在原地，不敢动弹了；牵马的猴子倒是机灵得很，抱起和尚就跑。小白龙见和尚和猴子跑远了，也懒得追，只把那白马一口吞进了肚子，吃饱后又潜回水潭。

饱餐一顿后，小白龙心情挺好，躺在水下暗自想："虽然让一人一猴跑了，倒也没什么，他俩加起来也没多少肉，尤其是那猴子，瘦瘦小小的，吃进嘴里恐怕还塞牙。"此时，岸边突然传来一阵喊叫："臭泥鳅，还我马来！"

小白龙向外一看，大吃一惊，他没想到那一人一猴竟然敢去而复返，更没想到的是，猴子居然会说话，还会骂人！小白龙被骂成是泥鳅，心中大怒，从水里飞了出去，朝猴子扑去。猴子从耳朵里掏出一根金箍棒，照着小白龙就打。

看到那根金箍棒，小白龙心中顿时又惊又惧，别人或许不认识金箍棒，但他可认得——这金箍棒名为定海神针，重一万三千五百斤，是太上老君所制，后来被大禹借走治水，再后来被插到了东海底，归东海龙王所有。西海龙王曾经对小白龙说过，五百年前，有个非常厉害的家伙到东海去，强行"借"走了定海神针当兵器，那家伙就是后来大闹天宫的"齐天大圣"。

小白龙看到金箍棒，才知道猴子原来是齐天大圣。不过小白龙也并不害怕，心想："早听说齐天大圣武力超群，今天倒要见识见识他的身手。"于是便与孙悟空在空中打了起来。双方酣战几个回合，小白龙感受到齐天大圣果真名不虚传，打得自己毫无还手之力，眼看再打下去要被对方所伤，他才赶紧逃回水中。

小白龙在水底看到孙悟空望水兴叹，知道他水性不好，不敢下水

与自己争斗，终于松了口气。但他万万没想到，孙悟空居然把手中金箍棒变长数丈，然后伸到水里瞎搅和。那金箍棒本就是一件神器，这么一通搅和，搞得潭水翻涌起无数波浪，小白龙如同沸水锅中的饺子，来回翻滚，难受极了。他忍不住跃出水面，再次与孙悟空相斗，可仍然不敌孙悟空，只好变成一条水蛇逃进草丛中。

伏在草丛中，小白龙一动不敢动，他眼见孙悟空四处寻找，却始终没找到自己的行踪。到最后，气得拔了许多草，也无济于事。小白龙心中暗自笑道："饶你本领高，只要我丢下面子，从龙变蛇，藏在烂泥之中，你也拿我没办法！"

孙悟空找了半天，并未发现小白龙踪迹，便悻悻地走了。小白龙以为对方不会再纠缠，便又回到水潭中。打斗许久，他也累了，便沉沉地睡去。怎料睡梦中，突然又听见孙悟空在岸边高声呼唤："敖闰！敖闰！观音菩萨在此。"

小白龙大惊，心想："这孙悟空好大的面子，居然请来了观音菩萨当帮手，这可如何是好。"他赶紧跃出水面，果然看到观音正矗立云端。小白龙赶紧飞到观音身前，行礼道："菩萨，我按照您的旨意，在此等待取经人，谁承想取经人没等到，却等来了一只猴子，与我大战一番。"他故意不说自己认识孙悟空，万一这观音真是孙猴子请来的救兵，就能以"不知者无罪"的理由为自己开脱。

观音菩萨道："这猴子叫孙悟空，正是取经人的徒弟。"

小白龙一副恍然大悟的样子，说："原来是自己人，为什么不早说？"

孙悟空也是伶牙俐齿，反驳道："你又没问，我说什么？"

观音菩萨对小白龙说："听说你吃了唐僧的马，正好，你便化作一匹龙马吧，驮着唐僧去西天。"小白龙哪敢不从，乖乖俯下身子，观音一口仙气吹来，白龙变成白马。孙悟空也不客气，过来便抓住白龙马的马鬃，将他拉到了唐僧面前，说："师父，师父，马来了！"

唐僧左看右看，对孙悟空说："这匹马神骏不凡，从哪里来的？"

白龙马虽然没说话，但心中却暗想："算你识货。"

孙悟空道："这马是刚才的小白龙变的，是匹正儿八经的龙马，世上少有。"

唐僧很高兴，骑上马再次出发了。这便是唐僧取经路上的第九难——陡涧换马，说是"难"，其实是福，毕竟唐僧的交通工具由"普通马"变成了龙变的"宝马"。

黑熊怪
妖怪也有"上进心"

"八十一难"之第十、第十一难

主人公　黑熊怪
武　器　黑缨枪
特　点　武力超群，能和孙悟空打个平手。虽然是妖怪，
　　　　但平时并不作恶，还挺有"品位"。
弱　点　贪、偷。

黑风山上黑风洞，洞中住着黑熊怪。

黑熊怪长得五大三粗，浑身长满黑黢黢、刺棱棱的刚毛，即便是幻化成人形时，也如同一个常年在太阳底下干活的粗糙黑大汉。可是，在这妖怪狂野的外表之下，却有一颗"少女心"，他把自己住的地方收拾得干干净净，还在洞口挂了一副对联："静隐深山无俗虑，幽居仙洞乐天真。"整座黑风山也被他修整得鸟语花香、风景秀丽。这黑熊怪甚至改变了自己的饮食习惯，从一个杂食动物变成了素食主义者，一心吃斋修道，从来不沾荤腥。

一般来讲，哪个地方若有了妖怪，生活在当地的人们可就倒了大霉，一不小心就被妖怪掳走当点心了，但这黑熊怪却从不害人，还与附近观音禅院的金池长老成了好朋友，二人经常在一起参禅悟道、听风品茶，甚是风雅。

金池长老也不是一般人，活了两百七十多岁，酷爱收集袈裟，算得上是一个"袈裟发烧友"。但恰恰是这个爱好，让他断送了性命。

这天，唐僧师徒二人路过观音禅院。唐僧前去敲门，对寺院中看门的和尚说，想要借宿一晚。和尚见对方是"同行"，便爽快地答应了。可当他往唐僧身后一看，吓得汗毛都竖起来了，只见一个雷公脸的猴子牵着马，看起来凶神恶煞的。

看门和尚忍不住问唐僧："你这是……领了一个什么玩意儿……"

唐僧赶紧捂住和尚的嘴，说："小心被他听到了，那是我徒弟，脾气不太好！"

看门和尚还是没忍住，小声说："这徒弟没一点儿像人的，你干吗要收？"

唐僧笑眯眯地说："丑归丑，很有用。"

进入禅院后，金池长老接待了唐僧师徒。在与唐僧聊天时，他问道："听说你们大唐物产丰富，不知道各位带了什么宝贝？"

唐僧很谦虚地说："我们哪儿有什么宝贝？"

孙猴子一听这话不乐意了，说："师父，谁说咱们没宝贝，你那袈裟不就是宝贝吗？"

禅院里的和尚一听这话，都哈哈大笑，说："我们金池长老是世界上顶级的袈裟收藏家，你们的袈裟再宝贝，在我们这儿也不稀罕。"

孙猴子最爱争强好胜，便将观音菩萨送给唐僧的宝贝袈裟拿出来显摆。那金池长老一看唐僧的袈裟，立刻觉得自己收藏的那八百来件袈裟，跟人家的一比，就像用了三五年的抹布，简直不值一提。顿时，他心里被"羡慕、嫉妒、恨"填满了。

由于金池长老太喜欢那件袈裟，便提出借一个晚上，想好好观摩一下。唐僧怕把袈裟弄丢，本不想借，孙悟空却大大咧咧地说："别怕，有事儿我兜着。"

金池长老将袈裟拿回自己房中鉴赏，越看越喜欢，但一想到这么好的东西是别人的，自己最多也就是过过眼瘾，心里很不平衡，居然哭了起来。他徒弟见状，给他出了个狠毒的计策——夜里放火烧死唐僧，霸占袈裟。

金池长老欣然同意了徒弟的计策，当天晚上，派徒弟去唐僧师徒住的地方放火。至此，**唐僧遭遇了西天取经路上的第十难——夜被火烧**。

不过，多亏孙悟空机警，第一时间就识破了金池长老的毒计。但他并没急着揭穿，而是去找广目天王借来一个叫"避火罩"的宝贝。孙悟空用避火罩罩住唐僧住的房子，任由大火燃烧。结果，唐僧在大火中毫发无伤，金池长老的观音禅院反倒被烧成了平地！

金池长老恶行败露，一张老脸没地儿搁，居然一头撞死了。

再说回黑熊怪，那天晚上，他正在自己的"洞府"中睡觉，洞门口突然被红光照亮，黑熊怪心想："我才睡了这么一会儿，怎么天都亮了？"他伸伸懒腰，走出山洞，却发现不是天亮了，而是观音禅院起了大火！火光冲天，把整片天空染成了亮红色。

黑熊怪想，自己和金池长老是朋友，如今他的地盘失火，决不能袖手旁观，便赶去救火。来到观音禅院，他径直去往金池长老的禅房。当时，金池长老正在外面指挥徒弟放火，黑熊怪见金池长老不在，刚想离开时，却看见了唐僧那件袈裟。

黑熊怪是个识货的，知道这袈裟是佛家的宝贝，便动了歪心思，将袈裟偷走了，这便是西天取经路上的第十一难——失却袈裟。

最危险的食物——孙悟空

黑熊怪将宝贝袈裟带回黑风洞，心里头甚是欢喜，忍不住想要在朋友面前炫耀一番。第二天一大早，他便去找自己的两个朋友——白蛇精和苍狼精，邀请他们去观赏袈裟。

三只妖怪正走在路上，讨论关于袈裟的事，只见一个五短身材、猴子模样、手持金箍棒的家伙突然冲了出来，大吼道："果然是你们偷了我的袈裟，吃我一棒！"

黑熊怪和苍狼精反应快，一溜烟儿逃走了，只剩下那白蛇精扭啊扭地跑不快，被金箍棒砸了个正着，当场毙命。打死他的不是别人，

正是孙悟空。原来，观音禅院失火后，众人发现袈裟不见了！唐僧气了个半死，骂孙悟空说："臭猴子，你不是说袈裟丢了你兜着吗？现在真的丢了，怎么办？"

孙悟空知道自己做了没理的事，赶紧对唐僧说："我去找，我去找。"他得知附近黑风洞中有妖怪，便直奔此地，半路上正好遇到黑熊怪他们仨，便大打出手。

那黑熊怪跑得快，一溜烟回到黑风洞，命令手下小妖怪关了洞门。不一会儿，便听见孙悟空在外面叫阵，骂的还挺难听，说他全身漆黑，不是挖煤的就是刷墙的，要是不把袈裟交出来，就要把黑风洞里的妖怪杀个干干净净。

黑熊怪气不过，打开门与孙悟空对骂，说："姓孙的，你一个'弼马温'嚣张什么？"正所谓打人不打脸，骂人不揭短，孙悟空在天庭当过"弼马温"，这段经历是他职业生涯中的最大"污点"，最痛恨别人提起，于是提起铁棒就打。

黑熊怪和孙悟空打了十几个回合，场面上看似乎平分秋色，但黑熊怪心里清楚，再打下去恐怕不是这矮猴子的对手，便大声说道："姓孙的，现在都十二点了，到了吃中午饭的时间，你等我吃完饭再打！"说完一溜烟跑回了黑风洞。

黑熊怪躲进洞中大吃大喝，却不再与孙悟空打斗。孙悟空想了许多办法抢回袈裟，奈何这妖怪的确有点儿本事，轻易也奈何他不得。无奈之下，孙悟空只好去南海请观音菩萨帮忙。

孙悟空与观音二人向黑风洞赶去，半路途中遇到了苍狼怪。此时的苍狼怪幻化成道士模样，正打算去黑熊怪的洞中看袈裟。孙悟空火眼金睛，一眼就认出他是黑熊精的朋友，二话不说就是一棒，苍狼怪当场毙命。

观音菩萨非常生气，说："猴子，他又不是黑熊怪，你干吗打他？"

孙悟空说："您不知道，这家伙和黑熊怪是一伙的，肯定是要去找黑熊怪。"

菩萨不说话了，孙悟空看着死去的苍狼怪，突然心生一计，对菩萨说："我有个好办法，可以不费吹灰之力降服那黑熊怪。"菩萨问："什么计策？"

孙悟空说："你变成这个苍狼怪的模样，假装去给黑熊怪送灵丹，我则变成灵丹。等他将我吃下，我就窜进他肚子里，从敌人内部瓦解他的斗争意志。"

观音菩萨有点儿不乐意，说："我堂堂菩萨，你叫我扮成一个妖怪，是不是有点儿过分？"

孙悟空理直气壮地说："既然你不想夺回袈裟，那就算了。我就回花果山去了，让唐僧自己来和妖怪打吧，看他能活几个回合。"

观音菩萨说："你这猴子，一张嘴太刁。哎，就照你说的做吧。"

黑熊怪做梦也想不到，堂堂观音菩萨居然变成苍狼精来骗自己。黑熊怪最终上了菩萨的当，被钻进肚子的孙悟空搞得七荤八素，只得投降。

观音菩萨见黑熊怪也没有做过什么大奸大恶的事，只是一时贪心偷了袈裟，惹出这场祸，于是她对黑熊怪说："如果你愿意皈依我佛，就让你去我修道的地方做个山神，你愿意吗？"

黑熊怪心想："我要说不愿意，那孙悟空肯定会给我一棒子。更何况去给菩萨当'地方官'也是个美差，不投降的是傻子。"于是，黑熊怪把袈裟还给孙悟空，跟着菩萨一起走了。

猪八戒
从元帅到妖怪

"八十一难"之第十二难

主人公　猪八戒
武　器　九齿钉耙
特　点　虽然长得猪头猪脑，但其实极其精明。
弱　点　奸、懒、馋、滑。

世人皆知，猪八戒被贬入凡间，投胎变成猪之前，是掌管天河十万水师的"天蓬元帅"。可却少有人知猪八戒成仙之前的那段往事。

话说猪八戒原本是凡间一个普通人，名叫猪刚鬣。

这猪刚鬣自小便不太聪明，若想通过读书考取功名，他没那智力。脑子不行，总该勤劳一些吧？也没门儿！此人最是懒惰，父母要他干活，他便偷奸耍滑，把仅有的一点儿智商都用在如何偷懒、占便宜上了。就这么一个人，当真是人见人烦，狗见狗嫌。要不是因为父母有些家产，他早就饿死街头了。

成年后，父母想给猪刚鬣讨个老婆，但是他"奸、懒、馋、滑"的名声早就尽人皆知，谁愿意嫁给这个吃啥啥没够、干啥啥不行的废物？因此，猪刚鬣三十多岁，还孑然一身。父母对他说："你老大一个人，每天不做正事，只是坐吃等死，等我们老了、死了，你怎么办？"

猪刚鬣说道："你们死就死，只要把家产留给我就行。"

二老差点儿被这个儿子气得当场离世，朱爸爸一个巴掌打到猪刚鬣脑袋上，说："败家玩意儿，就算把家产都留给你，半年也就花光了，到时候你怎么办？"

猪刚鬣说："那都是以后的事，想它干什么？吃饱一顿算一顿，好过一天是一天！"

数年后，猪刚鬣的父母先后去世了，没人再宠着他，但猪刚鬣还是改不了好吃懒做的毛病，父母留下的那点儿家业，没过多久便被他挥霍一空。到最后走投无路时，他甚至把家里的老宅都卖了，只能睡在老君庙里。

一个人孤苦伶仃时，猪刚鬣才想起父母的好，明白了家的重要性。于是，他萌生了成家的念头，想娶个媳妇组建一个属于自己的家。可这对于当时的猪刚鬣来讲，无异于痴人说梦。大家想想，当

年朱家也算有些产业，猪刚鬣也正年轻，尚且没有人愿意嫁给他。现在家门已败，人也老大不小了，哪个姑娘会嫁给他？就这样，猪刚鬣只能一个人过活，但成家这件事情，已经成了他的执念。

"懒汉仙人"闯祸了

这天，猪刚鬣正在庙里的条案上睡觉，虽然已经日上三竿，但他还没有起床的意思。忽然，庙门被人推开，一个白胡子老头走了进来，冲着猪刚鬣说："懒汉，快起吧，太阳都晒屁股了！"

猪刚鬣懒洋洋地睁开眼睛，问："你是谁？凭什么管我？这庙难道是你家的？"

白胡子老头笑了笑，说："我也不是管你，只不过看你年纪轻轻却无所事事，提点提点你而已。"

猪刚鬣说："提点我？用不着！反正我天生就是这德行，谁来提点也没用！"

白胡子老头问："难道你就不想干点儿什么正经事？"

猪刚鬣说："干什么？有什么好干的？"

白胡子老头道："搬砖和泥、盖房铺瓦，虽然辛苦些，但好歹能挣钱糊口。"

猪刚鬣摇摇头，说："太累、太脏，不干！"

白胡子老头又道："耕地插秧、春种秋收，当个农民，虽然富贵无望，但好歹吃喝不愁。"

猪刚鬣摇摇头，说："土里刨食没盼头，不干！"

白胡子老头继续道："发愤图强，秉烛夜读，悬梁刺股，将来考取功名，岂不光宗耀祖。"

猪刚鬣哈哈大笑，说："我天生脑子笨，把书看烂了也记不住一句，你让我去考学？简直是赶鸭子上架。你这老头，净说些没用的废话，耽误我睡觉，快滚快滚。"

白胡子老头非但不滚，反而上前来到猪刚鬣身前，说："你别着急，我给你推荐的最后一个职业，你一定喜欢：腾云驾雾、长生不老、逍遥自在、高高在上——做神仙，怎么样？"

猪刚鬣愣住了，盯着白胡子老头，说："更是胡话，做神仙还能轮着我？"

白胡子老头捋着胡子，笑道："本来是轮不到你的，但你碰上了我，就能轮到。"

猪刚鬣问："怎么？你这老头子还有做神仙的门路？"

老头得意地笑笑，说："的确有，就看你愿意不愿意。"

猪刚鬣问："当神仙有地方睡觉吗？"

老头说："天庭分房子，精装修、大面积。"

"有饭吃吗？"

"神仙不食人间烟火，按道理是不用吃饭的，但你要想吃的话，有的是龙肝凤髓、琼浆玉液。"

"工作累不累？"

"不累，要是你能当上仙的话，把工作交给手下小神仙干就行了，悠闲得很。"

猪刚鬣来了兴趣，说："这感情好，那我怎么样才能当上神仙？"

白胡子老头说："我告诉你一套修仙的法门，你照着修炼，只要肯下功夫，少则十年八年，多则三五十年，便能成功。"

猪刚鬣皱了皱眉头，心想："太费工夫了！不过好歹能长生不老，倒是一笔好买卖！"想到这儿，他表示同意修炼，白胡子老头便把法门悉心传授给他。最后，猪刚鬣忍不住问道："你为什么把修仙的法门传授给我，难道说我有这方面的天赋。"

白胡子老头咳嗽了两声，说："天赋倒是没看出来，但你天天睡在我的供桌条案上，臭烘烘、懒洋洋，着实让人心烦！"说完化作一道白光而去。猪刚鬣大吃一惊，他望着条案后的太上老君神像，自言自语地说："显灵了？！"

　　从那天以后，猪刚鬣一改往日懒散的毛病，开始勤奋修行。他也的确有些慧根，十年之后，终于得道成仙，来到天庭。由于猪刚鬣也算是太上老君的弟子，因而天庭对他也算重视，封他做了天蓬元帅。为了祝贺他成仙、当元帅，太上老君还专门给他打造了一把兵器——九齿钉耙。

　　当了神仙，而且是神仙里比较有权力的那种，猪刚鬣得意极了。在天庭，他每天不是吃就是喝，很快养成了一副肥头大耳的样子。可是，过了一段时间后，他逐渐对这种"吃吃喝喝、溜溜达达、无所事事"的生活有些厌倦了，心想："当神仙是挺好，可到头来不还是孤寡一人吗？也没个家！"

　　天蓬元帅想成家，但天庭早有规定，不许神仙随意组建家庭，这让他有些苦恼。一天，天蓬元帅喝了酒，酩酊大醉，碰到了天庭有名的美女嫦娥姐姐，"成家"的念头再次涌上心头，仗着酒劲儿，他来到嫦娥面前，说："嫦娥姐姐，嫁给我吧。"

　　嫦娥没好气地说："滚开！"

　　天蓬元帅说："神仙也是人变的，是人就想有个家，你在月亮上住，那么大地儿就你一个人，也没个家的样子，和我成家过日子不好吗？放心，我不嫌你是二婚。"

　　嫦娥气炸了，二话不说，跑到玉帝面前告了天蓬元帅一状。玉帝大怒，命令王母娘娘将天蓬元帅打入凡间。本来，天蓬元帅到凡间是要投胎做人的，可没想到他投错了胎，变成了一头猪，搞得自己猪不猪，人不人的，活脱脱一个猪妖。最后，他干脆就离开了人世间，到山里做了吃人的妖怪，还娶了一个叫卵二姐的女妖怪为妻。

虽然从神仙变成了妖怪，但猪刚鬣毕竟实现了成家的愿望，日子倒也过得逍遥自在。可好景不长，卵二姐生病去世了，猪刚鬣又成了单身汉。那段时间，他心灰意冷，每天借酒浇愁，觉得生活毫无意义。这天，观音菩萨突然来找猪刚鬣，说："你在天庭犯了罪，又在这儿当妖怪，与其为祸人间，不如干点儿正事。"

猪刚鬣说："正事，正事，这世界上有什么正事？我在这儿当妖怪不也挺好？"

观音说道："你动不动就伤人，被天庭知道了，一定会再降罪与你，要是还不知悔改，将来恐怕连猪也做不成了。"

猪刚鬣这才慌了，说："请菩萨指引我一条明路。"

观音告诉猪刚鬣，不久后将有取经人从此地路过，你要拜他为师，保他平安抵达西天，便可修成正果。猪刚鬣别无选择，只好答应下来。菩萨又说："既然你决定出家，那我就给你起个法名，就叫悟能吧。"

猪刚鬣心想："悟能？无能？菩萨是在暗戳戳地骂我吗？"但他不敢质疑观音，只好应承下这个法名。

猪刚鬣娶媳妇

见过观音后，猪刚鬣断了荤腥，成了素食主义者，虽然他不爱吃素，但为了解脱"猪身"，也只好坚持。可是，取经人却迟迟不来。

猪刚鬣待得无聊，心中便想："不如下山转转。"为了不吓坏凡人，他变成了一个英俊小伙，溜溜达达来到一个叫高老庄的地方。这高老庄位于乌斯藏的边界，乌斯藏就是现在的西藏，属于西南地区，民风比较豪迈。猪刚鬣刚来到高老庄，就看见一张告示，上面

写着：本地富户高家有三个女儿，没有儿子，大女儿、二女儿都嫁人了，只有三女儿没有出嫁，为了把三女儿留在自己身边，同时也找个给自己养老送终的人，高家希望招个上门女婿，将来可以继承高家的家产。

猪刚鬣一看，心想："居然还有这种好事？"自打父母去世后，他对于"成家"这件事几乎有了执念，一看有人招女婿，便忘了自己身负取经重任，果断地跑到高家，说要当上门女婿。高家人一看，这小伙不仅非常英俊，还身强体壮，心里头挺高兴。高老太爷问："不知你是何处人士？家中父母可安好？"

猪刚鬣说："我是福陵山上人，无父无母，无兄无弟。"

高老太爷心想："挺好，无牵无挂的，正是当上门女婿的好人选。"于是，高老太爷便将高家三闺女许配给了猪刚鬣。

猪刚鬣高兴极了，把取经之事抛在了九霄云外，一心一意和妻子过起了小日子。有了媳妇以后，猪刚鬣的"懒病"也不治而愈，干起农活来一个顶好几个，一般的大牲口都不如他有劲儿。猪刚鬣不仅干活厉害，吃饭更厉害，早点吃烧饼，别人最多吃三个，他吃一百个；中午吃米饭，别人用碗，他用盆，别人吃一碗两碗，他一吃就是十盆八盆。

有一天，猪刚鬣正端着大盆吃饭，高老太爷提着两坛子酒过来，说："姑爷，最近辛苦了，咱爷俩喝点儿酒。"猪刚鬣打开一坛子酒，说："谢谢丈人，那我就先干为敬了。"说完仰起头"咕嘟咕嘟"把一坛子酒都喝光了，喝完之后指着另外一个坛子说："丈人，我喝完了，该你了！"高老太爷惊得眼珠子差点儿掉出来，说："你不用杯子吗？"猪刚鬣擦擦嘴，说："坛子都嫌它小，用什么杯子。"

高老太爷心想，和这家伙喝酒简直等于玩命呀，便指着另外一坛子酒说："我突然不想喝了，你把这坛子也喝了吧。"猪刚鬣也不客气，端起来又一口气喝光了，喝完就去睡了。高家三小姐得知猪刚鬣喝了不少酒，在房间里睡觉，怕他口干，便去送水。刚进房门，便看见一个猪头人身、满身刚毛的家伙躺在床上，顿时吓晕了过去。

原来，猪刚鬣平时的俊俏模样是他用法术变出来的，喝了许多酒后，忘了施法，就现出了原形。这一下高家上下终于知道了：上门女婿原来是猪妖！猪刚鬣醒来后，发现自己现了原形，心想：这下糟糕了。再出门一看，高家人见了他无不战战兢兢，猪刚鬣知道自己的身份暴露了，但他也不在乎，还是继续住在高家。

几天后，猪刚鬣正在院子里闲坐，高家人不知道都到哪里去了。突然，从门外闯进来一个法师，穿着一身道袍，大喝道："妖怪！你居然敢化作人形，欺骗良家女子，贫道我今天特来收你，识相的赶紧离开高家庄，永远不要回来，否则定叫你魂飞魄散！"

猪刚鬣哈哈大笑，说："哪里来的老道，居然敢学人家降妖，今天就让你看看我的厉害。"说完，他施展法术，瞬间天昏地暗、飞沙走石。他又掏出九齿钉耙，照着老道面前的空地猛击一下，平坦的地面被打出一个深坑。那老道吓得脸都白了，双腿瘫软，跪倒在猪刚鬣面前不住地磕头，说："猪妖爷爷，小的有眼不识泰山，冒犯了，还请恕罪。"

猪刚鬣收了神通，说："去告诉高老太爷，我天蓬元帅给他当女婿是他的福分，让他把我媳妇送回来。要不然，我就把高老庄夷为平地！"高家人见猪刚鬣不是一般的妖怪，破坏力实在是恐怖，只好让他在高老庄住下去，与三小姐继续做夫妻。

如此情形持续了两年多，全高老庄的人都知道，高老太爷家的女婿是个猪妖，大家见了猪刚鬣便跑。猪刚鬣也觉得在这个地方待下去没意思，便经常回福陵山上居住，隔三差五地来高家庄一趟。

这天，猪刚鬣又从福陵山回到高老庄，进屋时，高家三小姐正坐

在床上。猪刚鬣上前道:"媳妇,我回来了。"

三小姐道:"怎么才回来?"

猪刚鬣心想:"以往她见了我,总是吓得连话也不敢说,今天怎么好像变了个人似的。"于是便说:"怎么,你想我了?"

三小姐没说话,叹口气,说:"今天我父母打我。"

猪刚鬣说:"为什么要打你?"

三小姐说:"他们嫌我嫁了一个妖怪。"

猪刚鬣很不高兴,说:"我不是妖怪,只不过投错胎,长成了猪样子。"

三小姐又说:"我父母还说了,要请法师来降你。"

猪刚鬣哈哈大笑,说:"天底下哪个法师是我的对手?我手中的九齿钉耙,是太上老君专门给我定做的宝贝,威力无边。"

三小姐说:"听说他们请来的帮手叫孙悟空。"

听到"孙悟空"三个字,猪刚鬣吓得面如死灰,因为他见识过孙悟空的厉害。当年孙悟空大闹天宫时,猪刚鬣还在天庭当天蓬元帅,眼睁睁看着四大天王、哪吒太子都被孙悟空打败,自己怎么可能是他的对手?猪刚鬣赶紧对三小姐说:"咱俩夫妻做不成了,我得赶紧走,孙悟空厉害得很!"说完,猪刚鬣就朝门外走去。

只听见后面的"三小姐"说:"你还想跑?"

八戒克星孙大圣

猪刚鬣回头一看,只见"三小姐"现出了原形,原来是孙悟空变的!猪刚鬣二话不说,夺门便逃,孙悟空在后面紧追不舍。

猪刚鬣一边跑,一边想:"高老太爷怎么可能把孙悟空请来?他有这么大的面子?不对!孙悟空不是被佛祖压在五行山下了吗?他怎么出来的?"想到这儿,猪刚鬣突然想明白了一件事:"孙悟空肯定是和我一样,答应了菩萨去西天取经,所以才被释放出来。高老庄是西天取经的必经之路,他和取经人路过此地,得知高老太爷家有妖怪,所以才会来打我!"猪刚鬣不怕了,因为他知道,就算孙悟空再厉害,也不敢伤害取经的"同事",即便孙悟空想打杀自己,观音菩萨也会出面制止。

　　猪刚鬣决定不跑了,他要和孙悟空打一场。猪刚鬣知道,这一战关乎日后在取经团队中的地位,如果显得太弱,就会被孙悟空和其他"同事"看不起,所以他决定放手一搏,即便是输,也不能输得太难看,"反正他也伤不了我,我就跟他拼了",拿定主意后,猪刚鬣停住脚步,举起九齿钉耙朝孙悟空打过去。

　　孙悟空万万没想到猪妖居然敢和自己打,更没想到猪妖手中的九齿钉耙是仙界的宝贝,威力无穷。所以,两人刚开始战斗时,孙悟空竟然被猪刚鬣打了个猝不及防,招架了好一会儿才稳住了战局。

　　二人从地下打到天上,从天上打回地下,猪刚鬣是一心想要在未来"同事"面前显身手,而且确信对方一定打不死自己,因此显得格外勇猛;孙悟空则看到对方兵器后,心中有疑虑:"一个猪妖怎么可能有这样的好宝贝,难道他另有身份?"他想看看这妖怪到底是什么来路,打斗时便处处手下留情。因此一来,虽然猪刚鬣的武功与孙悟空相差甚远,但由于二者心态不同,竟然打了个势均力敌,从白天一直战到黑夜。这一战,也成了猪刚鬣一生中最"辉煌"的战绩。

　　打到最后,眼看夜幕渐深,孙悟空有些不耐烦了,心想:"管他是谁,一棒子打死算了。"因此手下再不留情。猪刚鬣也感觉对方开始用全力,没过几招便招架不住了,他想:"这猴子发狠了,这样打下去我要完蛋了。"于是,猪刚鬣大声叫道:"别打了,别打了,菩萨让我给取经人做徒弟,想必你也是,咱俩才是一伙的。"

孙悟空果然停手，说："你莫不是骗我？"

猪刚鬣道："不骗你不骗你，观音菩萨还给我起了个法号叫悟能。"

孙悟空想了想，说："既然这样，那你与我去见师父。"

二人结伴回到高老庄时，唐僧正在与高老太爷说话。高老太爷见孙悟空与猪刚鬣一同回来，吓得面如死灰，没想到猪刚鬣却显得格外乖巧，走到唐僧面前跪下就磕头，嘴里还说："观音菩萨让我在此等候师父，以后取经路上保师父平安。"

唐僧心想："观音尽给我找些什么样的徒弟，不是猴就是猪的。"嘴上却说："好好好，原来你也是观音派来保护我的，那就跟我走吧，也省得祸害人间。我看你这个人平时也不遵守清规戒律，既然拜我为师，以后一定要遵守。我给你起个别名，叫'八戒'，怎么样？"

猪刚鬣点头称好。

唐僧又说："你姓什么？"

猪刚鬣说："姓'朱'。"

唐僧脸上一副"理应如此"的表情，说："长得像猪，果真还姓朱，倒是很有趣，那你以后就叫猪八戒吧。"

猪八戒看了看身后拿着铁棒的孙猴子，不敢与唐僧顶嘴，只好说："行吧，以后我就叫猪八戒好了。"

在高老庄遇到猪八戒，是唐僧西天取经路上遇到的第十二难——收降八戒。

黄风怪
不吹牛，只"吹风"

"八十一难"之第十三、第十四难

主 人 公　黄风怪
武　　器　三股钢叉
特　　点　神通广大，法力无边，老谋深算，吹出狂风更是所向无敌。
弱　　点　胆小怕事，优柔寡断。

黄风怪，妖如其名，是个会"吹风"的妖怪。

他的本体是一只大老鼠，原本在灵山脚下修炼，后台强大，吃喝不愁，生活安逸。可突然有一天，他嘴巴馋了，犯了小偷小摸的老毛病，忍不住偷吃了佛祖琉璃盏里的灯油，闯下大祸。按照规矩，他会被金刚捉住，接受严厉的惩罚。

但妖怪有几个是老实的呢？他不甘心接受惩罚，于是悄悄逃出灵山，溜到了黄风岭。仗着武艺高强，手中又有一支三股钢叉，打遍八百里山头无敌手，吹出的大风更是无人可挡，他很快在黄风岭称王称霸，被手下的小妖们称为"黄风大王"。

在黄风岭，黄风怪的日子过得相当潇洒。

黄风岭上原本有四五百个小妖，有虎精、熊精、狼妖等，个个能征善战。成为山大王后，黄风怪带着一群小妖，前呼后拥，好不威风。他干的第一件事，就是先给这些小妖们立规矩：

"从今天开始，咱们就是一家妖了，所有小妖必须听我的命令！"

他很有管理头脑，认为"没有规矩不成方圆"，因此走马上任的第一件事，就是确立自己的领导地位。有几个小妖表示不服，他当场吹出一口狂风，把他们送上了天。打那以后，所有小妖都老老实实的。

他干的第二件事，是组建"领导班子"。他把黄风洞进行了扩建，设置了几个暗道，以备不时之需。同时，又任命了十来个能力强、忠诚度高的小妖为先锋，由他们带队，每天在山上巡逻。如果遇到山牛、胡羊、肥鹿等猎物，他会让小妖们相互配合围猎，这样成功率就大了很多。

在黄风怪这个"CEO"的领导下，小妖们每天都有吃不完的肉、喝不完的酒。看着小妖们的日子越过越好，黄风怪的心里也充满了成就感。可是，谁也想不到，接下来发生的一件事却打破了原有的平静。

这天，黄风怪喝醉了酒，正在洞里休息，忽然麾下得力干将虎精进来说："大王，小将今天带着小妖在山上巡逻，遇到了一个和尚。这和尚白白胖胖，已经被我捉来了，正好给您下酒！"这和尚不是别人，正是唐僧，**而此次被虎精抓到黄风怪洞府的经历，也成了唐僧西天取经路上的第十三难——黄风怪阻。**

听虎精说捉了一个和尚，黄风怪打了个哆嗦，酒也醒了一半。他在灵山还有几个老朋友，早已从他们那得到小道消息，知道这几天，会有一个佛门的重要人物路过黄风岭。

"那个和尚，是不是叫唐僧？"他赶紧向虎先锋求证。

"好像是叫唐僧。"虎先锋说，"怎么，大王认识他？"

"坏了！坏了！"黄风怪担心地说，"我听人说，唐僧手下有一个徒弟，名叫孙行者，神通广大。你抓了他的师父，他要是找上门来，那可怎么办？"

人的名儿，树的影儿。齐天大圣当年大闹天宫，闯下赫赫威名，不仅在神仙圈里人气旺，妖怪圈里也是无人不知。正因为知道他厉害，所以听虎精一说，黄风怪立刻觉察到了这事的严重性。

不过，虽然担心得要命，但在小弟面前，他又不想表现得太怂，于是脑瓜子一转，又有了主意。

他对虎精说："这样吧！咱先不着急吃唐僧。等过些日子，他的徒弟找不到他，再吃也不迟。到时候，咱们想蒸着吃就蒸着吃，想炒着吃就炒着吃，那才快活呢！"

黄风怪这只妖，完美地遗传了鼠的特点：胆子很小，做事谨慎。他虽然没有安排虎精捉唐僧，但既然已经捉到了，也无论如何不想放手。毕竟，"吃上一口唐僧肉，长生不老乐无忧"，这句话在妖怪圈很流行，谁不想吃才是傻子！

所以现在，他打算采用"拖延"的策略：拖走孙行者，吃上唐僧

肉，实现妖生逆袭。

不过，他显然低估了孙行者救唐三藏的决心。当天，孙行者就带着猪八戒，出现在了黄风洞外，不停地叫骂。骂得那叫一个难听——

"妖怪，赶快还我师父，不然掀了你的老巢！"

"哪里来的鼠辈，竟敢抓我师父，小心打爆你的鼠头！"

骂者无意，听者有心。这是赤裸裸的羞辱啊，黄风怪气炸了！但越是这样，他越沉得住气，心想："他这样激我，肯定有后手！"

为了确保万无一失，他先派了虎精出去。对虎精，他自然也有一番说辞："这里有四五百个小妖，你随便挑，想带多少就带多少。如果能抓住孙行者，我便与你结拜为兄弟，一起吃唐僧肉。如果抓不住，保命要紧，我们再想别的对策。"

这战前动员，声情并茂，把虎精感动得哗哗流泪，拍着胸脯打包票："大王放心，我带五十个小妖出去，一定把那个猴子捉回来，和他师父一起做下酒菜！"说着，提刀带着一群小妖就冲了出去。

黄风怪的克星打败黄风怪，刺探情报很重要

虎精去得快，回得也快，只可惜是被猪八戒一钉耙打死，扔了回来。他那点儿本领，怎么可能是孙行者和猪八戒的对手。可怜好好一只虎精，非但没吃上唐僧肉，自己还差点儿成了下酒菜，幸好和尚不吃荤腥。

黄风怪一看，乖乖不得了，孙行者和猪八戒都这么厉害，这架怎么打？他忽然想到一句话——"团结就是力量"。他想：一只小妖打不过他们，那两只、十只……一百只呢？每只小妖吐口口水，也能淹死他们！

想到这里，他又开始了表演：他趴在虎精尸体前，一边抹着眼

泪，一边恨恨地说："太可恨了，我们没吃他们的师父，他们却杀了虎兄弟。这个仇，我们一定要报！"

"报仇！报仇！报仇！"

在他的煽动下，小妖们斗志昂扬。他们跟着黄风怪冲出洞府，杀向孙行者和猪八戒。这一仗，打得昏天黑地，血流成河。黄风怪本就武艺高强，再加上几百个小妖不要命地拼杀，孙行者和猪八戒有些手忙脚乱了。

黄风怪瞅准时机，一口狂风吹过去，把孙行者吹上了天。猪八戒机灵，眼见大风吹来，赶紧趴在石头缝里，成功躲过了一劫。

黄风怪打了胜仗，很开心，带着小妖们喜滋滋地回了洞府。他对小妖们说："小的们，不吹牛，那猴子这次完了，不死也得脱层皮。今天，咱们可以放心地喝酒吃肉了！"

有只小妖灌了半坛子酒，大着舌头问："大王，如果猴子没被风吹死，去别的地方请了救兵，那可咋办？"

黄风怪哈哈大笑："不用怕！我的神风，除了灵吉菩萨，谁来了也不管用！他要是再敢来，我用神风吹光他的猴毛，给你们下酒！"

正所谓，人狂必有祸，天狂必下雨，黄风怪一向谨慎，但这次打了胜仗，还是有点儿飘了。他没想到，这一时口快，却差点儿要了自己的命。

原来，孙行者被风吹走后，历经艰险，才找到了猪八戒。两人一合计，这样下去也不行啊，那风太厉害了。猪八戒脑子活，想了想，对孙行者说："猴哥，咱别来硬的，来点儿软的行不？"

孙行者一听，来了精神："啥是软的？"

猪八戒嘿嘿一笑，拍了拍脑袋，说："脑子啊，你有吗？"气得孙行者抡起棒子就要揍他。猪八戒赶紧求饶，说出了自己的主意——潜进妖怪洞府，刺探敌情。

说到潜伏，这可是孙行者的强项。说干就干，他立即变成一只蚊子，悄悄地飞进黄风洞，不一会儿，就成功获取到情报，知道了黄风怪的弱点——害怕灵吉菩萨。这一下，可把他高兴坏了，一个崩不住，差点儿显出原形。从洞里溜出来后，他赶紧叫上猪八戒，腾云驾雾，前往小须弥山，找灵吉菩萨去了。

　　对于这一切，黄风怪自然毫不知情。他知道孙行者不会善罢甘休，于是安排小妖们加强巡逻，把整个黄风岭守得固若金汤。另外，他也一直没有对唐僧下手。理智告诉他，只要唐僧还在，以后就算出了问题，多半也会有条生路。

　　数日后，孙行者又到黄风洞口叫阵。

　　黄风怪率领妖兵妖将冲出去，刚要吹出神风，灵吉菩萨忽然从天上出现了，丢下一根飞龙宝杖，幻化为一条八爪金龙，一下子就把黄风怪牢牢抓住了。

　　见是灵吉菩萨，黄风怪心想："完了，这还打个鬼呀，保命要紧！"于是，他赶紧现出原形，磕头如捣蒜，不停地求饶。灵吉菩萨也看在佛祖的面上，保下了他的小命。如此一来，唐僧自然也就得救了。**由于这一次脱险全靠请来了灵吉菩萨出手相助，所以，唐僧西天取经路上的第十四难便叫作"请求灵吉"。**

沙悟净
替玉帝"背锅"的老实人

"八十一难"之第十五、第十六、第十七难

主人公　沙悟净，又叫沙僧、沙和尚
武　器　降妖宝杖
特　点　老实，不爱说话。
弱　点　老实，不爱说话。

059

老沙是玉帝身边的亲兵，无论玉帝走到哪儿，他都常伴左右。玉帝作为天庭之主，大事小情都有他人代劳，就连掀个门帘子也不会自己伸手，都得由身边的亲兵帮忙，老沙就是专门负责给玉帝掀门帘的，因此被封了个"卷帘大将"。

卷帘大将其实就是玉帝身边的"门童＋保镖"，虽然如此，天庭中那些大仙却也不敢轻视他——他虽然官职不大，却是玉帝的心腹。

玉帝之所以选老沙做随从，是因为老沙是个"闷葫芦"，平日里埋头干活，很少说话，更不会与别人嚼舌头，把诸如"玉帝今天去哪儿了""玉帝昨天干什么了"之类的事情与别人说。玉帝觉得，把这样一个人放在身边，很放心。

替玉帝"背黑锅"的卷帘大将

这天，王母娘娘召开蟠桃会，邀请了全天庭的大仙参加，玉帝也去了。那天，玉帝早早就来到蟠桃会现场，卷帘大将撩起门帘请玉帝入场，然后站在门口守卫。此时，玉帝又折了回来，对卷帘大将说："咱们来早了，里头除了几个宫娥没有其他人，我想趁这工夫好好喝上几杯。要是王母娘娘来了，你得赶紧告诉我，她不许我喝酒。"

卷帘大将点点头，再次给玉帝卷起门帘，玉帝便进去大喝特喝了。

卷帘大将站在门口，不断地向四周张望，心想："只要王母娘娘来了，我便高声说'王母驾到'，玉帝便可知道了。"

不一会儿，从远处来了一位神仙，卷帘大将定睛观瞧，原来是太上老君。这太上老君最好酒，他和玉帝一样，早早来到蟠桃大会，就是想趁着王母娘娘不在多喝几杯。卷帘大将见太上老君驾到，也为他卷起门帘，太上老君很客气地说："有劳大将，有劳了。"卷帘大将还是不说话，只微笑致意。

太上老君好像突然想起了什么，从怀里掏出一枚药丸，说："这是我最新研发的金丹，吃了之后可以提升五百年修为，送给大将吧。"卷帘大将本想拒绝，但无奈太上老君太过热情，只好收下。太上老君又道："赶紧吃了吧，放得时间久了，恐怕药性会减弱。"看着太上老君期待的眼神，卷帘大将只好把药丸放到口中。药丸下肚，他顿时感觉全身充满力量，神清气爽，心想："这太上老君的仙丹果然名不虚传啊"。

太上老君却还是不走，眼巴巴地看着卷帘大将问："有什么感觉？"

卷帘大将本想说："感觉良好。"但是却光张嘴，说不出话来。太上老君看卷帘大将似乎变成了哑巴，说道："我就知道这药丸会有副作用，没想到会让人失声，不过大将请放心，这只是暂时的，估计是药劲儿太大导致的，你休息两三天一定会好。"说完便进到宫殿里，与玉帝喝酒去了。

卷帘大将心想："这老头子，居然用我试药！以后可不能再轻易吃他给的东西了。"

就在此时，只见远处一行人飘然而至，为首的正是王母娘娘，卷帘大将刚想说"王母驾到"，却想起自己现在已经成了哑巴，根本说不出话！卷帘大将非常焦急，心想："玉帝让王母娘娘来了给他预警，现在我不能发声，这可怎么办？"情急之下，他看见身边摆着一个玻璃盏，这是天庭的宝物，王母娘娘最喜欢，但卷帘大将也管不了那么多了，伸手便将那玻璃盏推到了地下。

"啪嚓"一声，宝物摔得稀碎，王母娘娘此时正好走到了门口，她见卷帘大将摔碎玻璃盏，勃然大怒，说："卷帘大将，你什么意思？明知道我最喜欢这玻璃盏，却当着我的面把玻璃盏摔碎，是在挑畔吗？"

卷帘大将想解释，却说不出话来。这时，玉帝和太上老君听到声响，也从宫殿中走了出来。玉帝问："怎么回事儿？"

王母娘娘怒气未消，说："他打碎宝物玻璃盏，要重重治罪！"

玉帝问卷帘大将："你为何如此？快向王母解释！"可卷帘大将仍然是一言不发。

太上老君赶紧说："卷帘大将刚才吃了我的一颗金丹，暂时失声，因此口不能言，还请王母娘娘多多原谅。"

王母娘娘眼珠子一转，说："他不能出声，所以才会碎玻璃盏，为的就是给老君和玉帝通风报信，你们两个一定在悄悄喝酒，对不对？！"

玉帝赶紧否认，说："我们两个没喝酒，卷帘大将是失手打碎了玻璃盏，哪里是为了通风报信？"说罢他频频向卷帘大将使眼色。卷帘大将无奈，只好点点头，表示是自己失手打碎了玻璃盏，与玉帝无关。

王母娘娘冷笑一声，说："卷帘大将，既然你把罪责都往自己身上揽，那就别怪我无情，来人，把卷帘大将打下凡间，以后每隔七日，用飞剑刺他一百下！"就这样，卷帘大将从天庭被贬到人间。

水下霸主沙悟净

卷帘大将被贬人间后，住进了流沙河。这流沙河在今天的甘肃省张掖市临泽县境内，唐朝时属于"吐蕃国"。当时，此河宽数百里，神仙难渡，人迹罕至。卷帘大将到此后，为了躲避天庭的飞剑，只好日日躲在流沙河底。在暗无天日的环境中待久了，他的外貌也发生了变化——皮肤变成了青灰色，头发变成了红色，眼睛冒着血光，活脱脱一副妖怪面孔。

这天，卷帘大将正伏在河底，观音菩萨找到了他，对他说，想要逃脱悲惨境地，就要等取经人路过此地时，拜他为师，然后一心一意保他去西天取经。卷帘大将没有理由拒绝，便答应下来。观音又给他取了个法号叫"悟净"，卷帘大将原本姓沙，因此便叫"沙悟净"。

不知过了多久，沙悟净发现有人来到流沙河岸边，其中有一个骑白马的和尚，另有一猪、一猴，他们被宽阔的流沙河挡住了去路，一筹莫展。

沙悟净见唐僧、孙悟空、猪八戒被困在流沙河旁，心里头非常吃惊。为什么？因为他认出了孙悟空和猪八戒。当年孙悟空大闹天宫时，沙悟净是玉帝身边的侍卫，虽然没有与孙悟空交手，但亲眼见孙悟空打遍天庭无敌手。至于猪八戒，此时已经变成猪头猪脑的样子，与当年的天蓬元帅大不相同，但沙悟净认识猪八戒手中的九齿钉耙，这钉耙是太上老君为天蓬元帅量身打造的，属于神兵利刃，沙悟净在天庭工作多年，焉能不识？

再看唐僧，慈眉善目，法相庄严，一副得道高僧的样子。沙悟净心想："他十有八九就是取经人了，我能否改变命运，全靠他了。"想到这儿，沙悟净心里直犯嘀咕："取经人为何会与天蓬元帅和孙悟空同行？孙悟空大闹天宫，罪大恶极，早被如来压在了五行山下；天蓬元帅调戏嫦娥，被打了一顿，贬入凡间，变成了这副猪样子，他们怎么敢到处溜达？"想来想去，沙悟净终于找到了"答案"——"一定是这两个坏家伙劫持了取经人，用取经人要挟天庭免除他们的罪过。"

想到这里，沙悟净觉得自己不能袖手旁观，一定要从"坏人"手中解救唐僧。他猛地从流沙河里跃出，扑向唐僧，想要把唐僧从孙悟空和猪八戒手中"夺走"。

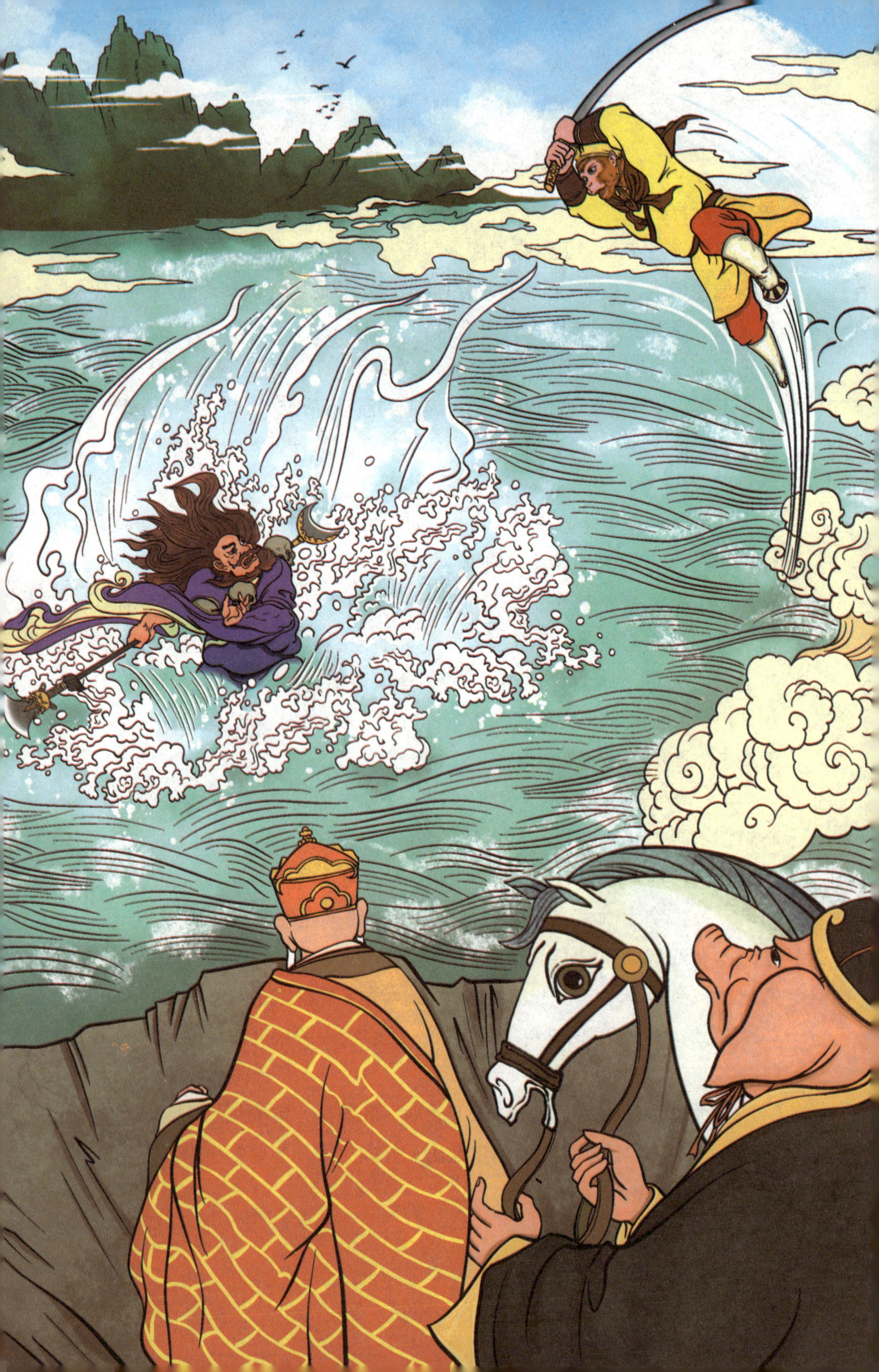

另一边，师徒三人正在思考如何过河，眼前的流沙河，水势凶险，连鹅毛也漂不起来，更别说是船了。孙悟空和猪八戒能飞过去，唐僧可怎么办啊？所以，**眼前的古怪大河也就成了唐僧取经路上的第十五难——流沙难渡。**

正在唐僧一筹莫展时，突然看见河里跳出个妖怪向自己扑来，他自然认为此人想要"抢人"，因此大吃一惊。孙悟空反应快，抱起唐僧就跑。猪八戒刚加入取经人的队伍，想要在师父、师兄面前展示自己的本事，于是勇猛地挥舞起九齿钉耙，打向沙悟净。

沙悟净"救"唐僧的计划失败，只好与猪八戒对打，二人一个是天蓬元帅、一个是卷帘大将，武功在伯仲之间，打得是难解难分。另一边，孙悟空将唐僧放到安全地方后，眼看猪八戒不能打败沙悟净，便拿着金箍棒前去助阵。

孙悟空一出手，沙悟净立刻抵挡不住，只好逃进流沙河。孙悟空水性不好，不敢在水中与人争斗，这正好给了猪八戒耀武扬威的机会。猪八戒说："我当年是天蓬元帅，掌管十万水军，最善于水战，看我下水去把妖怪打死。我这九齿钉耙，打在他身上就是九个窟窿眼儿，九个眼儿一起流血，即便不死也得破伤风。"

孙悟空说："你别说了，要去赶紧去！"

猪八戒下水与沙悟净争斗，这些年来，沙悟净一直在水下生活，早就练就了非凡的水下功夫，猪八戒虽然善于水战，但依旧不能取胜。猪八戒见状，便假装战败，向岸边逃去，沙悟净却并不追赶。

猪八戒上岸后，对着水里大喊："有本事你上来啊！"

沙悟净在水中说："你想骗我上岸，然后和猴子一起打我？我才不上当！有本事你下来！"

就这样，一方不敢上岸，一方不敢下水，双方就这么僵持着。

沙悟净在水下待了许久，其间想了许多"救"唐僧的办法，但一想到孙悟空的厉害，便觉得自己这些办法没一个管用的。正苦恼间，突然听到岸上有人大喊："沙悟净，沙悟净。"

沙悟净浮出水面，向岸边看去，见说话的人是观音手下弟子木吒，赶忙迎过去说："有失远迎，不知观音菩萨在什么地方？取经人被孙悟空和天蓬元帅掳走了！得赶紧想办法啊！"

木吒道："非也，孙悟空、猪八戒和你一样，都拜了取经人为师，同上西天取经，你也赶紧出来拜师吧。"

沙悟净这才恍然大悟，赶紧跳出河水，去拜唐僧为师。沙僧虽然成了唐僧的徒弟，但对于唐僧而言，他的出场方式着实令人感到恐惧，因此唐僧西天取经路上的第十六难便是——收得沙僧。

收服了沙悟净之后，唐僧的"西天取经团队"终于凑齐了，但"西天"的神仙们对他们还不放心，想要测试一下他们是不是有足够的意志去取经。于是，观音菩萨、黎山老母、文殊菩萨、普贤菩萨四位神仙，变成了一个母亲带着三个闺女，还凭空变出了一所大宅子，出现在唐僧取经的必经之路上。

唐僧师徒路过神仙变出的大宅子，想要借宿一晚，神仙们自然很愉快地答应了。进入大宅子之后，观音菩萨变的老母亲对师徒四人说："我们家可有钱了，但可惜的是家里没有男人，想让你们留在家中，各自娶我一个女儿为妻，从此以后荣华富贵享用不尽，不知道你们愿意吗？"

唐僧、孙悟空和沙悟净意志坚决，表示自己要到西天取经，安家过日子的事是想也不会想的。只有猪八戒动了凡心，想要留在神仙家里当女婿，结果被神仙捉弄了一番，最后还被吊在了树上。这便是西天取经路上唐僧师徒遇到的第十七难——四圣显化。

镇元子
低调的"大咖"

"八十一难"之第十八、第十九难

主人公	镇元子
法　宝	袖子
特　点	地仙之祖，地位很高，神通广大，绝招是袖里乾坤。他热情好客，心地善良。
弱　点	太爱面子，极为护短。

在巍峨的万寿山上，有一座道观，名叫五庄观。观里住着一位大仙，道号镇元子，又叫与世同君。

在神仙圈里，镇元子的地位很高。他神通广大，打得过如来佛祖，斗得过观音菩萨，和元始天尊、灵宝天尊、道德天尊都是好朋友，门下的散仙不计其数，而且身边还有四十八个徒弟，个个法术高强。可以说，他是个真正的"大佬"。

天底下最珍贵的"水果"

这一天，镇元子受到元始天尊邀请，要到上清天的弥罗宫去参加聚会。临出发前，他掐指一算，算出自己外出期间有个老朋友要来。于是就对留守的两个徒弟清风、明月说："过两天，我有个老朋友从这里路过，你们好好招待，摘两个人参果给他吃。"

听到要用人参果招待客人，清风、明月大吃一惊。因为这人参果很不简单，这种果子，又叫草还丹，天地间只有这么一棵人参果树。它三千年开一次花，又过三千年结一次果，再过三千年果子才会成熟。而且每次结的果子，不多不少，只有三十个。成熟的果子，样子就像刚出生的小婴儿，四肢、五官都有，闻一闻就能活三百六十岁，吃一个就能活四万七千年，非常神奇。

"师父，您自己都舍不得吃人参果，要用它来招待谁？"清风好奇地问。

"一个和尚。"镇元子微微一笑说，"他来自东土大唐，如今要往西天拜佛求经。"

"道不同，本不相为谋，"明月好奇地问，"您和他咋认识的？"

"他是金蝉子转世，前世是如来佛祖的第二个徒弟。"镇元子说，"五百年前，我俩一起喝过茶。"

清风、明月惊掉了下巴。

"果子有数，只准给他两个。"镇元子接着说，"唐僧是个老实人，不过要防着他的几个徒弟。"说完，他带着其余的四十六个徒弟，驾起祥云，飞往弥罗宫了。不过，他做梦也没有想到，自己的一番好意，竟然会惹出大祸。

弥罗宫聚会结束，已经是三天后了。这天清晨，镇元子带着一群徒弟，又不紧不慢地返回了五庄观。可是刚走到观门口，他就发现了不对。

"观门大开，难道是清风、明月在打扫卫生？"镇元子笑着对身后的徒弟们说，"这两个懒货，今天变勤快了！"身后的徒弟们也都笑了起来。

不过，刚走进观里，他就发现自己猜错了。因为地上并没有打扫的痕迹，而且香炉里的香烛也灭了，周围静悄悄的，一个人影也没有。他带着徒弟们，找到房间里，却发现清风和明月蒙头大睡，怎么叫也叫不醒。

"不对！成仙的人怎么会这么困？"镇元子说，"他们是中了瞌睡虫，快拿些水过来！"

有个徒弟机灵，赶紧递来了水。镇元子接过水，念动咒语，淋在清风、明月的脸上，解开了瞌睡虫。

清风、明月忽然惊醒，抬头一看，发现师父回来了，慌忙跳下床磕头。明月一边磕头，一边抹眼泪，说："师父啊，你那个老朋友和他的徒弟，都是强盗啊！"

镇元子吃了一惊，连忙问是怎么回事。清风和明月你一言我一语，说了半天，才把这件事说明白。

原来，镇元子走后的第二天，观里就来了四个和尚，正是唐僧和他的三个徒弟。清风、明月知道这是师父的贵客，不敢怠慢，就把他

们请进了客房。

安排妥当后,两人想起师父的吩咐,就赶紧跑到果园里,摘了两个人参果。他们趁着孙悟空、猪八戒和沙和尚不在,偷偷把果子拿来给唐僧吃。可谁知道,这个唐僧是个憨和尚,他看见人参果有四肢、五官,而且白白胖胖,像个小婴儿一样,吓得脸色发白,说啥也不肯吃果子。

清风和明月没办法,只好端着人参果,回到自己房间里。因为人参果从树上摘下来后,不能久放,他们就一人一个,美滋滋地把果子吃了。这边吃得香甜,却不想勾起了隔壁厨房里一个人的馋虫。

猪八戒正在厨房里找吃的,听到隔壁传来两个童子吃人参果的声音,馋得口水直流,恨不得立马冲过去,抢一个果子吃。

"想背着俺老猪吃仙果,没门儿!"猪八戒擦了擦口水,转身去找孙悟空了。

孙悟空也不是个老实人,当年守蟠桃园时,他就监守自盗,可没少偷桃子吃。在猪八戒的撺掇下,他也对人参果垂涎三尺,几乎不假思索就加入了"偷盗"团伙。

"俺老孙吃过蟠桃,喝过琼浆玉液,就是没吃过人参果。走走走,去摘几个尝尝鲜。"孙悟空更猴急,拉起猪八戒,一溜烟跑到果园去了。

人参果很神奇,遇到金就会落地;遇到木就会枯萎;遇到水就会融化;遇到火就会变焦;遇到土就会钻进去。摘果子时,孙悟空不知道方法,结果导致一个果子落到地上,钻进土里去了。后来在土地公的帮助下,他好不容易才又摘了三个果子,拿回去与猪八戒、沙和尚一人一个,给分吃了。

正所谓好事不出门,坏事传千里,清风和明月很快就发现,自家的人参果被偷了。他俩赶紧跑去清点,数来数去,发现少了四个果子。两人心里气极了：这几个小偷，竟然跑到我们这里偷东西！

他们找到唐僧师徒，破口大骂起来，污言秽语，骂不绝口。

唐僧脾气温和，听到他们骂街，也不生气："仙童啊，慢点儿骂，有话好好说。"

孙悟空耿直，大方地承认摘了三个果子。不过，这一承认却又惹出了大麻烦。

明月说："小偷，你明明偷了四个，为啥只敢承认偷了三个？"

猪八戒一听，撇撇嘴说："猴哥，偷了四个，只拿出来三个分，不地道啊。"

孙悟空是个暴脾气，被人一口一个"小偷"地叫着，他还能忍，毕竟理亏嘛。可自己明明只摘回三个果子，却硬被人说成四个，他忍不了，跳起来，龇牙咧嘴地说："打人不打脸，这两个童子，太可恶了！"

说着，他一个筋斗翻到果园，举起棒子，对着人参果树，"噼里啪啦"就是一通"强力输出"。只一会儿工夫，人参果树就变得惨不忍睹了。打完还不解气，他又使出吃奶的力气，用力一推，把树推倒了。

清风和明月发现人参果树被推倒了，吓得魂飞魄散，趴在地上放声大哭："师父回来，这可怎么说呀！"

哭归哭，两人到底是见过大场面的人，脑子转得也快。他们商量着，先把唐僧扣下，师父回来时也好说一些。

于是，两人使了个"缓兵之计"，跑去向唐僧认了错，还说果子一个也不少，是自己数错了。接着，他们又给唐僧师徒准备了很多饭菜，趁他们吃饭的时候，悄悄用一把大铜锁，把门给锁了起来。

但一把锁，又怎么能锁得住孙悟空？等到夜深人静时，他使了个开锁的小法术，就把大门打开了，然后带着唐僧、猪八戒和沙和尚扬

长而去。临走之前,他还变出两个瞌睡虫,扔在了清风和明月的脸上,想让他们多睡一会儿。

弄清楚了事情的经过,镇元子也不生气,对清风和明月说:"不怪你们,那个猴子很厉害。"

他又对其他徒弟们说:"徒弟们,收拾好刑具,等我回来打他。"

说着,他带着清风、明月,驾起祥云,往西追去。

不打不相识

不一会儿,镇元子就追上了唐僧师徒。他让清风和明月先回去准备绳索,自己却摇身一变,变成一个道士,向唐僧师徒走去。

"长老,你们从哪里来,要到哪里去?"镇元子问。

唐僧回答说:"我们从东土大唐而来,要到西天拜佛求经。"

镇元子又问:"你们从东边来,可曾路过一个道观?"

孙悟空机灵,一听不对,赶紧否认:"不曾!不曾!我们从别的路过来的。"

镇元子指着孙悟空,笑着说:"你这个猴子,还在撒谎!你推倒我的人参果树,还不招认吗?"

孙悟空现在知道,正主来了,也不说话,举起棒子就打。不过,他的本领虽然很大,但在镇元子面前却是小巫见大巫。

镇元子哈哈一笑,袖子一挥,就化解了孙悟空的攻击。接着,他使出绝招"袖里乾坤",扬起袖子迎风一展,就把唐僧、猪八戒、沙和尚,包括白龙马,都收了进去。孙悟空想逃,但却有心无力,也被收了进去。

回到五庄观,镇元子把唐僧师徒从袖子里一个一个提了出来。他的徒弟们一拥而上,把他们绑在了柱子上。这便是唐僧西天取经路上的第十八难——五庄观中。

镇元子说:"清风、明月,取皮鞭来,先打他们一顿!"

清风取来皮鞭,笑嘻嘻地问:"师父,先打哪个?"

"徒弟犯错,先罚师父。"镇元子指着唐僧说,"先打他。"

孙悟空一听,赶紧说:"错了,错了!偷果子的是我,推倒果树的也是我,先打我!先打我!"

镇元子笑着说:"你这猴子,还挺有孝心,那就打你吧!"

清风问:"打多少?"

镇元子说:"打三十鞭。"

清风也不多说,举起鞭子,"噼里啪啦"就打了三十下。

打完孙悟空,镇元子的气也消了一些。"今天不打了,看好他们,明天接着打唐三藏。"镇元子对徒弟们说,"徒弟犯错,师父一定要受罚。"

果然,第二天一大早,他就吩咐徒弟拿来鞭子:"今天该打唐三藏了!"

这次轮到明月出气了。他举起鞭子,对着唐僧,使劲打了下去。可是,打着打着,他就发现不对劲了。那个"唐僧"只会"嗯啊,哈啊"的,连喊疼都不会,像个木头。

他转身又去打"孙悟空"、"猪八戒"和"沙和尚",发现也都只会哼哼唧唧。忽然,一阵金光闪过,柱子上绑着的四个人,变成了四段柳木。

原来,唐僧师徒早就趁着夜色逃走了,柱子上绑着的"四个人",其实是用柳木变的假人。

镇元子也不生气,冷笑着说:"这个猴子,还真有些本事。"说着,他驾起祥云,又向西追去了。

论本事,镇元子比孙悟空等人强太多,他很快就追上了唐僧师

徒。虽然孙悟空、猪八戒和沙和尚竭力抵抗，但鸡蛋怎么也碰不过石头。没有任何悬念，他们又成了镇元子的俘虏。

这一次，他打算换种方式惩罚他们——下油锅。

他让徒弟们支起一口大锅，里面装满了油，下面堆上干柴，烧了起来。

"油烧滚了，把猴子推进去，为人参果树报仇！"他厉声说。

油很快就烧滚了。几个仙童抬着捆成一团的孙悟空，往锅里一扔，只听"扑通""哗啦"——孙悟空是进油锅了，可油锅也漏了。原来，在被扔进油锅前，他使用法术，把自己与旁边的石狮子互换了。这么大的石狮子砸进锅里，不把锅砸烂才怪呢。

镇元子大怒，说："好你个猴子，竟然砸坏我的锅！"他使了个法术，很快就换了一口新锅，抓起唐僧就要往锅里扔。

"你再敢逃，就扔你师父下油锅。"

孙悟空一听慌了，心想：师父不会法术，一下油锅，人就没命了，还取什么经。想到这里，他也不逃了，笑嘻嘻地对镇元子说："我不逃，刚才只是去方便一下。"

镇元子哪里有心情听他胡说，抓起他就往油锅里扔。不料，却又听到孙悟空说："你这人太小气了，不就是一棵人参果树嘛！你放过我们，我还你一棵活树！"

镇元子一听也乐了："猴子，你要是能让树活过来，我愿意和你结拜为兄弟。"

他心里其实很清楚，人参果树已经倒了，想要医活，难如登天。但是，如果孙悟空真有办法让这棵树起死回生，说明他很有本事。和一个有本事的人结拜为兄弟，有什么不好呢？

于是，镇元子和孙悟空达成协议，一个放人，一个治树，但期限只有三天时间。

孙悟空离开五庄观，去想办法了。他走后，镇元子很守信用，他并没有为难唐僧、猪八戒和沙和尚，而是好吃好喝地招待他们。

"多吃多喝吧！"镇元子对唐僧师徒说，"三天后，如果猴子不回来，我还抓你们下油锅！"

猪八戒心眼小，怀疑孙悟空是想一个人溜走，于是一边大吃大喝，一边擦鼻涕抹眼泪。"猴哥，你可要回来啊！我不想变成'油炸猪排'！"

听见猪八戒干号，镇元子心里也犯起了嘀咕："猴子还会回来吗？"

谁也没有想到，三天后，孙悟空真的回来了。他不仅回来了，还带来了一个大人物——观音菩萨。

原来，与镇元子达成协议后，孙悟空就马不停蹄地去找救活人参果树的方法了。凭着在神仙圈里的人脉关系，他到蓬莱找过福、禄、寿三星，又到方丈仙山找到东华帝君，还到瀛洲找过瀛洲九老，但始终没有寻得救活果树的方法。最后，直到在南海找到了观音菩萨，这才终于有了希望。

看到观音菩萨也来了，镇元子赶紧迎接。

观音菩萨也不废话，径直来到果园，她让孙悟空、猪八戒和沙和尚把倒在地上的果树扶起来，用土把根埋好。然后，她一边念咒语，一边拿出玉净瓶里的杨柳枝，沾些露水洒在果树上。

奇迹发生了，只一会儿工夫，人参果树的叶子绿了，断枝也愈合了，就连钻进土里的人参果也都长了出来，和被毁之前一模一样。

镇元子又开心，又佩服。他立即让清风、明月摘下十来个人参果，请大家同享"人参果"。在大会上，他拉着孙悟空结拜为了兄弟。虽然最终的结局皆大欢喜，但是唐僧师徒在五庄观中因人参果颇是经历了一番波折。故此，唐僧西天取经路上的第十九难便是"难活人参"。

白骨精
妖怪也会"离间计"

"八十一难"之第二十难

主人公　白骨精
武　器　白骨利刃
特　点　善于变化、诡计多端。僵尸一枚,"演技"满分。"情商""智商"双高,愣是让孙猴子打了三回才毙命。
弱　点　武力值极低。

白虎岭风景秀美，是块松楠秀丽、薜萝满目、芳草连天的风水宝地。白骨精见这地方不错，便住了下来，时不时到周围村庄抓人来吃，日子倒也过得逍遥自在。和其他大魔王比起来，白骨精法力不高，地盘不大，身边连个充门脸、供使唤的小妖都没有，正儿八经光杆司令一个。但是，她堪称一流的"变幻之数"，以及屡试不爽的"离间计"，却远超其他大魔王。她幻化为人形时，上至八旬老妪、下至十八岁妙龄女子，都能装扮得惟妙惟肖，让人难辨真伪。而且她善于揣摩人性，迎合对方的喜好，并利用人性弱点，挑起人们之间的矛盾，瓦解对手团队的力量。正是靠着这一拿手好戏，再加上"离间"的好功夫，白骨精吃人多年，没人能动她分毫。

原以为她的好日子会一直持续下去，可是有一天，她却惹了不该惹的人。

话说唐僧骑着白龙马，带着三个徒弟一路向西，只见眼前耸立着一座高山，甚是险峻。

带队的唐僧见山高路险，叮嘱大家要小心一些，谨防危险。孙猴子听后，拍了拍胸脯说："没事，有我呢。"孙猴子言出必行，立马冲到队伍最前方，用金箍棒剖山开路，震退其中的虎豹、狼虫，护着唐僧一路走到了半山腰。

唐僧走了半天的路，肚子饿得咕咕叫，着实没了力气，便让孙猴子去化些斋饭吃。可是，这荒山野岭的，前不着村、后不着店的，饭肯定是没处去寻了，摘些野果更现实。

只见孙猴子腾上筋斗云，用他那火眼金睛往下一望，立马就看到南边山上的向阳坡上有一片鲜红的点子。

孙猴子是谁？他可是吃遍天下桃子无敌手，曾经为玉皇大帝看过蟠桃园的齐天大圣啊！他一看就知，这些红点子都是熟透了的山桃。

这猴子见了桃，就像小朋友见了糖果一样，连蹦带跳地驾起祥

云，去摘桃子了。

孙猴子摘桃的动静着实有点儿大，把在洞里睡觉的白骨精给惊动了。白骨精立马踏着阴风，出洞察看，想看看是谁在她的地盘上"撒野"，摘她家果园的桃子也不言语一声。

白骨精乘着阴风向下望，一眼就看着了唐僧师徒。

这白骨精又名"白骨夫人"，觊觎唐僧肉不是一两天了，她老早就打听到唐僧乃金蝉子转世，十世修行的原体，吃他一块肉，便能长生不老。只奈何妖精各有地盘，自己法力不强，也不敢跑到别的妖精处抢人。本来她还一天到晚提心吊胆，唯恐唐僧被其他大魔王给吃了。如今，眼见唐僧一行人自投罗网，来到了自己的地盘上，心里那个乐呀！也顾不得管桃子被偷的事了，恨不得马上就把唐僧捉到手。

白骨精正想一把抓住唐僧就开吃。可又一瞅，唐僧身旁有天蓬元帅猪八戒和卷帘大将沙僧两员大将保护，想着自己光杆司令一个，连个帮手也没有，这要是打起来，自己肯定占不了便宜，只得退了回来。

久居荒山的白骨精，知道这山里本就人烟稀少，又被她隔三差五地抓几个吃掉，如今更是百里不见一户人家，所以，她料定唐僧一行无处化缘，此时，必定是又累又饿。若此时给师徒一行送些"饭菜"，不正好可以接近唐僧吗？

"不如，我先幻化成人形，去探探虚实，再见机行事。"白骨精自言自语道。

只见白骨精一转身，就变成一个妙龄女子，左手提着青砂罐，右手提着绿瓷瓶，直奔唐僧走来。

白骨精来到唐僧师徒身旁，假惺惺地说自己是信佛好善之人，只要唐僧师徒不嫌弃，她愿意把这手中的饭菜奉给他们吃。

猪八戒见状，好不开心，立马就要开吃。

唐僧乃是得道高僧，哪里肯轻易受人恩惠，又因这一路荒芜，不曾见庄户人家，难免对这位突然冒出的妙龄女子心中起疑，于是拦下了不管不顾的猪八戒。

白骨精眼看就要得手，却被唐僧拦下，心中十分恼怒，又不好当面发作，只得装出一副楚楚动人的模样，掀开盛饭菜的盖子，略有些委屈地说："这是米饭和面筋，全都是斋僧的素食，若你们不嫌弃饭菜不好，我愿意把饭菜奉给师父吃。"

猪八戒看到白花花的大米饭，馋虫都被勾了出来。

白骨精看到猪八戒的样子，不由得觉得好笑，于是故意把饭菜向猪八戒面前挪了挪，心想，"看你馋不馋，只要你们肯吃这饭菜，分散了注意力，还怕我掳不走唐僧，吃不上唐僧肉。"

哪知，这唐僧最是唠叨，先前还饿得不行，这阵子又东拉西扯地问起了白骨精的家世，家中还有哪些人，怎么独自跑到这荒山里来。

白骨精深吸口气，平复了一下她那急躁的心情，想着自打来到白虎岭，吃人哪费过这番工夫。算了，好饭不怕晚，且再忍忍，与唐僧周旋周旋。

白骨精对唐僧师徒言道："家中父母心善向佛，乐善好施，于是得了福报，生下我这么个独生女儿。我长大成人后，父母怕我远嫁，家中绝了香火，便与我招了上门女婿。如今，我家夫婿在山上种地，中午送饭，不敢劳累年迈父母，只好独上山来。"说罢，便把饭菜再次递上，要送与唐僧师徒吃。

唐僧闻听此言，连连点头，却不肯接过白骨精手中的饭菜。

唐僧说，若吃了这些饭菜，一则是怕白骨精的丈夫挨饿；二则也怕白骨精的丈夫没了午饭，心中恼怒，惹得人家夫妻吵架。

白骨精听到唐僧如此这般说，差点儿在心中笑岔了气，心想，"这唐僧也真是好骗，想我白骨精虽然被称作'白骨夫人'，却不像世俗

女子一样真的有丈夫——幸亏没丈夫，要是都跟你唐僧一样啰啰唆唆，我还不得给烦死。"

心里虽烦，但为了唐僧肉，白骨精不得不假惺惺地说道："我丈夫比我父母还心善，要是知道我把饭食送给你们吃，一定会很高兴。"

肚子快要饿瘪的猪八戒，看到师父和白骨精推来让去，一把夺过罐子就要吃。正巧此时孙猴子摘桃回来，火眼金睛的孙猴子一眼就看出，眼前这个娇滴滴的美少女是妖精，于是抡起金箍棒照着妖精的脑袋就是一棒。

妖精的"连环计"

白骨精早有防备，还没等棒子落下，便抽出真身先跑了。

唐僧哪里知道这些，反倒怪孙猴子滥杀无辜。话到激烈处，竟然说自己的命是天定的，就算被妖精吃了，也是命该如此。

孙猴子无奈，只得拿来妖精丢下的瓶、罐让唐僧看。里面哪有什么饭菜，全都是青蛙、癞蛤蟆，正满地乱跳呢。唐僧看到这些，方才信了。

猪八戒不肯罢休，饭没吃成，美少女也给打死了，他心里那个恼呀！于是和唐僧嚼舌头根子说，这些都是孙猴子的障眼法。

唐僧听闻，觉得猪八戒说的也有道理，于是念起了紧箍咒，一时间，孙猴子痛得满地打滚。

白骨精站在云端，看着被自己"离间"，心生嫌隙的唐僧师徒，心中非但没有半丝悔过，反而恨得牙根痛。她心想，"要不是孙猴子来捣乱，我的唐僧肉就到口了。"

白骨精执着于吃唐僧肉，得长生不老身，哪里肯善罢甘休。只见她摇身一变，立马变成个两鬓斑白、慈眉善目、一脸和善的老太太。

白骨精·妖怪也会"离间计"

白骨精心想,"你说刚才我扮的美少女是妖精,那现在,我就扮成美少女的老妈妈。你要是认不出我,我正好得机会掳了你师父来吃;你要是认出我来,再一棒下去,就坐实了你滥杀无辜的罪名——只要唐僧把你赶走,我就好下手了。"

白骨精变成的老太太拄着拐杖,边哭边喊着女儿,径直向唐僧一行人走来。

猪八戒见状,马上对师父说:"不好了,我猴哥刚才打死了人家闺女,你看,人家妈妈来寻人了。"

孙猴子听后,对师父说:"这老太太都八十了,怎么可能有十八岁的闺女,肯定是假的。"他也不理会白骨精的精湛演技,上来就是一棒。白骨精早就料到会如此,没等棒落,又提前抽出真身跑了。

白骨精的这第二棍可没白挨,唐僧恼怒孙猴子太过顽劣,一会儿就打死了两条人命,于是,一口气念了二十遍紧箍咒,孙猴子痛得满地打滚。这样也没能让唐僧解气,非要把孙猴子逐出师门。猪八戒也跟着起哄,打开包袱,就要分行李。

好端端的取经四人团,被白骨精给搅和得快要散伙了。

这边,白骨精站在云端看着这一切,心里仍旧没有半丝愧意,满脑子想的都是怎么吃唐僧肉,得长生不老之身。眼瞅着孙猴子一行再走四十里,就要出了自家地界,白骨精心里那个急呀,"不行,我费了这么大的劲,怎么着也得吃上口唐僧肉。"

忽然,她计上心头,"你唐僧不是信佛吗?不是喜欢向善之人吗?那我就满足你。"只见白骨精摇身一变,化身为一位年迈老头。只见这老头颤颤巍巍路都走不稳,一手拄了根拐杖,一手拿着串念珠,边走边拨着珠子,诵佛经。

果不其然,唐僧看到老头,欢喜得不得了。

白骨精仗着唐僧的喜爱,有点儿飘飘然了,以为孙猴子这次没认

081

出自己，于是走到孙猴子面前，说自己是来寻老婆、女儿的。不承想，孙猴子被她逃了两次，早就总结了失败的教训，根本就不理会白骨精胡说八道——他定在那里，元神早就出窍，去叫来了土地、山神，让他们埋伏在上空，避免妖精再次逃跑。众神应允，孙猴子安排妥当，这才对白骨精说："你个妖精，骗得了众人，却骗不过我。"白骨精心里一惊，想跑，却没机会了。

她恨自己一世聪明，自以为看透了人心、人性，能把世人玩弄于股掌之中，却不承想，她猜着世人的心思，世人也在猜她的心思，正所谓魔高一尺，道高一丈。白骨精最终没能逃出孙猴子的金箍棒。

白骨精被孙猴子一棍下去，打得魂飞烟灭，现出了原形。只见地上，倒地的老头顷刻间化成了一堆白骨，那白骨脊梁上还写着"白骨夫人"四个大字。

虽然白骨精葬身在了孙猴子的金箍棒下，可她的"离间计"却成功了。

在猪八戒的挑唆下，唐僧这回发了狠心，六亲不认，非要把孙猴子撵走。任凭孙猴子怎么说，就是不肯原谅他。孙猴子无奈，只得离开取经的队伍，独自落泪回花果山去了。对于唐僧的"取经事业"而言，遇到像白骨精这样的妖怪其实并不可怕，把孙悟空逐出取经队伍才是最大的灾难。因此，唐僧西天取经路上的第二十难便是——贬退心猿，意思就是赶走孙悟空。

奎木狼
痴情一片方为"妖"

"八十一难"之第二十一、第二十二、第二十三难

主人公　奎木狼
武　器　蘸钢刀
特　点　实力强劲，战斗力超强，八戒、小白龙都曾是他的手下败将，他本是天上掌管星宿的神仙，却因痴情，放着神仙不做，甘愿下界成为妖精——"黄袍怪"。
弱　点　自卑、孤僻、焦虑、抑郁。

别的妖怪要么独占洞府，一人吃饱全家不饿；要么和兄弟同住，醉酒狂欢逍遥痛快。偏偏是这宝象国碗子山波月洞内的"黄袍怪"最是顾家，什么事情都以老婆大人为重。青面獠牙的他，藏着一颗痴情心，只要老婆不往娘家跑，踏踏实实地和他过日子，老婆说什么就是什么，天大地大，没有老婆大。

"黄袍怪"原是天上二十八星宿神之一的奎木狼，为了和老婆长相厮守，他放弃仙职，偷偷下界。从仙到妖，他无怨无悔，老婆孩子热炕头的生活才是他的终极追求。

若不是遇到唐僧师徒，他永远也不会明白，曾经的两情相悦，已然成为对对方无尽的折磨。

山里来了个老和尚

这天，奎木狼正在家中石床上睡觉，被误闯此地的唐僧搅了好梦，也不管人家唐僧被自己青面獠牙的样子给吓得半死，立即命令手下小妖去捉唐僧。

这些小妖，在奎木狼的领导下，训练相当有素，三下五除二，就把唐僧捆了来。

想来，也是唐僧倒霉，奎木狼在此处为妖已经十三年了，和别的大魔王不同，他对捉人、吃人没什么兴趣，一心只想过自己的小日子。要不是唐僧误打误撞，自己送上门来，奎木狼才没工夫捉他呢！

虽然奎木狼不像别的大魔王一样，处心积虑地抓唐僧吃，可是，对于自己送上门的"美食"，他也是不会拒绝的。

这奎木狼一见唐僧，没急着下口，心想，一个和尚哪够他们一家子吃。不行，得再问问还有没有结伴同行的人，于是问道："你们一行几人啊？"

奎木狼·痴情一片方为"妖"

　　这唐僧最是实诚，马上把家底交代得清清楚楚，说道："我还有两个徒弟，外加一担行李，一匹白马。"估摸是怕自己没交代清楚，又对奎木狼说，自己的俩徒弟一个叫猪八戒、一个叫沙僧。师徒走到一个叫黑松林的地方时，唐僧饿了，于是便派猪八戒去化斋。猪八戒久久不还，沙僧便去寻找猪八戒。可是等了许久，也不见沙僧回来，唐僧只好亲自出马去寻找两个徒弟，找着找着，就误闯进了奎木狼的地盘。**这也成了唐僧西天取经路上的第二十一难——黑松林失散。**

　　奎木狼手下的小妖听说唐僧还有两个徒弟，立马来了精神，都自告奋勇要去捉人。只见奎木狼摆了摆手说道："别急，师父丢了，徒弟哪有不找的道理。咱们就在家里等着送上门的买卖吧。"

　　想必，这奎木狼一定熟读过兵法，知道主场作战能占尽天时、地利、人和，胜算要远远大于出门捉人。

　　果不其然，化斋回来的八戒和沙僧，一看师父不见了，立刻开始四下寻找。循着奎木狼老巢"碗子山波月洞"中发出的道道金光，他俩很快就找来了。

　　八戒一见是这妖精洞府，上前便高声大喊："开门，开门！"

　　小妖一见两人，立马跑去禀报奎木狼并喊道："大王，大王！买卖来了。"

　　奎木狼站在自家洞口和八戒、沙僧对阵军前，明知故问道："你们是哪里来的和尚，跑到我门前大喊大叫？"

　　八戒也不甘示弱，上前说道："我的儿子，你不认得我了，我是西天取经人的徒弟，你要是把我师父捉了去，就趁早乖乖地送出来，免得找打。"

　　常言说得好，越是有能力的人，越是不容易被激怒，这奎木狼根本不把八戒辱骂自己的话当回事，心里想着，一会儿抓了你包成肉包子，看你还骂不骂了，却不承想，百密一疏。满心净想人肉包子的奎

木狼，竟然张口就说，唐僧在自己洞里正吃人肉包子呢！想来这唐僧是得道高僧，平时连蝼蚁都不舍得踩死，怎么会吃人肉包子？沙僧一听就知道奎木狼在骗人，于是和八戒一起向奎木狼开战。

双方你来我往，打了半天，都没较出个高低来。

之所以形成这种局面，并不是奎木狼法力不足，而是有多位神灵在暗中护佑着唐僧师徒，若非如此，就算再来两个八戒和沙僧，也不是奎木狼的对手。

唐僧当"信使"

奎木狼领着一众小妖，在这边战得是你死我活，唐僧在妖精洞中哭得悲悲切切，他一会儿念叨八戒贪吃，一会儿念叨沙僧不知寻得了八戒没有，一会儿又念叨你们哪知我在这里受罪啊？

正哭着，忽然见洞里走出一个闭月羞花的美女来，美女见洞内绑了个和尚不由得纳闷，于是走上前问唐僧为何被绑到这里来。

哪知唐僧一贯的糊涂，不辨人与妖，竟摆出一副杀身成仁的架势说："你想吃就吃，还问什么问？"

美女听罢，立马解释道："我可不是吃人的妖怪，我是宝象国的三公主，十三年前，我正在家中赏月，却不承想被妖怪捉了来，硬逼着成了亲。这些年，我无时无刻不在思念自己的父母。"

唐僧听闻，方才把自己误入此地被抓的经过，细细说与公主听。

公主在洞府住的这些年，和家里断了联系。如今得知唐僧西行，便要唐僧帮自己捎书给家中父母，还说："你只要肯捎书，我便让大王放了你。"

这唐僧听后，立马点头应允，只不过，他那念叨叨的毛病一点儿也没改，还一个劲儿地问公主，如果家里不认你怎么办？

公主听闻，一边给父母写信，一边把家中情况说与唐僧听，并告诉他你只管捎书，我父母肯定会认我的。

公主写完书信，交与唐僧，让他藏好，又嘱咐唐僧不要乱跑，怕看门小妖不管不顾，误伤了他。言毕，便去找奎木狼求情去了。

只见公主走到洞外，对着正在半空与八戒、沙僧厮杀的妖精喊道："黄袍郎"。那奎木狼一听老婆在喊自己，架也不打了，立马落到地上挨着老婆说："媳妇，有什么事吗？"

公主对着奎木狼说："我刚才做梦，梦见一金甲神。"

这奎木狼以为是金甲神在梦里吓到了自己的老婆大人，于是怒道："是哪个金甲神？敢到我门上来？"看这架势，是准备找神仙打架呢？

公主拉住奎木狼说："我小时候许了愿，只要招得贤郎驸马，就一定上名山，拜仙府，斋僧布施。如今得了你这样的如意郎君，却未曾还愿，想是神仙怪罪呢？我心里发慌，想着告诉你，却不料，在家里见着了一个被绑的僧人。你看在我的面子上，饶了那个和尚吧！只当为我还愿。"

虽说奎木狼法力超群，心计又深，但一遇老婆撒娇，便没了主意。想也不想就说："我当什么大事，只要你开心，你想放就放。"说罢，还不忘深情地冲着老婆一笑。

公主听后，立刻回道："那就从后门放了他吧！"

奎木狼一向对老婆言听计从，哪有不答应的。只见他放下兵器，对着八戒、沙僧大喊："猪八戒，你给我过来，我和你说，不是我怕你，今天看在我老婆的面子上，我且放了你师父。你们赶紧去后门接他，一起去取你们的经吧！别再来我这儿了，要不然，有你们好看的。"

这八戒和沙僧听后如获大赦，一溜烟儿地跑了。

这也难怪，两人与奎木狼打斗许久，半点儿便宜都没占着。再纠

缠下去，以他俩的法力，只输不赢，此时不走，更待何时。

二人跑到后山，寻到躲在草丛中的唐僧，一行人慌忙西行而去。**这便是唐僧西天取经路上要跨过的第二十二难——宝象国捎书。**

八戒大战奎木狼

唐僧一行人走了一程又一程，终于走到了公主求捎书的地方——宝象国。

唐僧来到此处，照例需求见国王，倒换通关文牒。换过文牒，唐僧不负公主所托，把书信交与国王。

国王这才知道，自己久寻无果的女儿——百花公主竟是被"黄袍怪"掳去，被逼成亲了，困于妖精洞内十三年。如今女儿一字一泪，求父亲捉妖搭救自己，当父亲的哪有不管的道理。

国王心如锥刺，眼泪哗哗直下。

过了许久，国王抹了抹泪问手下文武官员谁能领兵，捉拿妖怪，救出女儿百花公主。

那些大臣面面相觑，无人敢应。这也难怪，一方是人，一方是妖，实力太过悬殊。

国王无法，只得向唐僧求助。并承诺，只要能救自己女儿，他情愿和唐僧结为兄弟，送他半壁江山。

唐僧连连摆手，说自己可不会捉妖，一路全靠手下两个徒弟保护。

国王听后，连忙叫人宣八戒和沙僧入殿。

这八戒也是猪心，先前和奎木狼交战，半点儿便宜没占，好不容易逃脱，此时又出来逞强，把他的三十六般变化一一变化给国王与众人瞧。

奎木狼·痴情一片方为"妖"

这国王与众人哪见过这样的神通，个个称赞。八戒应了国王请求，前去捉妖。还是沙僧稳重，知道上次就没打赢奎木狼，怕八戒吃亏，急急地追了出去。

两人熟门熟路，来到奎木狼洞府门前，也不客气。只见八戒一铁耙下去，把洞门劈得稀碎。这还不算，嘴上还骂道："你强占公主为妻，如今我奉国王旨意，前来擒你，你快点儿投降吧！"

哎哟！这把奎木狼给气得眼歪鼻子斜，心想，"我好心放你师徒西去，你却找上门来管我的家事，我为了和老婆长相厮守，天上的神仙都不当，下到凡间当了妖精'黄袍怪'，你敢来这儿捣乱，看我怎么削你。"

只见黄袍怪上来就是一刀，直中八戒的猪脑袋。好在八戒侧身躲得及时，要不就命丧黄泉了。

沙僧也来帮忙，三个人打得天昏地暗，地动山摇。无奈，八戒和沙僧技不如人，渐渐败下阵来。八戒脚底抹油跑得倒快，沙僧不幸被抓。

奎木狼把沙僧捆到洞内，也顾不得打骂问话，就直奔公主去了。

奎木狼一边走一边想，必定是我媳妇捎信回家，才有今天的事情，想想，我对她是百依百顺，要星星不给摘月亮，我这热乎乎的心，怎么就暖不热她的心呢？

奎木狼前去质问公主，是不是她捎信回家，让人前来捉自己。公主见奎木狼一脸怒火，不敢承认。奎木狼这才跑去问沙僧，好在沙僧老成，怕妖怪伤了公主，也说没有。奎木狼这才消了火，又一个劲儿地给老婆赔礼道歉。

奎木狼消了火，心里又有了主意，心想，"我和老婆在这洞中虽然逍遥，却得不到妻子家族的认可，不如我变成俊俏公子，上宝象国认老丈人，若是得到丈人认可，我和老婆的小日子才能长久。"

唐僧很"虎"

说干就干，奎木狼摇身一变，变成个俊俏公子，纵上云头，直奔宝象国去了。

国王正与唐僧说话，想着什么时候能救得公主回家。突然听手下报告，说是三驸马来了。国王心里纳闷，自己只有两个驸马，哪来的三驸马，经手下人提醒，才晓得是妖精来了。国王宣奎木狼进殿见驾。

只见奎木狼扮成俊俏公子，一举一动十分有礼，言谈温文尔雅，把宝象国一众君臣唬得是一愣一愣的，还以为他是好人呢。

这奎木狼花言巧语，说："我是城东碗子山波月庄人，打猎为生，有一次，见一位少女差点儿被猛虎所伤，于是出手相救，并不知这位少女就是公主，只因两情相悦、郎才女貌所以就结为了夫妇。我本想杀了这只猛虎，却因公主心善，便放归山林去了，没承想，这猛虎逃入山林，竟修成了精，一味说谎害人，说自己是东土大唐来的和尚。国王您看，您身旁的这个僧人就是成精的猛虎。"

唐僧闻听妖精说自己是山中猛虎不由得吓了一跳，抬眼望向国王，却不料国王是凡夫俗子，被妖精迷惑，竟然信了。

国王命奎木狼让猛虎显形。这奎木狼命人端来一碗清水，借着自己的法力，喝了一口，全喷在了唐僧脸上，唐僧瞬间变成了一只猛虎。只可怜唐僧心急如焚，却也无可奈何，只能被人收进笼中。这就是唐僧西天取经路上的第二十三难——金銮殿变虎。再说那奎木狼，经过这一番操作，竟让自己成了座上宾，又是酒乐，又是美食，好不逍遥。

晚间，西海小龙王化身的白龙马变成美女，前去刺杀奎木狼，想救师父，哪承想，奎木狼一心只有老婆大人，根本没中美人计，还伤了小龙王的后腿。

八戒无奈，只得跑去找被赶走的孙猴子来救师父。

孙猴子和八戒从妖精洞府追到宝象国与奎木狼厮杀，也没占到多少便宜，最后还是天庭查岗，发现奎木狼已经私自下界十三天了，于是命二十七宿星收了奎木狼回天庭。

原来，奎木狼之所以掳公主为妻，是因公主前世乃天庭披香殿侍香的玉女，两人一见钟情，想要相伴终身，可天庭不像人间，禁止神仙私自恋爱、结婚。两人无奈，只得一人投胎成为宝象国的三公主，另一人下界为妖再续前缘。谁知，公主投胎后，把前尘往事忘得一干二净。若不是遇到唐僧师徒，奎木狼永远也不知道，自己的爱，对于现在的公主来说是无止境的折磨。

如今，奎木狼眼瞧老婆无心于自己，也幡然醒悟，不再沉迷爱情，一心搞事业，重回天庭任职去了。

金角大王、银角大王
妖怪也是孝顺子

"八十一难"之第二十四、第二十五难

主人公　金角大王、银角大王
武　器　七星剑
特　点　金角大王粗中有细，谨小慎微；银角大王脾气暴躁，遇事冲动，但二人都很孝顺。
弱　点　认妖做亲、贪婪、能力不强。

时间如白驹过隙，转眼又是一年三春盛景，寻常街头巷口都是"清风吹柳绿如丝，海棠庭院赏燕时"的一派春日美景。但是，在平顶山的高山峻岭中，纵使在春天也没有春意盎然的模样，其中雾气弥漫，树木遮天蔽日，时不时就有兽类在林间穿行，整座山都十分阴森恐怖。但就在这样一座山里有一个莲花洞，洞里住着两个妖怪，一个叫金角大王，一个叫银角大王。之所以叫这个名字，是因为这俩妖怪长相很奇特，怒眼圆睁，面色怪异不像常人，头上还分别长了一个金角和一个银角。再加上那金角大王爱穿一身龙鳞堆砌而成的铠甲，外面披着像烈火一般的红色袍子；而银角大王则爱穿一身玄铁做的铠甲。从远处看，两只妖怪一个金光闪闪，一个银光闪闪，竟还有那么点儿富贵逼人的意思。

孙悟空背泰山

唐僧师徒解决了宝象国之事后马不停蹄地继续赶路，山里的妖怪自然也是没闲着，师徒四人刚走到平顶山脚下，金角大王便从手下巡山的小妖怪那里得到了消息，莲花洞内，金角大王靠在虎皮铺就的椅子上，一边大口喝酒，一边和歪在一旁的银角大王闲聊："咱俩好久没有一起去巡山了，要不今天一起去？"银角大王跷着二郎腿，眼睛都不抬地问了一句："怎么今天突然对巡山来兴趣了？"

"倒也不是突然来兴趣，只是我听说从东土大唐去西天取经的唐僧来了，那和尚是金蝉子转世，据说吃了他的肉可以长生不老。"银角大王一听，瞪大了眼睛，"咻"的一声坐直了身子，两个妖怪你看着我，我看着你，对视一阵，发出一阵邪恶的笑声。

银角大王带着几十个小弟等在唐僧一行的必经之路上，想把他们一网打尽。两个妖怪运气不错，正好碰到了前来探路的猪八戒，经过一番打斗，将猪八戒捉拿起来。旗开得胜后，两个妖怪设下埋伏，准备一鼓作气，将唐僧、孙悟空和沙悟净也捉起来。结果，真到孙悟空拿着金箍棒护着唐僧走近了，他一看见那个金箍棒就有些怂，心想"这唐僧虽然弱不禁风，但身边的三个徒弟看着都不好惹，硬打估计不行啊"，纠结没一会儿，银角大王突然灵光一闪，计上心来，于是先转头打发走一众小妖怪，然后静心凝神，片刻间就换了一副道士模样，端的是星冠晃亮、鹤发蓬松、一派光风霁月之相，总之看起来一点儿都不像妖怪。变完身，银角大王就假装跌倒摔断了腿，趴在地上冲着唐僧来的方向，嘴里不停吆喝道：

"师父救我！师父救我！前面的那位师父帮帮我吧……"

唐僧本就以慈悲为怀，急忙上前去查看情况，一脸关切地问："先生啊，你是哪里来的，怎么会在这里受伤，还伤得如此严重？"银角见鱼儿上了钩，发挥起了自己奥斯卡级别的演技，说自己是一个道士，晚上路过这里遇见一头斑斓猛虎，被它伤了腿，希望唐僧可以带他出山去。唐僧一听这话，也不怀疑真假，便说把自己的马让给他坐着，银角大王忙推脱，唐僧便转头对着孙悟空说让他背这道人一段。孙悟空可不像自己师父那么单纯好骗，直觉告诉他，这道士就是妖怪所化，心想看他能耍什么伎俩，于是将计就计，背起那道士就往前走了。

银角大王趴在孙悟空背上，想着计划已经成功了大半，于是念动咒语搬来泰山压顶，孙悟空一时不察，当即就被压住动弹不得。银角大王收拾了最硬的一个茬儿，剩下的沙悟净和唐僧自然不是他的对手。很快，银角大王就开心地带着唐僧和沙悟净回了洞府，至于孙悟空，就暂且留在那儿，回头再用紫金葫芦和羊脂玉净瓶来将他收了就行。**唐僧遭遇了他西天取经路上的第二十四难——平顶山逢魔。**

大圣"诈骗"小妖怪

自从银角大王带了唐僧回来,金角大王十分开心,一边派人好好看管,一边让机灵鬼和伶俐虫带着葫芦和宝瓶去收孙悟空。那俩小妖怪没见过这等宝贝,忙问怎么用,金角大王解释道:"打开瓶口对着孙悟空,然后喊他名字,只要他一答应,立马就会被吸进去,过不了半天就会化为一摊脓水。"两个小妖怪带着宝贝到了地方却不见孙悟空,原来在他们过来之前,孙悟空就已经找了帮手来把压在背上的山挪走了。这会儿,他看见两个小妖怪来了,眼珠子一转,就学起了银角大王变成个老道士,走上前去和那两个小妖怪攀谈。小妖怪之所以是小妖怪,确实是因为太嫩了,非但没发现眼前的老道士有问题,还轻易就被"老道士"骗走了紫金葫芦,玉净瓶也没能保住,两样宝贝一眨眼就都没了。

两个小妖怪战战兢兢地回洞里把这事告诉了大王,金角和银角非常震怒,但眼下最重要的事还是要抓住孙悟空。银角大王想起,目前这种情况自家刚好有条金绳能派上用场,但是金绳在老母亲那里。于是,他让巴山虎和倚海龙去请压龙山上的老母亲来吃唐僧肉,并顺便将绳子一起带过来。话说这老母亲也不是他俩的生母,说白了就是一条九尾狐狸精,但金角和银角始终对这位老母亲非常好,有什么好事都想着她。

巴山虎二人领了命,走在去往压龙山的路上,孙悟空一直守在妖怪洞穴附近,见二人出来就一直尾随着,一路上听他们说话也算是明白了他俩此行目的。孙悟空也不着急,一直等着快到目的地时才一棒子把那俩小妖怪送走,然后随手找了根树枝变成倚海龙的模样,自己则变成巴山虎。进到洞里,孙悟空对那老狐狸精说,自己是她俩儿子派来接她去吃唐僧肉的。老狐狸精当即大喜,嘴里直说自己两个儿子

真是孝顺，忙带上幌金绳，坐上轿子就出发了。

等走了五六里路，孙悟空看那些妖怪逐渐放松了警惕，便丝毫不手软，瞅准机会将那老狐狸精和随从的小妖怪一起收拾了。

公葫芦和母葫芦

孙悟空变成狐狸精的模样，来到莲花洞前。金角大王和银角大王一见老母亲，礼数那叫一个周全，对着孙悟空又是叫母亲又是下跪磕头。那猴子见了，不知心里多爽快。

孙悟空一边享受妖怪的"孝心"，一边暗自搜寻师父和师弟们的下落，很快发现唐僧、猪八戒、沙僧正"高高在上"——他们被妖怪如同晒腊肉一般，吊在了洞府的"房顶"上。**这便是唐僧西天取经路上遭遇的第二十五难——莲花洞高悬。**

正当孙悟空想着如何才能救人的时候，几个巡山的小妖怪突然跌跌撞撞跑进来，指着孙悟空就说："他不是奶奶，是孙猴子假冒的，奶奶早就被他打死在路上了！"

金角大王和银角大王悲痛万分，怒气霎时涌上心头，就要打杀孙悟空。孙悟空在人家地盘也不敢搞事，化作一道红光飞快地跑了。银角大王急忙披挂上阵，金角大王却有些犹豫，他建议，干脆把唐僧他们放了吧，免得惹出更多是非来。银角却不依，偏要与孙悟空打上一回，也不管金角大王，跳到半空与孙悟空交起手来。几个回合下来，孙悟空抄起手上的幌金绳就把妖怪捆住了，但他没料到，这绳子自带松紧"功能"，银角大王念动松绳诀，转而捆住了孙悟空，牵着他回洞里去了。

孙悟空被抓之后也不慌，召唤金箍棒变作一把钢刀，几下子就把捆着自己的绳子弄断了。接着，他拔下一根毫毛吹口气，变出个假孙悟空，自己则变成个小妖怪立在旁边。金角大王将幌金绳随手递过来，孙悟空不动声色地拔根毫毛，变出条一模一样的，就这么在金角和银角眼皮子底下，把幌金绳掉了包。得了幌金绳，孙悟空又跑到洞外叫嚣，说自己是孙悟空的弟弟叫行者孙，让金角和银角出来应战。金角和银角面面相觑——这咋还一个接一个的？但是也不能怂啊，于是带着紫金葫芦就出去了。要说也奇怪了，才几个回合下来，行者孙就被收进了葫芦里。金角和银角沾沾自喜起来，觉得自己本事大，准备回去好好喝上一顿然后睡觉了。其实呀，孙悟空是故意进这个葫芦里的，他也不怕被化成脓水，毕竟他是在炼丹炉里待过的人，这点儿剂量对他来说不足为惧。过了一会儿，金角和银角就听到葫芦里孙悟空喊，一会儿说自己腿化了，一会儿又说腰也化了，二人很好奇，就揭开葫芦往里看。却不料孙悟空早有准备，已经变成一只飞虫等在葫芦口，瓶口一开他就飞出去了，然后立马又变成小妖怪立在一旁。

金角大王和银角大王欣赏够了葫芦里孙悟空的惨样，心里痛快极了，接过旁边小妖怪递来的酒大口喝着，顺手把紫金葫芦也递了过去，孙悟空连忙又变出一个假葫芦，这招移花接木使得那叫一个得心应手。

手上有了宝贝，孙悟空就又有了挑衅的资本。这回，他又自称者行孙前来叫战。银角大王觉得烦透了，这简直没完没了呀，暴脾气一上来拿着紫金葫芦就去迎战，心想这回怎么也得斩草除根了。刚见到者行孙，还没打开葫芦，银角就听到那猴子说："你我都有一个紫金葫芦，但是你的那个是雌葫芦，我这个是雄葫芦，所以你的葫芦见了我这个就不灵了。你不信，我们可以赌一赌：我们分别叫对方的名字，看谁的葫芦更好使。"银角表示，我才不信你的鬼话呢，你肯定是来骗我的！所以一口答应下来。银角打开葫芦嘴，对着孙悟空，叫道"者行孙！"孙悟空连连应了七八声，啥事都没发生；换孙悟空叫名字了，银角觉得事情有点儿不对，但是自己答应了打赌，也只能硬着头皮应了一声——但就这一声，银角大王瞬间就被吸到葫芦里去了。

原来是太上老君手下的小童子

　　金角大王知道银角大王被抓的消息，一屁股坐在凳子上，眼泪直流，心里的痛苦、怨恨、愤懑不断堆积，立马出去找孙悟空拼命了。结果，因为自己武功不如银角大王那么高深，硬碰硬没占到便宜不说，玉净瓶还被孙悟空抢走了，手下的妖怪也被收拾得七七八八，只剩自己这么一个光杆司令。没办法，金角大王只得慌忙逃去压龙山找帮手，他找的帮手不是别人，就是老母亲的兄弟——也算是他的舅舅吧，诨名叫作狐阿七大王的。狐阿七听说自己的姐姐和银角都死在了孙悟空手里，抱着金角就是一阵痛哭。二人哭够了，就带上宝物去找孙悟空算账。

　　这边，孙悟空正带着唐僧和两个师弟准备出山。狐阿七一见孙悟空，不管三七二十一，直接开打。金角想着自己不能拖后腿，也参与到战斗中了。狐阿七和沙悟净对战，二人大战几百回合，狐阿七渐渐落了下风，突然被猪八戒照着后背来了一钉耙，当即就倒在地上不动了。金角回头见自己老舅没了，急忙想过去看看，却没注意到孙悟空跳上云头，召出净玉瓶正对着自己大喊道："金角大王！"金角恍神间以为是自家小妖怪在叫自己，迷迷瞪瞪地就应了一声，"嗖"的一下就被装进去了。

　　孙悟空得了五样宝贝，还救了师父，开心得很。几人收拾东西刚出山，就见太上老君落在云间，向孙悟空讨要五件宝贝。刚开始孙悟空还赖着不想还，后来实在没办法，才不情不愿地交了出来。老君解释说金角和银角原本是给他看炉子的两个童子，后来起了歪心思，就偷走了他五件宝贝下凡做妖怪。说话间，老君打开葫芦和瓶子，放出了金银二童子，带在身边回天庭去了。唐僧师徒四人则继续往西方走去。

青狮精
好坐骑志在操持国政，"一国之主"响当当

"八十一难"之第二十六、第二十七难

主人公　青狮精
武　器　大捍刀
特　点　后台硬，法力强。
弱　点　没有风险意识，战斗力比较弱。

青狮精原是文殊菩萨的神兽坐骑，他神通广大，人脉很广。都城隍常与他说酒谈天；四海龙王皆与他有亲；就连东岳天齐也是他的知心好友；十代阎罗更是他的异姓兄弟。虽然有这么硬核的背景，但人家却放着好好的神仙不做，跑到了乌鸡国当起了道士。到底是何缘故呢？

原来五年前的乌鸡国，连年久旱，天不下雨，草木不生，百姓时有饿死，可谓民不聊生。就连堂堂乌鸡国的国库官仓也钱粮尽绝。乌鸡国国王身为一国之君，也算贤德，效仿禹王治水，带头治理旱灾，与万民同受甘苦，省吃俭用祈福，就连朝中文武百官的俸禄也停发了，但收效甚微，依旧是河水干枯、井水干涸。正当危急之时，这青狮精化作一位从终南山来的全真道士，登坛祈雨，只见他口中念念有词，顷刻间，乌鸡国境内便下起了倾盆大雨，解了国难。于是，乌鸡国国王感恩戴德，与这道士成为八拜之交，以兄弟相称。

井里的国王

青狮精为了学习治国之道，了解国中百姓的生活习性，与乌鸡国国王慢慢变得亲近起来。他们不仅一同商讨国事，还一同娱乐，吃住都在一块儿。两年过后，青狮精不仅学会了如何当一名神通广大的道士，就连大大小小的国事也难不倒他。于是，在一个阳光明媚的春天，青狮精约乌鸡国国王至御花园中游春赏玩，将他哄骗到一处隐蔽的八角琉璃井边看宝贝。趁其不备，青狮精将国王推到井中，并用石板盖住井口，又移来一株芭蕉将井封死。然后，青狮精幻化成乌鸡国国王的样子，穿上黄袍坐上了龙椅，在乌鸡国当起了皇帝。

唐僧师徒四人过了平顶山之后，继续一路西行，这一路上风餐露宿，食不果腹。也不知过了多少日子，他们才来到了层层深山中的宝林禅寺,可这宝林禅寺不对普通过路的和尚开放,唐僧进去碰了一鼻子灰,也没借宿成功。最后还是孙悟空一阵忙活,武力威吓一番,才吓得宝林寺的一众和尚被迫出门迎接唐僧,师徒四人这才借宿成功。

晚上,师徒们吃过晚斋,唐僧想起好久没温习经文了,便打发徒弟们在里屋先睡下,自己跑到外间诵经。到了三更之时,唐僧念过两卷经文,也迷迷糊糊睡着了。突然窗外阴风阵阵,隐隐听见门外有人喊"师父!师父!"。睡梦中,唐僧抬起头来见门外站着一个浑身湿淋淋的人,还以为是哪里来的神怪邪魔,吓得大惊失色。没想到那人边哭边说,自己是四十里外乌鸡国的国王,三年前被一个道士推进了御花园的井内。那道士又变作自己的模样,在乌鸡国做了国王,而自己却成了井边的冤魂。今日听说东土大唐来的高僧路过此地,他的大徒弟孙悟空本领高强,特请夜游神用一阵神风将他送到此处,想请高僧的徒弟到乌鸡国降伏妖怪。唐僧听完,很为他的遭遇伤怀,便答应下来。两人又一阵合计,乌鸡国国王告诉唐僧,明日自己的太子会到宝林寺来,到时可再与太子商量如何除妖。随后,国王便匆匆消失了,只留下一块玉圭当信物。

唐僧惊醒后,以为是南柯一梦,可桌上却真的留下了一块玉圭。他连忙喊来了三个徒弟,将梦中的情景详细说了一遍。孙悟空知晓了事情的原委,发现除妖倒是不难,却不好直接揭穿妖怪的真面目,于是立刻想出一计,想要与乌鸡国的太子来个里应外合。

第二天,乌鸡国的太子果真来寺里祭拜,为母祈福。于是唐僧和孙悟空拿出玉圭,将他父亲托梦的事原原本本地告诉了太子。太子听闻,虽然诧异但又觉得蹊跷,打算回宫与母后商量后,再来与唐僧师徒会合。

那天半夜,孙悟空想着这假国王毕竟在朝中当了三年国王,满朝文武却无一人知晓,看来得去把真国王的尸体捞出来,也好有个证据

才行。于是孙悟空又哄着八戒说："八戒，八戒，我发现了一件宝贝。"猪八戒这会儿正睡得香，一听说有宝贝，立马来了精神，忙问："大师兄，是什么好宝贝？"八戒跃跃欲试，就这样，二人便来到乌鸡国御花园里的八角琉璃井口边，悟空让八戒下去找宝贝。

八戒在井底摸了半天，谁料竟找到一具尸体，于是对着上面喊："猴哥，哪里有什么宝贝？只有一具死人尸体。"悟空说："那是乌鸡国国王，他就是宝贝，快背上来。"这便是唐僧西天取经路上的第二十六难——乌鸡国救主，这一难，遭罪的主要是猪八戒——被孙悟空哄骗，当了一回"捞尸人"。

八戒愤愤不平地将尸体背回了宝林禅寺内。明明说是宝贝，结果却让他当了苦力，猪八戒越想越气，对唐僧一通抱怨。孙悟空也没闲着，他又去太上老君那讨来了九转还魂丹，将乌鸡国国王救活了。国王复活后对师徒几人又拜又谢，很是感激，恨不得认几人作再生父母。孙悟空倒是很冷静，他让国王换下了湿衣服，再将其打扮成道士模样，计划好明天一同进宫除妖。

真假唐三藏

却说那乌鸡国太子，自别了大圣，不多时便回到了城中，悄悄与乌鸡国王妃见了面。太子见母妃坐在景亭暗自流泪，才知晓原来昨夜母妃也梦见了大圣口中的那个人，于是更加坚信父皇已被妖怪所害。于是，太子噙泪叩头辞别母妃，含着悲痛来与唐僧师徒几人会合。而这一切，青狮精丝毫没有察觉，只顾在殿内兢兢业业地处理国事。

第二天，师徒几人离开宝林禅寺，去宫里倒换关文。孙悟空对唐僧说："师父，等会儿您不要走到我前面，您站在我身后，我去前面答话也好保护您，毕竟这妖精什么底细我们还不知。"于是，孙悟空便带着众人来到大殿之上,直至玉阶前,只见那青狮精端坐在正殿之上,旁边内官问道:"下面来的是何方和尚,见了大王怎么还不速速跪下?"孙悟空便随口答道:"我们是东土大唐前往西天取经的僧人,今天路过你们乌鸡国。我们是大唐的僧使,见你们小国的诸侯王,按道理可以不用跪拜。还请你们乌鸡国国王不要为难我们,快快与我们交换通关文牒才好。那青狮精自然听说过孙悟空的名字,虽然满肚子不乐意,却也不想多招惹这祖宗,只想着快快把他请走才好。于是,他打开那宝象国的关文,见牒上只有四个人的名字,而今日殿下却有五个人,便知是事情败露了。正想如何脱身,孙悟空一个激灵跑上来,当众揭露了假国王的真面目。青狮精见事情败露,只能硬着头皮与他们几人周旋,随手拔了旁边侍卫的刀就要迎战,可惜法力微小,实在打不过孙悟空,于是摇身一变,变得与唐僧一模一样,肩并肩站在一起。怪只怪孙悟空即使有火眼金睛也难辨真假。

孙悟空赶了过来,举棒正要打,这个唐僧说:"徒弟不要打,是我。"那个唐僧也说:"徒弟不要打,是我!"此时此刻,**真正的唐僧遇到了前所未有的"信任危机",因为出现了一个和他一模一样的妖怪,他的徒弟们分不出真假,这也成了唐僧西天取经路上遇到的第二十七难——被魔化身!**

化身唐僧的青狮精心里正得意:想不到我还有这一手脱身之计吧。没承想,猪八戒笑着说:"猴哥啊,你忍住些头痛,叫师父念念紧箍咒不就好了,我与沙师弟一人抓住一个师父,只要不会念的那便是妖怪。"孙悟空一听,只能这样,于是便说:"也好,师父,那你念咒吧。俺老孙可以忍住!"

真唐僧一边念咒语,一边担心地看着痛苦的悟空。青狮精哪里知道咒语,原想乱念蒙混过去。没想到今天这猪八戒的耳朵特别灵,他笑道:"这乱念的便是妖怪了!"举起钉耙就要朝青狮精打。青狮精

只得纵身跳起，逃到空中，孙悟空挥起金箍棒就朝青狮精打去。

这时，文殊菩萨终于赶来了。前面说过，青狮精本是他的坐骑青毛狮所变。孙悟空本想除了这个全真道士，没想到这个青狮精虽说是窃取了王位，名不正言不顺，但论治国能力，又的确比那碌碌无为的真国王强了许多。按照文殊菩萨的说法是："自青狮精当国王后，这三年非但没有害过人，还把乌鸡国治理得风调雨顺、国泰民安。"而且青狮精一见到文殊菩萨，便立即现出了原形。孙悟空一问才知道，原来青狮精这么做也是替主人——文殊菩萨报仇，文殊菩萨当年曾被乌鸡国国王浸在护城河三天三夜。既然如此，孙悟空也不再追究，让文殊菩萨将青狮精带回去了。

文殊菩萨将变回青毛狮的青狮精骑回了天庭。真正的乌鸡国国王重新登上了皇位，想要设宴好好款待唐僧师徒，可唐僧师徒执意不肯久留，拿好通关文牒便辞别了国王一家，向西继续前行。

红孩儿
有孝心的"妖二代"

"八十一难"之第二十八、第二十九、第三十、第三十一难

主人公　红孩儿
武　器　火尖枪
特　点　身材矮小，武功非凡，很有智谋，在火焰山练成三昧真火，口中吐火，鼻子喷烟，十分厉害。
弱　点　狂妄自大，野性难驯。

红孩儿是个真正的"妖二代"。他的父亲是牛魔王，母亲是铁扇公主，两只妖统治着八百里火焰山，有无数的家产和数不清的宝贝。在妖魔界，牛家可是大名鼎鼎的富豪家庭。

虽然家里很有钱，但红孩儿却不"啃老"。他在火焰山修行三百年，勤练枪法，后来又学习三昧真火的法术，炼成以后，嘴里能吐火，鼻子能喷烟，十分厉害。

牛魔王见他性格沉稳、本领高强，而且头脑灵活，打心眼儿里高兴，于是就派他去镇守号山。从此以后，红孩儿摇身一变，成了号山的山大王，统领几百个小妖，日子过得逍遥又快活。

红孩儿个子矮小，长得胖乎乎的，皮肤又白又嫩，像个单纯可爱的小孩子，可性格却非常"凶残"。他住在火云洞里，平时除了练练兵、打打猎、吃吃肉、喝喝酒，还喜欢打劫过往的行人，以至于人们提到号山的"魔王"，都会吓得瑟瑟发抖。

红孩儿还有一个嗜好，那就是戏耍山神土地。号山方圆六百里，一共有三十名山神、三十名土地。他仗着神通广大、法力无边，常常指挥山神土地，让他们上山打猎，或者烧火做饭。谁敢不听话，抓起来就是一顿胖揍。山神土地们虽然怨声载道，但谁也不敢表露，没办法，打不过，怕挨揍啊！

"坏小孩儿"抓唐僧

这天，红孩儿正和一群妖怪在洞府里喝酒吃肉，忽然一个小妖来报："大王，大王，山脚下来了四个和尚！"

红孩儿一听，哈哈一笑，说："等了几个月，终于等来了！"说着，他穿上红肚兜，披上大红袍，光着双脚，驾起一朵红云，一溜烟冲出了洞府。他要去看一看，这四个和尚，到底是不是唐僧师徒。

红孩儿·有孝心的"妖二代"

原来，他一直想尝尝唐僧肉的味道。他曾听牛魔王说过，唐僧是金蝉子转世，十世修来的好人，吃了唐僧的肉能长生不老。打那以后，他就盼星星、盼月亮，天天盼着能遇到唐僧，既能吃上一块长生肉，也能好好孝敬孝敬父母。

最近，凭着妖怪圈里的人脉关系，他已经打听到，唐僧西天取经会路过号山。因此，听到小妖说发现了四个和尚，他又惊又喜，等不及亲自去查看。他藏在红云里，探头往下一看，心里顿时乐开了花："哎呀，真是唐僧啊！"

虽然"猎物"近在眼前，不过，红孩儿并没有急着动手。

为啥？因为他看到，唐僧身边还围着三个"妖怪"，一个毛脸的，一个猪脸的，还有个青脸的，个个看起来凶神恶煞。他知道，那是唐僧的三个徒弟，都十分厉害。

"这可怎么办呢？"他灵机一动，有了主意。不能力敌，那就智取。

他赶在唐僧师徒前面，落在山坡上，摇身一变，变成了一个七八岁的孩子，光着身子吊在树上。眼瞅着他们离得近了，他扯着嗓子，大喊起来："救命，救命啊！"

他料定唐僧心肠软，一定会来搭救。

果不其然，唐僧听到求救声，带着三个徒弟火速赶了过来。他看到一个小孩光溜溜地吊在树上，眼泪都快流出来了，一边唠叨，一边赶紧让猪八戒救人。

恐怕唐僧自己也想不到，这个看起来"人畜无害"的可爱小孩，就是他西天取经路上遇到的第二十八难——号山逢怪。

唐僧对那孩子说："你是谁家孩子？咋像个猴子一样，被吊在这里？"

孙悟空撇了撇嘴："救人归救人，别拿我开涮！"

红孩儿一边抹眼泪，一边满嘴跑火车："师父，我家住在山西边的枯松涧，是本地有名的大户人家。我爹叫红十万，是个豪爽的人，喜欢结交各路英雄好汉。没想到，这次却引来了强盗。那伙强盗大白天上门抢劫，抢走我家的财产，杀了我爹，见我妈长得漂亮，又把她抢走去做什么压寨夫人……"

"这帮杀千刀的！"红孩儿话还没说完，猪八戒就爆发了，嘴里骂骂咧咧，"下次遇到猪爷爷，要你们好看！"

"他们原本也要杀我。"红孩儿继续哭哭啼啼，"我妈拼命求情，他们才没立即动手，却把我吊在树上，想让我冻死饿死。我已经在这里吊三天三夜了，要不是遇到几位师父，小命肯定不保！"

唐僧听了，眼泪哗哗地流，坚持要让出自己的白马给这小孩骑。

红孩儿连忙摆手："师父啊，我的手脚吊麻了，浑身都疼，骑不了马。"

"那让他背着你吧！"唐僧说着，指了指猪八戒。

"不行！不行！"红孩儿瞅了一眼猪八戒，拒绝说，"这位师父背后的鬃毛太硬，我怕扎。"

"你这个小施主，咋还挑三拣四！"唐僧有些生气，指着沙和尚说，"那让他背着你，这下总可以了吧？"

"这位师父脸色发青，太吓人了，我不敢！"红孩儿又拒绝了。

唐僧没办法，只好让孙悟空背着。而这，正中红孩儿下怀。

一行人很快就出发了。唐僧骑在马上，猪八戒牵着马走在前面，沙和尚挑着行李走在中间，孙悟空背着红孩儿走在最后。

红孩儿趴在孙悟空背上，嬉皮笑脸地问："师父，我重吗？"

孙悟空："俺老孙背得起山，你才几斤几两？"

红孩儿使了个神通，吸了几口气，身体顿时变得超过一千斤，又问："师父，我重吗？"

孙悟空知道背上背着的是个妖怪，但仗着武艺高强，并不担心。他用手将红孩儿的屁股往上托了托，咧嘴笑了笑，说："小妖怪，想用重身法压住俺吗？你还嫩了点儿。"

红孩儿很聪明，他知道，重身法很难压住孙悟空。怎么办？他一边继续使用重身法，让孙悟空的背上越来越重，一边元神出窍，变成一阵风向唐僧冲过去。

唐僧正在马背上打盹儿呢，一阵狂风刮过，就被红孩儿抓走了，这便是唐僧西天取经路上遭遇的第二十九难——风摄圣僧。

孙悟空差点儿被烧死

红孩儿把唐僧捉到洞里，左看右看，心里美滋滋的。

"这么肥胖的和尚，是蒸着吃好，还是煮着吃好呢？"他犹犹豫豫，有些拿不定主意。这时候，忽然有小妖来报："大王，外面来了一个毛脸的和尚，一个长嘴大耳的和尚，他们说……说……"

红孩儿见小妖支支吾吾，不耐烦地问："他们说啥？"

小妖说："他们说，'乖侄子，快还我们的师父，不然拆了你的洞府。'"

红孩儿大怒，提着火尖枪，带着一群小妖就冲了出去。

洞府外面，孙悟空见红孩儿出来，笑嘻嘻地说："乖侄子，咱们亲戚见亲戚，两眼泪汪汪啊。快快快，还我师父，叔叔就不打你屁股啦！"

原来，孙悟空弄丢了唐僧，心急如焚。可当他从山神土地那里打听到，红孩儿是牛魔王的儿子后，却又不担心了。为啥？因为当年大闹天宫前，他曾与牛魔王、蛟魔王、鹏魔王等六个妖魔结拜为兄弟。牛魔王是老大哥，他的儿子，可不就是自己的"大侄子"嘛。

可是，红孩儿却没有认亲的意思。听到孙悟空一口一个"乖侄子"，他气得鼻子都歪了，举枪就刺。他武功本就高强，加上心中有气，二十多个回合下来，只杀得孙悟空不断后退。

猪八戒见打了起来，举起钉耙就过来帮忙。

两个打一个，红孩儿哪里是对手。他瞅准机会，"扑通"一声，跳到洞前的石头上，一只手捏起拳头，开始捶自己的鼻子。正当孙悟空和猪八戒不明所以时，只听他念了几声咒语，又见他张开嘴巴，就喷出了熊熊大火，鼻子里也冒出了滚滚浓烟。

这一下，可把孙悟空和猪八戒烧惨了。"哎呀，妈呀，我快变成烤猪了！"猪八戒最怕火，嘴里大声嚷着，跟在孙悟空后面逃走了。

这一仗，红孩儿大获全胜。他带着一大群小妖，兴高采烈地返回洞府，继续喝酒吃肉。可没过多久，又听到孙悟空在洞府前叫阵。

"该死的猴子，没完没了了！"红孩儿烦躁地说，"这回，我要烧死他！"

果然，他冲出洞府，不再啰唆，举枪就打。虽然他个子很小，但凭着一往无前的气势，还是和孙悟空打得难解难分。二十多个回合后，他仍像上次那样，捶打几下鼻子，喷出了熊熊大火。

不料，孙悟空大喊一声："龙王快来！"只见天空忽然阴云密布，"哗哗哗"下起了大雨。

红孩儿立即明白，这是孙悟空请来了龙王，想用雨水浇灭大火。他一点儿也不慌张，冷笑一声，说："臭猴子，你太笨了。我这是三昧真火，雨水怎么浇得灭！"

果然，雨水浇在上面，就像火上浇了油，烧得更旺了。

孙悟空虽然不怕火，但却怕烟，烟雾令他的眼睛啥也看不见了，只好再次灰溜溜地逃走了。孙悟空自"出道"以来，屡次拳打神仙，脚踢妖怪，就连太上老君的炼丹炉也奈何不了他，谁承想今天却被红孩儿烧瞎了眼睛，真是少有的"耻辱"。因此，**孙悟空这场败仗，也成了西天取经路上值得大书特书的第三十难——心猿遭害。"心猿"指的就是孙悟空。**

红孩儿找到了新工作

红孩儿又打了胜仗，但却没有放松警惕。他寻思：猴子肯定不会善罢甘休，说不定会使阴谋诡计，我得瞧瞧去！

他又飞到天上，变成一朵红云，远远地盯着孙悟空师兄弟三人。还别说，这一瞧，还真发现了问题——他发现，猪八戒离开队伍，一个人悄悄往南海的方向去了。

"这个猪头，肯定是找观音菩萨去了！"

红孩儿眼珠一转，立马有了主意。他返回洞府，对小妖们说，"快去准备个大麻袋，我要捉头肥猪，给你们尝尝鲜！"说完拎着麻袋驾起红云，一溜烟儿向南海的方向飞去。

他对路比较熟，没过多久，就超过了猪八戒，于是坐在一块岩石上，变成了观音菩萨的样子。

不一会儿，猪八戒也到了。他呆头呆脑，忽然看见"观音菩萨"，哪里还分得清真假，赶紧上前，向"观音菩萨"说了前因后果。

"观音菩萨"说："不要担心，我这就跟你去号山，捉拿妖怪，救你师父。"

结果可想而知，猪八戒被他骗回洞里，捆成"粽子"，塞进了麻袋。

捉了唐僧，又捉了猪八戒，红孩儿心情舒畅。他和小妖们喝酒吃肉，好不快活。想到马上能吃到唐僧肉了，他忍不住想和家人一起分享。于是，他叫来六个精明能干的小妖，对他们说："你们几个，认

得老大王吗？"

几个小妖连连点头。

红孩儿说："快去请老大王，我要用唐僧肉好好孝敬他！"

这妖怪太孝顺了，有好东西总想和家人分享。不过他却没有料到，这次的孝顺，却惹来了大麻烦。

原来，孙悟空左等右等，不见猪八戒请观音菩萨回来，就知道出事了。他故伎重施，又变成飞虫混进洞府，想要打探猪八戒的消息，

却意外得知，小妖们要去请牛魔王来。于是，他也用了一招"以假换真"的计谋，赶在几个小妖前面，变成牛魔王的样子，大摇大摆走进了洞府。

"儿子，你抓到了唐僧？"

"是啊。"红孩儿很开心，"我这就吩咐下去，咱们起锅烧油，吃唐僧肉。"

"牛魔王"大惊失色，连忙摆手，"不能吃，不能吃！我听说，唐僧有一个徒弟，叫孙悟空，十分厉害。他要是打上门来，咱们如何抵挡？"

红孩儿得意扬扬："父亲放心，我放了一把火，快把猴子烤熟了！"

"那也不能吃！""牛魔王"叹气说，"我这个月吃斋，不能吃肉啊！"

"不对啊！"红孩儿心想，"我父亲是个魔王，平时只吃肉，怎么忽然吃起斋了？这个一定是假的！"

为了验证，他故意问："父亲，我不记得自己的生日了，你还记得吗？"

"牛魔王"说："我年纪大了，记不清楚，改天回家问你母亲吧！"

这一下，红孩儿断定，这个"牛魔王"是冒牌的了。他大喝一声："臭猴子，竟敢假冒我父亲！"说着，举枪就刺，身后小妖们也围攻过来。孙悟空打不过，化为一道金光跑了。

红孩儿没有请到父亲，却请了个假"牛魔王"，心情十分沮丧。他知道孙悟空肯定还会再来，就吩咐小妖们看好洞府。

"小的们，看仔细了，一只蚊子也不要放进来，咱们今天晚上吃唐僧肉！"

可还没有等到晚上，孙悟空又来了。他一棒把洞门打了个大窟窿，站在外面大呼小叫。

红孩儿气极了，冲出去举枪就刺。打了二三十个回合，他瞅准机

113

会，刚要放火，孙悟空却转身就跑。红孩儿转身要回洞府，孙悟空却又跑了回来，继续缠斗。就这样，两人打打停停，闹腾了半个小时。

红孩儿："臭猴子，你敢不跑吗？"

孙悟空："乖侄子，你敢不放火吗？"

"有何不敢！"两人齐声说，然后又打了起来。这一次，红孩儿没有放火，孙悟空也没有逃，两人从地上打到天上，又打到地下，越跑越远，越打越起劲。

忽然，红孩儿发现，孙悟空不见了，站在他面前的是观音菩萨。

"你是猴子请来的救兵吗？"

见观音菩萨不答，他举枪就刺。观音菩萨化为一道金光，"嗖"的一声不见了，只留下一个金光灿灿的莲花台。

红孩儿见莲花台漂亮，童心大起，跳到莲花台上，学着观音的模样，盘手盘脚坐了下来。谁知道刚坐下，莲花台忽然变成一片片尖刀，把他牢牢困住了。他只要一反抗，尖刀就会生长，把他刺得皮开肉绽。这一下，他不敢动了。

孙悟空走上前，举起棒子就要打，观音菩萨连忙说："莫打，莫打！既然给你戴了紧箍，那我就给他戴个"金箍"，让他跟着我，做个童子吧！"打那以后，红孩儿就变成了观音菩萨的善财童子。

降伏了红孩儿之后，孙悟空大喜，屁颠屁颠地跑去救唐僧了。一个小小的红孩儿，给唐僧的取经团队造成了前所未有的重大打击，多亏观音菩萨出马，唐僧等人才渡过难关。因此，这番遭遇成了唐僧西天取经路上的第三十一难——请圣降怪。

鼍龙怪
"叛逆"的龙妖

"八十一难"之第三十二难

主人公	鼍①龙怪
武 器	竹节钢鞭
特 点	出身名门——父亲是泾河龙王,姥爷是西海龙王,诡计多端——通过玩"角色扮演"兵不血刃便抓住了唐僧,善于钻营——抓到唐僧之后还要把唐僧当礼物送给西海龙王,想以此讨取姥爷的欢心。
弱 点	性格敏感,脾气火暴。

---

① 鼍:tuó,指一种爬行动物,吻短,体长两米多,背部、尾部均有鳞甲。穴居江河岸边,皮可以蒙鼓。亦称"扬子鳄"。

说起来，鼍龙怪也是个大户人家的孩子，父亲是泾河龙王，母亲是西海龙王的妹妹，他含着"金钥匙"出生，过惯了富贵生活。

可有一天，富贵生活忽然不见了。原来，泾河龙王与人打赌，赌什么时间下雨，下多大雨。因为争强好胜，他故意延误了时间，克扣了雨量，结果触犯天条，被处斩了。父亲一死，小鼍龙怪的家也就散了，他只好跟着妈妈，投奔了舅舅西海龙王。

寄人篱下的生活可不好过，鼍龙怪也变得越来越敏感。尤其是母亲去世后，他变得更叛逆、更暴躁了。西海龙王非常头疼，打也不是，骂也不是，于是找了个机会，把他派到黑水河，想让他历练历练。

不料，这一"历练"，却惹来了大麻烦。

鼍龙怪到了黑水河，天高皇帝远，没有舅舅管束，生活得很舒心。他仗着武艺高强，打败了黑水河的河神，霸占了河神的神府。从此以后，他带着一群虾兵蟹将，兴风作浪，抢劫过往船只，弄得人心惶惶。

这天，他带着几个小妖，在河里巡逻。有个小妖眼尖，发现岸边出现了四人一马。

"大王，您看，那是不是您经常念叨的唐朝和尚？"

鼍龙怪仔细一看，还真是唐僧师徒，顿时兴高采烈："果真是唐僧啊！你们先回去，准备个大蒸笼，我去把他捉来，咱们今晚吃唐僧肉！"说着，他摇身一变，变成了一个艄公，划着小船，顺河而下。

"撑船的，快过来！我们要渡河！"唐僧师徒正发愁怎么过河呢，忽然发现一条小船，自然十分开心，沙和尚扯着嗓子大呼小叫起来。

这正中鼍龙怪下怀。他撑着船，慢慢悠悠地靠近唐僧师徒，心里乐开了花，却装作不情愿的样子："我只是个打鱼的，不是渡船啊！"

猪八戒嘴巴甜："你送我们过河，我们求菩萨保佑你平安富贵、鱼虾满舱，可好？"

"艄公"一听这话，开心地笑了起来："好好好，我送你们过河。可是我这船太小，一次只能坐两个人，这可咋办呢？"

猪八戒说："这好办啊，你辛苦一些，多跑两趟就行了。"说着，他不等其他人说话，扶着唐僧先走到小船上。"我和师父先过去，你们下一趟吧。"他想偷懒，先过去，既不用拿行李，也不用牵马。

鼍龙怪正等着唐僧上船呢。不一会儿，小船来到河中间，鼍龙怪使了个法术，顿时狂风大作，波涛汹涌，小船在水面上摇来摇去，终于翻了。他趁机捉住唐僧和猪八戒，把他们带到神府里去了。**此番"黑河沉没"，便是唐僧取经路上遇到的第三十二难。**

"哈哈！哈哈！"鼍龙怪志得意满，"唐僧肉到手了！小的们，起锅烧水，先把这两个和尚清蒸了。"接着，他又对一个小妖说："你去把我舅舅请来，一起尝尝唐僧肉。"

小妖刚要行动，忽然听到一声大喝："妖怪，快还我师父和师兄！"

原来，孙悟空和沙和尚在岸边，看到大风把唐僧和猪八戒刮到水里，知道必有妖怪。沙和尚水性好，就偷偷潜到水里打探情报，不料却得知妖怪要清蒸唐僧和猪八戒。沙和尚顿时急了，他追到鼍龙的神府，举起铲子就打。

这一仗，两个人打得平分秋色。

沙和尚想把鼍龙怪引到岸上，和孙悟空一起对付他。但是，**鼍龙怪**多聪明啊！他知道只要一上岸，自己一个肯定打不过两个人，所以说啥也不上当。沙和尚要走，他也不留；沙和尚回来，他就打。一边打，他还一边盼咐小妖："小的们，把唐僧和猪八戒洗干净了，蒸着才好吃！"

把沙和尚气得，一佛出世，二佛升天。没有办法，他只好灰溜溜

地返回岸上，向孙悟空诉苦去了。

虽说打了胜仗，但鼍龙怪却高兴不起来。为啥？因为他知道，孙悟空肯定不会善罢甘休，可能还会找来更厉害的帮手。"这可怎么办呢？"为了以防万一，他加派了人手，把整个黑水河围得像铁桶一样，"无论是谁，都别想从我这里抢走唐僧。"

表哥，你来了哦

鼍龙怪想了很多种可能，却没有料到，来向自己要唐僧的，是西海龙宫的太子，也就是他的大表哥。

原来，孙悟空见沙和尚打了败仗，就招来河神，打听妖怪的底细。孙悟空听说鼍龙怪是西海龙王的外甥时，哈哈一笑，"又是老熟人啊！"说着驾起祥云，到西海找到老龙王，请来了西海龙宫太子帮忙降服鼍龙怪。

"大表哥，好久不见啊！我派人去请舅舅，他咋没来呢？"鼍龙怪问。

"哼！"西海龙宫太子冷哼一声，说："你还有脸请他来？我问你，你是不是抓了个唐朝来的和尚？"

"是啊！"鼍龙怪回答说，"那是金蝉子转世，十世修来的好人，吃了他的肉，可以长生不老呢！"

"不老你个鬼！"西海龙宫太子骂了起来，"混账东西！你知不知道，唐僧的大徒弟是谁？那可是齐天大圣孙悟空啊！当年就是他，差点儿把咱们龙宫掀翻了！你抓了他师父，他打上门来怎么办？赶快把唐僧和猪八戒送上岸，再跟我一起去赔个礼，兴许也就没事了！"

鼍龙怪听到这里，气得眼也红了，脸也黑了，说："我们是亲戚，你却向着别人！当我好欺负吗？"说着，举起钢鞭就打。

鼍龙怪·"叛逆"的龙妖

他实在是太生气了，一心只想着打败表哥，出一口恶气。可论武力值，他比西海龙宫太子差了不少，竭尽全力也不能胜。两人斗了几十个回合，他最终挨了一金簡，被西海龙宫太子打倒在地，捆了个结实。

西海龙宫太子提着鼍龙怪上了岸，对孙悟空说："我把这小子捉来了，请大圣发落！"

孙悟空上前，举起棒子就要打，吓得鼍龙怪赶紧求饶："大圣，饶命！看在我舅舅的面上，你就饶了我一回吧！"他虽然性格叛逆，脾气火暴，但这时却也知道，不求饶的话，很可能会死在孙悟空的金箍棒下。

"要活着，也得懂变通！"他安慰自己说。

果然，一提到西海龙王，孙悟空就放下了棒子，对他说："我和西海龙王是老交情了，看在他的面子上，这次饶你一命，希望你改过自新，做条好龙！"

鼍龙怪死里逃生，赶紧道谢。

西海龙宫太子见孙悟空饶了鼍龙怪，沙和尚也从黑水河里救出了唐僧和猪八戒，就带着鼍龙怪返回西海去了。

虎力大仙、鹿力大仙和羊力大仙
妖怪也有修道心

"八十一难"之第三十三、第三十四、第三十五难

主人公　虎力大仙、鹿力大仙、羊力大仙
武　器　冷龙、五雷法等法术
特　点　一心向道，对唐僧肉难得的没有兴趣。
弱　点　能力不高，头脑简单。

一年四季，轮回转换，冬天一到，雪花纷飞，寒梅飘香，若是常人欣赏起来也别有一番韵味。但是对于车迟国中的一众僧人来说，冬天只会让他们受到的折磨加倍，让他们生命的流逝更加迅速，而造成这一悲剧的主要源头就是车迟国现任的三位国师。

车迟国——和尚们的伤心地

说起这三位国师，车迟国上到国王、王后，下到普通百姓，都尊称他们仨为虎力大仙、鹿力大仙和羊力大仙。他们仨之所以会成为国师，与多年前车迟国遭遇的大旱灾有关。那年车迟国一连几个月一滴雨都没下，全国上下民不聊生，寸草不生，国王组织全国的僧人一起祈雨，期望能得到上天的回应。但结果还是徒劳，太阳依旧每天明晃晃地挂在天上，一丝云都没见到。这时候，虎力大仙三人出现了，他们一来就要求和这里的和尚比试求雨的本领，结果虎力大仙三人成功求来了雨水，国王大喜，当即封三人为国师，并且允许他们奴役全国的和尚。

虎力大仙、鹿力大仙和羊力大仙逼迫所有的和尚夜以继日地给他们建造华丽的道观，名曰三清殿，而且还派专人去监督，动不动就鞭笞打骂他们。但是他们自己却基本不出现在施工现场，平日里要么是在道观里打坐修行，要么就是在皇宫里和国王聊天讲道，所以自然也不知道施工前线的情况。

唐僧师徒来到车迟国之后，看到自己的和尚"同行"们受苦受难，顿时义愤填膺。孙悟空为了救那些和尚，利用法术将他们"搬"到了安全的地方，这便是唐僧西天取经路上的三十三难——搬运车迟。在这一难中，受苦受难的虽然不是唐僧，但由于唐僧与和尚们"同属一门"，对和尚们的遭遇感同身受，所以也相当于唐僧受难了。

当天晚上，唐僧师徒和被救的和尚窝在残破的智渊寺里，唐僧见了同行的惨状，眼含热泪地问他们究竟出了什么事，那十来个僧人回忆起辛酸往事，与唐僧抱在一起痛哭不止，直说道："那三个妖道国师，不知用了什么歪门邪道，哄得国王只信道教，厌弃佛教，这些年来欺压僧侣，早已不知有多少僧人命断于此了。"唐僧听了这话，愤怒、伤感等情绪快要达到顶峰，转头问自家大徒弟有没有什么办法，可以给那三个劳什子国师一点儿教训，解救这些僧人于水深火热之中。

孙悟空眼珠子一转，计上心来，招手把猪八戒和沙和尚叫到自己身边，俯身在两人耳边说："二位师弟，今晚我们去那国师的道观里探探情况，看看他们究竟在起什么幺蛾子，你们且做好准备。"

猪八戒看着孙悟空笑得一脸坏样，就知道这猴子又有了坏主意，三人对视一眼，都心照不宣地点点头。

晚上明月高照，清风徐徐，虎力大仙、鹿力大仙和羊力大仙照常来到三清殿内打坐念经。突然间，三人只觉得后背一凉，一阵狂风袭来，吹灭了供桌前的香烛油灯。虎力大仙望着突然变得伸手不见五指的房间，一边叫着鹿力大仙和羊力大仙的名字，一边朝着门口的方向冲去，三个道士急急忙忙地冲出道观。他们显然被那阵怪风吓得不轻，三人对视一眼，纷纷表示今晚不适合修行，还是回去睡觉来得踏实。看着三人连滚带爬的背影，怪风的始作俑者孙悟空带着猪八戒和沙和尚下了祥云，进到三清观正殿，连忙把神台上的元始天尊、太上老君、灵宝道君三座神像推倒藏到后花园，然后三人分别变成他们的样子，优哉游哉地把桌子上的供品吃得一干二净。一个守在外面的小道士听到声音，壮起胆子走进大殿看，见满地狼藉，心想：神仙活了？吓得掉头撒腿就去报告虎力大仙他们了。

虎力大仙三人听到小道士的消息，突然就不觉得害怕了，反而脸上露出喜色，心想：肯定是神仙活了，下凡来点化他们呢！于是赶忙让人点上蜡烛来到正殿，三人一进来就跪倒在神像面前磕头，连眼皮都不抬一下，其实这时候他们只要往上看一眼，就能发现那三尊神像都在努力地憋笑呢。虎力大仙带着鹿力大仙和羊力大仙虔诚地伏在地上，说："我们兄弟一直认真供奉三位神仙，不求神仙直接带我们去那仙界安居，只要能给我们一点儿圣水或者丹药什么的，我们兄弟三人就很知足了。"

孙悟空本就是来捉弄他们的，听了这话更觉正中下怀，于是清了清嗓子，说："既然你们如此虔诚，那我们三人自然也不会吝啬，但是这次出门前没什么准备，只有些圣水，你们现在快去找些东西来装圣水吧。"

三个妖怪连忙争先恐后地搬来缸、砂钵和花瓶，那架势一点儿都不像只想要"一点儿"。三人把东西放在地上，然后只听见上面的"神仙"又开口了："神仙之事外人不能看，看了就不灵了，你们先出去，等我们放好圣水自然会叫你们进来。"虎力大仙等人闻言，大步流星地走出房门。过了一会儿听见里面传来声音让他们进来拿圣水。

三人进殿一看，见缸里、钵里、瓶里都有，当即磕头谢恩，然后各自抱着瓶子就开始喝，喝了几口之后觉得有股尿臊味，还以为圣水本就这味，结果等到他们喝完了，头顶上传来孙悟空三人的狂笑声，这才知道上当受骗了，顿时气红了脸，但是孙悟空和他的两个师弟溜得太快，虎力大仙三人再气愤也只能暂时作罢。

孙悟空和妖怪斗法

第二天，唐僧师徒去到皇宫倒换通关文牒，等到唐僧师徒介绍完自己，鹿力大仙一脸倨傲，不紧不慢地开口说道："陛下，这唐僧师

徒可不是什么正经和尚，他们打死了监工的道士，救走了和尚，昨晚还大闹三清观，扰了我们兄弟三人修行，实在罪不可恕！"

国王一听这话很生气，抬手就让人把唐僧他们抓起来，孙悟空忙跳出来，说："陛下莫慌，这几个道士一点儿雕虫小技就把你们唬得团团转，俺老孙可比他们三个厉害多了，不信的话咱们比试比试啊。"国王犹豫一下，他身后的王后走上前对他说："让他们试试也无妨，若这群和尚真有本事，那就放他们走就是了。"于是，国王点头同意了让他们比试一场，好分出高低来。

首先是第一关，双方要比的是传统技能——求雨。虎力大仙一马当先，率先出战，他披头散发走上高台，一只手提着剑，一只手拿着一块令牌，嘴里振振有词地念着咒语，然后点燃符纸，敲响令牌，只听见"铛"的一声，空中就刮起了风。孙悟空见状跳到空中，叫停了正在刮风的风婆和巽二郎，又让负责布云施雨的雷公电母等在一旁休息，只管听他的号令。

虎力大仙见风停了，很是疑惑，接着打响第二、第三声令牌，结果还是一点儿反应都没有，别说雨了，连丝风都没了。虎力大仙看着台下的国王和唐僧等人，急得满脸通红，只好打响第四声令牌，想叫来四海龙王助阵。孙悟空也不给他机会，跳上云头拦住四海龙王，让他们一滴雨也不要下。虎力大仙没有求来雨，又气又羞，但是总不能直接承认自己没本事吧，所以国王问他为什么没有下雨时，虎力大仙就撒谎说龙王不在家。听了这话，边上的孙悟空扑哧一下笑出了声，悟空大摇大摆地陪唐僧登上高台，只见他对着天空晃动金箍棒，晃一下，狂风大作；晃两下，乌云满天；晃三下，电闪雷鸣，大雨倾盆。国王连连点头，笑着说："够了，够了，再下就发洪灾了。"孙悟空把金箍棒朝天一指，顿时乌云散去，天空又重新晴朗了。

结果很明显，第一回合，唐僧师徒胜。

接下来是第二回合，虎力大仙上回败了，想着这回势必要挽回面子，于是就挑了自己的拿手项，打坐。取经团队中唐僧最擅长坐禅，也没犹豫就答应了。

很快，皇宫前就架起两座禅台。虎力大仙驾云到西边台上坐下，技术表演满分。孙悟空不甘示弱，吹口气把师父托到东边台上。本来两个人坐得稳稳当当的，一旁的鹿力大仙想了个坏主意，他拔根短发，变成臭虫，弹到唐僧的脖子上，咬得唐僧又疼又痒，身子动来动去不得安生。孙悟空见他不对劲儿，就变成一只小鸟飞到唐僧身边查看，一口咬死了臭虫，又飞到西边台子上，变成一条七寸长的毒蜈蚣，在虎力大仙的鼻子上猛咬一口。虎力大仙痛得当即身子一歪，就掉下了高台。

和尚们终于得救了

虎力大仙明显已经废了，鹿力大仙和羊力大仙见自己大哥那副惨状，气得怒目圆睁。鹿力大仙走出来要为兄长报仇，开口要求和唐僧比隔板猜物——就是把东西放在柜子里，然后二人分别说里面放的是什么。很快一个红漆柜子就被抬到了众人面前，里面放着王后亲自放进去的一套官服，鹿力大仙率先开口说里面是一套官服，唐僧却说里面是袈裟。王后看着唐僧觉得可惜，这和尚猜错了呀。可打开柜子一看，果真里面只有一件袈裟！很明显，这是孙悟空变的。鹿力大仙气得不说话，大叫再来一局。这次，国王亲自将一个大蟠桃放到了柜子里，然后让鹿力大仙和唐僧再猜。鹿力大仙一脸笃定，说："里面定是一颗蟠桃。"孙悟空钻到柜子里，吃掉桃子，把桃核儿放在盘中。于是唐僧说，里面只有桃核。柜子打开，里面果然只有一个被啃得坑坑洼洼的桃核，连国王都觉得唐僧背后有神仙帮助。鹿力大仙连猜错

两回，不信邪了，自己把柜子推到后殿，藏进去一个道童。孙悟空又钻到柜子里，变成鹿力大仙的样子，骗道童说为了赢和尚，得把道童的头发剃掉，并把道服变成和尚服。这下，等小和尚敲着木鱼走出来时，鹿力大仙顿时傻了眼。

虎力大仙三人颜面尽失，红着眼说要和悟空决一死战，比砍头、剖腹、下油锅。

虎力大仙和孙悟空比砍头。刽子手一刀把悟空的脑袋砍下，还踢远了些，但没头的孙悟空肚子里喊着"头来"，猴头就自己滚过来安了回去，一点儿皮肉伤都没有。接着轮到砍虎力大仙的头，刽子手砍下头后，孙悟空拔了根毫毛，变成一只黄狗，叼起头就跑，虎力大仙连喊三声不见头来，惨叫一声，一命呜呼。众人细看，发现原来就是一只黄皮老虎。

鹿力大仙忍着悲痛，和孙悟空比剖腹。孙悟空往柱子前一站，眼看着刽子手把他的肚子剖开，孙悟空嘴里叫了声"合"，肚子又变得和原来一模一样了，连个刀痕也没有。等鹿力大仙的肚子被剖开后，悟空又拔了根毫毛，变成一只老鹰直飞而下，用铁嘴一口叼住鹿力大仙的五脏，展翅向高空飞走了。鹿力大仙当即丢了性命，露出原形，原来是一只白毛角鹿。

两个哥哥已经惨死，羊力大仙眼含热泪，暗自发誓要为他们报仇。他让人搬来一口滚着热油的油锅，要和悟空比下油锅。孙悟空二话不说，纵身跳进去，在里面又翻筋斗，又倒立，好不快活。轮到羊力大仙了，他也是真有本事，叫来了一条冷龙盘在锅底，所以虽然烧着熊熊大火，但锅里的油却是冷的。孙悟空连忙让北海龙王收走了锅底的冷龙，羊力大仙立刻倒在油锅之中露出了原形，定睛一看，原来是一只羚羊。

虎力大仙、鹿力大仙和羊力大仙·妖怪也有修道心

这场"赌局",虽然以唐僧师徒大获全胜告终,但在这个过程中,唐僧担惊受怕,也的确遭了不少罪,所以"大赌输赢"算是唐僧西天取经路上遇到的第三十四难。

三个妖怪先后在国王、王后面前现出了原形,他们才知道自己竟被妖怪骗了许多年,后悔不已,当即下令释放全国僧侣,并表示从此要善待出家的佛门子弟。这便是唐僧西天取经路上的第三十五难——祛道兴僧。这里的所谓"难",其实不是灾难的难,而是"困难"的难,唐僧师徒靠着自己的本领,扭转了车迟国的"风气"。这件事情看起来容易,实际却遇到了许多困难。

灵感大王
妖怪的"套路"也挺深

"八十一难"之第三十六、第三十七、第三十八难

主 人 公　灵感大王

武　　器　九瓣赤铜锤

特　　点　能呼风唤雨，水下功夫不错。凭借超深的"套路"，成功拥有了属于自己的"庙宇"，并能在"庙宇"内堂而皇之、心安理得地享用百姓的香火和祭祀。

弱　　点　贪婪、野心太大、外强中干实则胆小。

"灵感大王"这个妖精不简单，他不甘于命运的安排，更不甘心一辈子在观音池内当一尾被众佛观赏的小金鱼。他有心机、有毅力，且勤奋好学，靠"每日浮头听经"，成功寻得"修炼密码"。成精后的他并没有欣喜若狂，亦没有张扬，而是伺机而动，终于在涨潮时逃出观音池下得凡界来。在通天河这个"经八百里亘古少人行"的地界，他靠着威逼、利诱、单边主义、不平等条款这些"套路"，把陈家庄的百姓玩弄于股掌之间，终于过上了威霸一方，吃人只吃童男、童女的"精致"生活。

只不过，成也萧何，败也萧何。他一变再变的"套路"也没能敌过实力的碾压。为了一口以讹传讹的唐僧肉，他没能克制住自己的野心和欲望，自由自在的生活也走到了尽头。

变成小孩打妖怪

通天河，水面宽阔、波涛汹涌、茫然似海，一眼望不到边，真是"秋水共长天一色"。

唐僧一心西去，盼着早日取得真经，眼望无法过河，急得直落泪。**他万万没想到，一条横在眼前的大河，竟然成了自己西天取经路上的第三十六难——路逢大水。**

突然间，八戒听到有鼓钹之声，断定有人在布道施斋，于是劝慰师父道："我们先去吃点儿斋饭，明日找个渡口，方好过河。"唐僧细听，确有人家在做法事。再看天色已晚，只得依了八戒，决定明日再想办法渡河。

师徒一行人，循着鼓钹之声走过去，待到掌灯时分，方才寻到那户做法事的人家。

唐僧让三个徒弟在一旁等候，自己上前询问，看是否能借宿一

晚。哪知门内老者说:"今日我家做法斋僧,饭菜管饱,只是……你们怎么这么晚才来?"唐僧赶忙解释道:"我是东土大唐前往西天取经的和尚,希望在您这里借宿一宿,并非专程来赶斋的。"老者不信,说大唐离这五万四千里路,你孤身一人,如何能到得此处。唐僧听后,赶忙向老者介绍自己还有三个徒弟,都有本事在身,正因他们的保护,才能一路安全到达此地。说罢,让三个徒弟走来和老者打招呼,老者被三人的模样吓得够呛,差点儿一屁股跌坐在地上,还好被唐僧扶住了。

老者领着师徒四人走到院内,里面念经的和尚和看法事的邻里,见到尖耳猴腮的孙猴子、长嘴大耳的猪八戒、一脸晦气的沙僧,以为是妖精入府,皆被吓得夺门而逃。

唐僧见状,一个劲儿地向老者道歉,老者见唐僧如此,更相信他们一行是好人。

猪八戒可不管这些,只顾讨吃的。老者把准备斋僧、招待邻里的饭菜都端出来招待唐僧师徒。

一行人吃过饭,闲谈间才知道,今日的法事是给家中两个孩子做的"预修亡斋"。

"预修亡斋"把唐僧一行给听糊涂了,他们只听过预修寄库斋[①]、预修填还斋[②],却从未听说过"预修亡斋",哪有人预先给活人做死后超度法事的?

老者只得把所遇之事一一说给唐僧师徒听。

原来,这里是靠近通天河,属车迟国管辖的陈家庄。离庄子不远处,有一座当地百姓修建的"灵感大王庙",庙内供的不是菩萨,而

[①] 预修寄库斋:指古代迷信的人,在生前提前焚烧冥币,为自己死后预备"阴间存款"的行为。
[②] 预修填还斋:指古代迷信的人,在生前提前焚烧冥币,希望可以用这些冥币提前偿还自己欠下的罪孽。

是一个口味刁钻的吃人大魔王——"灵感大王"，这个大魔王勒令陈家庄百姓把自家儿女供奉在"灵感大王庙"内，只吃这些小孩儿。

这些百姓为何给一个吃人大魔王修庙？又为何亲自奉上自家亲生的孩子给大魔王吃？

原来，这一切都是中了"灵感大王"的"套路"。"灵感大王"来到陈家庄地界为霸后，别出心裁地与陈家庄百姓定了一份"劳务合同"——我去你们庄上施云布雨，保你们风调雨顺，保你们不受别的大魔王骚扰，你们则每年必须供上一个童男、一个童女，外加猪羊牲醴①给我。

表面上看，"灵感大王"出力保百姓风调雨顺、安居乐业，他索要报酬是应当应分的。然而，要知道签订合约要本着平等、自愿的原则。合同签署后，为了保障双方的权益不受侵害，还要请第三方介入监管。所以，"灵感大王"与陈家庄百姓签订的条约实属单边条约，他压根儿就没问陈家庄的百姓乐意不乐意。靠着凡人无力抗衡的法力，威逼、利诱，让人不得不从的，就属于霸王条款。最可气的是，这霸王条款还没人能监管。"灵感大王"说一就是一，说二就是二。不听我的，就削你——这不是"套路"是什么？

今年，正好轮到老者家中供奉了。

老者家中子嗣单薄，年过半百，膝下无儿无女，为了要个孩子，他修桥补路、建寺立塔、布施斋僧……不停地做善事，用了三十斤黄金才得了一独女，因三十斤是一秤，所以给女儿起名一秤金。无奈，还差一个童男，只得把弟弟的儿子关保也给奉上。都说儿女是爹娘的心头肉，如今要送了去给妖怪吃，哪有不心痛的。可是，他们又斗不过大魔王，不得不从，只能先给两个孩子做场"预修亡斋"。

---

① 牲醴：shēng lǐ，指祭祀用的牲口和甜酒。

孙猴子听到这里，问老者，既然你们家里这么富裕，为何不买一个孩子顶替自己的亲生女儿呢？

老者只当是"灵感大王"口味刁钻，凡是买来顶替的，他一概不受用，哪里知道，"灵感大王"是从观音池里偷跑出来的，若是让陈家庄的人满世界买孩子供奉给他吃，消息必然会外漏，若惊动菩萨，他的好日子也就到头了。所以，他才只敢在这荒凉偏僻之所，吃本庄的孩子。

孙猴子听闻妖精居然有这种癖好，心里一动，有了主意。

只见孙猴子默念了句咒语，就变成了男孩关保的样子。老者在灯下细瞧，也没辨出哪个是真关保，哪个是假关保。

孙猴子让老者多做些饭食，哄八戒吃，然后让八戒变成女孩一秤金的样子，这样便可替两个孩子去祭奠大魔王。

八戒本不依，孙猴子又好言相劝，说是救人一命，胜造七级浮屠。这一来是感谢老者盛情款待；二来是秋夜凉爽，刚好一起出去耍会儿。

八戒禁不住孙猴子哄骗，于是变成一秤金的样子，坐在红漆丹盘上，让老者家的两个后生抬着，送到了"灵感大王庙"内。

妖怪的陷阱

才到庙里，八戒就嚷着要回老者家中睡觉。孙猴子不依，说是允了帮忙，必然得帮人帮到底，还骂八戒真是个呆子，此行难不成真要把自己祭与大魔王吃？不过是为了收拾他，省得他再害人。

这时，庙外风起，八戒知是妖怪来了，喊道："不好。"孙猴子让八戒不要出声，看他行事。说话间，"灵感大王"推门而入。

这"灵感大王"总是怕自己偷跑的消息外漏，虽然对陈家庄人口、田亩一应事物了如指掌，仍不放心，吃人前总要先验验货。

只见，他对着孙猴子变的假关保问："今年该谁家祭祀了？"孙猴子是有问必答，言说是老者兄弟二人祭祀。

其实，"灵感大王"吃人数年，验货也验了数年，却从未在一个孩子嘴里问出过话来，这也难怪，"灵感大王"整日只顾仰头听经了，却没工夫低头在水中看看自己的模样，他生得凶恶，如镇寺的大门神，孩子一见他，早就被唬得没了魂，哪里敢答他的话呢？

"灵感大王"不由得纳闷儿，心想，今儿这孩子胆大。于是，又问他们叫什么名字，还扬言要吃了他们。

哪知假关保一点儿不怵，有问必答，还贴心地对"灵感大王"说："你只管自在地吃，我可不敢反抗。"

这表现倒让"灵感大王"从心底里害怕，竟不敢吃假关保了。不过，这"灵感大王"一贯的欺软怕硬。他当年之所以选择在此地为妖，就是看中了通天河的老鼋精年老体弱，好欺负。

不敢吃假关保，"灵感大王"便朝着八戒扮的假一秤金下手，恐怕自己没面子，又自圆道："往年我都先吃男童，今年，我倒偏要先吃女童。"

哪知，八戒比"灵感大王"更胆小，立马说："大王，你还是和以前一样，先吃男童吧！别坏了规矩。"

"灵感大王"一看八戒胆小，更是不容分说，张嘴就来。唬得八戒显了本相，跳下丹盘，上前就是一耙。只见耙钉落处掉下两片如盘子大小的鱼鳞来，原来，这"灵感大王"是一尾金鱼。

"灵感大王"逃到云端，气不打一处来，心想，我在这里保一方平安，吃两个娃娃，也是应当应分的，这是从哪里来的臭和尚跑到这里欺负人，坏我的香火和名声。要怪，只能怪这"灵感大王"只顾前来享用供品，压根儿没拿兵器，现下打也打不过，只能骂上几句出出心中怨气。

133

谁料孙猴子的口才也比他好千万倍，说他是真邪魔、假灵感。这八戒更是可恨，把猪、羊等祭品全丢进了井里。

这下子可好，供品没吃上一口，自己被气得半死，伤口又痛，"灵感大王"没奈何，只能化为一阵狂风，躲回通天河里的老巢去了。

"灵感大王"一回家，众小妖就围上来问："大王为何不乐，怎么也没给小的们捎回些残汤剩饭？"

"灵感大王"只得把自己如何遇上孙猴子、八戒，挨了打，想捉唐僧却怕自己心有余而力不足的事情说了一遍。他手下有个鳜鱼婆听了后说："这不难，只要大王作法，把温度降低，把通天河冻上就成，待他们从河过时，迸开寒冰，不愁唐僧不自己落到咱们家里来。"

"灵感大王"一听，这主意不错，也顾不得自己打得过打不过孙猴子，一心想着唐僧肉，于是立马照办。

第二日，唐僧一行果然上当。刚走到冰上河的中心，就"哗啦"一声，冰面迸开，唐僧掉了下去，被"灵感大王"捉回了家。这便是唐僧西天取经路上遇到的第三十七难——身落天河。

这头，"灵感大王"一众乐得喜上眉梢，那头，孙猴子带八戒、沙僧丢了师父，只得转回陈家庄，想办法救师父、灭妖怪。

大王变成了小鱼

孙猴子三人来到通天河边，准备救师父出来。

孙猴子在陆地上无人能敌，可一旦下到水里，就没了多少法子。只见，沙僧劈开水面，八戒背着孙猴子，便一同往通天河内去了。

三人行了百里，见一座楼台，上书"水鼋之第"，知是妖精住所，便停下。知道楼里没水，孙猴子先是变作长脚虾婆，打探到师父没事，又和八戒、沙僧商定，让两人引妖怪出水面，自己在岸上捉他。

两人点头同意，八戒是个急性子，嘴里骂道："臭妖怪，快点儿送我师父出来。"说着还不忘拿着耙子照门砸去。门口小妖哪见过这阵势，立马连滚带爬地向"灵感大王"报告。

受上次不拿兵器挨打的惨痛教训，这次，"灵感大王"丝毫不敢怠慢，急急地命人取来武器，方敢迎战。

"灵感大王"带着一众百十口小妖一起迎战，自是仗着人多，上来对着八戒就说："你是哪来的和尚，敢跑到我门口乱喊乱叫。"

却不料，八戒半点儿不惧，直骂道："我可是西天取经的圣僧之徒，休要和你爷爷我顶嘴，看我不打死你。"话音还未落地，又戏弄妖精道："你个招摇撞骗的家伙，我是一秤金，你不认得我了？"

这话一出，可算是揭了"灵感大王"的伤疤，他心想，"我没治你个冒名顶替之罪，没寻你伤我手臂的旧仇，你还敢寻上门来找

事?"于是对骂了回去。八戒也不是好惹的,呵斥"灵感大王"早点儿放了自己师父,要不然,定打他个屁滚尿流。

就这样,两人"君子动口不动手",只顾骂得痛快,要不是沙僧在旁提醒,八戒就中了"灵感大王"转移视线的"套路",把救师父的事情给忘了。

沙僧看得心急,喊道:"别废话了,吃我一杖。"

"灵感大王"还想用同样的"套路"套路沙僧,说沙僧是半路出家的和尚,说沙僧拿根杖是磨面的师傅。可沙僧并不中计,和"灵感大王"在水下厮杀起来。此时,八戒才回过神来,一起加入战斗。按照既定计划,两人一边打,一边假装打不过,往水边退。

这回"灵感大王"中了计,刚露出水面,就被孙猴子一棍下去,打得半死。眼看事情不妙,"灵感大王"不得不速速退回,躲在了家里,让小妖们用石块泥土把家里围得严严实实,任凭八戒和沙僧怎么叫喊、寻事,就是闭门不出。

说实话,"灵感大王"本领不高,却事事都玩"套路",他这样做,为的就是耗尽孙猴子等人的耐心,让他们等烦了,各自散了回家,好清清静静地吃唐僧肉。

可惜,套路再深,遇到本领高强的对手就没用了。他没想到,孙猴子竟然跑到南海搬来了观音,观音只用一只随手编成的竹篮,就把他辛辛苦苦才追到的"自由"梦给捆得结结实实。他终没逃脱命运的束缚,只得乖乖地回观音池中做了一条任佛观赏的"小金鱼"。在这场劫难中,多亏了观音菩萨扔出鱼篮,逼灵感大王现出原形,唐僧一行才得以逃脱,因此唐僧西天取经路上的第三十八难便叫作"鱼篮现身"。

青牛怪
勇闯天涯的坐骑

"八十一难"之第三十九、第四十、第四十一难

主人公　青牛怪
武　器　钢枪、金刚镯
特　点　武功超常，与孙悟空连打30个时辰分不出胜负，
　　　　还可变出三头六臂。怨气很重，喜欢吃人。
弱　点　鲁莽，性格冲动。

在这座金兜山上,有个金兜洞,金兜洞里有个独角兕[①]大王,样子既像青牛,又像犀牛,尤其变成人的样子真是丑得惊天地、泣鬼神,全身的皮又黑又皱,一口大黄牙能把十米外的小动物熏晕,鼻子中间还有个洞,舌头一伸,就能从这个洞里钻过去。

这个独角兕大王,不仅长得丑,脾气也非常火爆,点火就着,整天和人打架。他凭借超强的武艺和法宝,在本地独孤求败,想揍谁揍谁,想吃谁吃谁。土地见了他都要向他鞠躬问好。本地的居民也是被他摧残得叫苦连天。他可真是个名副其实的活阎王。

一天,唐僧师徒四人,来到了金兜山。走了好久的路,唐僧的肚子饿得咕咕叫,再不吃饭,就要从马上掉下来了。

"悟空,为师肚子好饿,快去找些吃的来吧。"唐僧对孙悟空说道。

孙悟空点了点头:"没问题,等俺老孙去去就来。"

说完,孙悟空就从耳朵里掏出金箍棒,在地上画了个金圈。

孙悟空:"为了你们的安全,一定要站在圈内等我回来。"然后就架着筋斗云飞走了。

此时,暗中有一双眼睛盯上了唐僧。

独角兕大王盯着唐僧直流口水:"唐僧肉能够返老还童,长生不死,我今天就要尝尝。"说完独角兕大王嘴巴一吹,山间就刮起刺骨的寒风,唐僧三人冻得瑟瑟发抖。

大风刮了一分钟;大风刮了五分钟;大风刮了十分钟。

猪八戒生气了:"这个猴头,肯定去玩了,师父我们还是自己去找些吃的吧。"

唐僧双手合十,摇了摇头:"可是我们走出圈,被妖怪吃了怎么

[①] 兕:sì,指古代犀牛一类的兽名。

办？悟空回来找不到我们怎么办？我们走得太远迷路了怎么办？要是找不着，我们三个走散了又怎么办？"

猪八戒痛苦地捂住耳朵："师父你真啰唆啊。"

独角兕大王看着啰唆的唐僧，急得直跺脚："看我再来一招！"只见他又张开嘴巴，一团黑云从嘴里吐了出来，遮住了整个金兜山。

"师父快看。"猪八戒突然大叫一声，"山沟里有栋大别墅。"

唐僧自己一看果然在黑云笼罩的地方，隐隐约约能看到一座房子。

猪八戒说："看样子还是个大户人家，里面一定有热饭热菜。"

唐僧点了点头："好啊，终于有饭吃了。"

三人一起走出孙悟空划的金圈，走向了乌云压顶的大别墅。到了别墅门口，猪八戒拍拍胸脯说道："我进去打探一下，有好吃的就叫你们进去。"

其实他打起了小算盘，心里想的是，如果有好吃的，他可以先吃。

猪八戒美滋滋地走了进去，可是别墅里既没有人，也没有好吃的。只在一间房里找到了三件绣花背心。

猪八戒垂头丧气地走出别墅，噘着嘴巴说："根本没有好吃的，只找到三件背心，师父我们穿上暖和暖和吧。"

"八戒，你这是偷东西。"唐僧生气地摇摇头，"快点儿放回去，我就算冻死，也不会穿这背心的。"

猪八戒根本没把唐僧的话放心上："沙师弟，我们穿，感冒了之后难受的又不是我们。"

"快穿，快穿。"独角兕大王小声说道，穿上有惊喜噢。

猪八戒和沙和尚刚穿上背心，背心就开始收紧，一下子勒到猪八戒的肥肉里，猪八戒疼得龇牙咧嘴，"啪"地摔倒在地上。沙和尚也被

勒得骨头散了架，在地上滚来滚去。

"哈哈，被我抓住了吧。"这时候，独角兕大王跳了出来，开心得哞哞直叫："徒儿们，今天我们吃大餐。"

几十个小妖怪突然从四面八方冲了出来，扛着唐僧三人进了金兜洞，这便是唐僧西天取经路上遇到的第三十九难——金兜山遭怪。

这边的孙悟空好不容易找到了饭菜，回到金圈旁边，却发现师父和师弟三人都不见了。孙悟空急得抓耳挠腮，突然从远处走来一个老头。

孙悟空忙向他打听师父的下落，老头说："哎呀，糟了，你的师父师弟肯定是被金兜山的独角兕大王抓走了。"

孙悟空气得直冲金兜洞，把石门打得震天响。孙悟空叫喊着："妖怪，快放了我师父。"

独角兕大王拿着丈二长的钢枪冲出来，和孙悟空打了起来。金箍棒和钢枪碰撞溅出许多火花，他们一会儿在天上打，一会儿在地上打。独角兕大王转头一喊："徒弟们给我一起上。"小妖怪们像潮水一样朝孙悟空冲了过来，孙悟空也不甘示弱，把金箍棒朝天上一扔，空中出现了几千只金箍棒，打得小怪们屁滚尿流。

"等的就是现在。"独角兕大王掏出一个金刚圈就朝金箍棒扔去，"呼"的一声，金箍棒就被金刚圈给套走了。

搬来救兵也打不过犀牛精

孙悟空被套走了金箍棒，战斗力直线下降，架起筋斗云拔腿就跑。不一会儿，他就来到了天庭，喊道："玉帝老儿，我需要你的帮助。"

孙悟空告诉玉帝自己师父被抓走的事情，接着说："这么厉害的妖怪，肯定是从天上逃下凡间的，你得帮我查查。"

可玉帝拿出神仙花名册一个个比对，却发现天上的神仙一个都没少。于是就派托塔李天王和他的儿子哪吒三太子，带了些天兵天将帮助孙悟空去金兜山捉拿独角兕大王。

"咣咣咣"的砸门声再次惊醒了独角兕大王。还带着起床气的独角兕脑袋冒出了火，提着钢枪就冲出了洞。这次，出现在他面前的是帅气的哪吒。

哪吒喝道："大胆，丑八怪，竟然抢我猴哥的法宝，看我今天怎么收拾你。"

"你敢叫我丑八怪？"独角兕头上的火都要烧到天上去了，挥舞着钢枪朝哪吒刺了过去。哪吒躲闪而过，两人在山头打得乒乓作响。

"看我放大招结束战斗。"哪吒使出三头六臂，朝独角兕砍了过去。

"就你会大招？"独角兕也使出三头六臂，和哪吒打得有来有回。

哪吒一看："竟然偷学我的大招，气死我了！看我的终极大招！"哪吒从兜里掏出自己的所有兵器，什么砍妖剑、斩妖刀、缚妖锁、降魔杵、绣球，一起朝独角兕大王扔了过去。

独角兕大王开心地大叫："又是送上来的宝贝。"他又扔出金刚圈，"哗啦"一声，哪吒所有的宝贝都被套走了。

"你这个大坏蛋。"哪吒抹着眼泪逃回了父亲身边。

李天王看见自己儿子被人欺负，气得胡子都翘了起来。斗篷一挥，与独角兕打了起来。

李天王道："吃我一招。"只见他双手握拳，天空就刮起了沙尘暴。

独角兕咧嘴一笑："我不但会你儿子的技能，也会你的技能。"

只见他双手一摊，龙卷风就从手心卷了出来。沙尘暴撞上龙卷风，便消失了。

"看法宝。"李天王正要扔出自己的法宝，只见独角兕拿出自己的金刚圈晃了晃，吓得托塔天王李靖踏着云就跑。

孙悟空、哪吒、李靖一个个垂头丧气地回到天庭，他们正要去见玉帝，刚好碰到了火神。

李天王灵机一动说："对啊，可以用火。天下最厉害的东西，就是水和火。用他们肯定能打败独角兕。"

说完，他们又叫上水神和火神，前往金兜山。

"又找救兵来了？"独角兕不屑地看了眼孙悟空："来吧，来吧。打完架，我还要回去吃唐僧肉呢。"

火神挥动火旗，无数个磨盘大小的火球就从天上落了下来，落在小妖身上，立刻燃起了熊熊大火，小妖们被烧得吱哇乱叫，全都逃进了洞里。

独角兕站在原地，看都不看一眼："你就这点儿本事？"

说完，金光圈又从他的袖口飞了出来，火神双手一松，火旗"咻"的一下就飞到了独角兕的手中，独角兕手里握着火旗，舞得呼呼作响，漫天的火焰朝孙悟空们扑了过去。

"看我的。水神走上前，拿出一个白玉盆，轻轻一翻，一条大河就涌了出来，火一下子就被扑灭了。独角兕赶紧逃回洞里。

"看你往哪儿逃。"水神把白玉盆倒了个底朝天，海啸一样的巨浪朝金兜洞冲了过去。突然，一阵白光从洞口射出，巨浪被反弹了回来。金兜洞一点事儿都没有。独角兕大王骄傲地挥舞起自己的金刚圈："哈哈，还是我的法宝厉害吧。说完，把金光圈朝天上一扔，一下子就砸碎了水神的白玉盆。

这下，所有人的法宝都被独角兕大王给收走了。

独角兕哈哈大笑："大获全胜，回家庆祝！"

这么多天兵天将都没能打败独角兕大王，这便是唐僧师徒在取经路上遭遇的第四十难，也是他们自踏上取经路以来最大的一次灾难——普天神难伏。那些失去法宝的神仙也很头疼，他们围住了孙悟空问："大圣，我们该怎么办？"

孙悟空摸了摸下巴，眼珠子转了一圈说："俺老孙去把你们的法宝都偷出来。"

转了一圈，孙悟空变成一只苍蝇，"嗡嗡嗡"地飞进了金兜洞。妖怪们正在庆祝胜利，一个个又吃又喝，醉得东倒西歪。孙悟空找到了自己的金箍棒，又找到了其他人的兵器。刚要走，转念又一想，既然我能把他们的兵器偷出来，不如把独角兕的金刚圈也偷走吧。而此时，独角兕在石头床上睡得正香，金刚圈就套在他的胳膊上。孙悟空伸手去取，金刚圈却一动不动，于是孙悟空变成一只跳蚤，在他胳膊上咬了几口，可独角兕不但没放下金刚圈，还把金刚圈往上套了套。孙悟空就只能放弃。

等独角兕醒来之后，发现自己的兵器全都没了，气得要找孙悟空算账。没想到一出门，所有的神仙都等着他呢。

"和我一起上。"孙悟空大喊一声，众神仙挥舞着法宝朝独角兕大王冲了过去。

"真是不长记性。"独角兕打了个哈欠，又扔出了金刚圈。一眨眼，孙悟空、哪吒、李天王、火神的法宝又被套走了。

太上老君"牛"！

孙悟空这下真的生气了，他冲到如来佛祖的座前说："这西经我不取了。"如来佛祖忙问怎么了，知道原因后，佛祖呵呵一笑："我有办法帮你。"说完就派降龙、伏虎两位罗汉拿着十八粒金丹砂跟随孙悟空再次前往金兜山。

"真是烦死了，还没输够吗？"独角兕大王懒洋洋地走出洞口，"有什么绝招，就使出来吧。"

两位罗汉扔下金丹砂，瞬间天空黄沙飞舞，独角兕大王被黄沙埋到了半截腰，眼看就要埋到胸口了，独角兕一急，又扔出了金刚圈。没想到，如来佛的十八颗黄金砂也被套了过去。

孙悟空简直不敢相信，如来佛祖的法宝也拿独角兕大王没有办法。回头一看，两位罗汉脸上依旧笑嘻嘻的。

孙悟空不乐意了："俺老孙都快急死了，你们还在这儿笑。"

降龙罗汉说："佛祖早就预测到了结果，在来之前，他已经告诉了我们制服独角兕的方法。"

"什么方法？"孙悟空急得凑了过去。

降龙罗汉神秘兮兮地说："答案就在太上老君的兜率宫里。"

"兜率宫，金兜山……俩名字有点儿像啊。"孙悟空想了想："我知道了，这个独角兕，一定是太上老君的人。"

孙悟空跳上筋斗云，几个跟头就翻到了兜率宫前。

闯进兜率宫，孙悟空来到太上老君的面前。

孙悟空劈头盖脸地说："你这个白胡子老头，放任你的仙童抢我的金箍棒，还吃我的师父。"

太上老君一头雾水。

孙悟空才不管那些，迈开步子就开始在兜率宫里搜查，一会儿这里走走，一会儿那里瞧瞧。突然，他见牛栏边只有一个呼呼大睡的童子。孙悟空扯开嗓子大喊："太上老君，你家青牛跑了。"

太上老君连忙走过来一看："啊，这可糟了！"

孙悟空双手抱胸，斜眼看着太上老君："他不但跑了，还偷了你的金刚镯！"

太上老君回屋一查，果然，自己的金刚镯不见了。

青牛怪·勇闯天涯的坐骑

太上老君连忙向孙悟空赔罪，拿着芭蕉扇就上了金兜山。

"咚咚咚。"又是孙悟空在砸门。

独角兕大王已经懒得和孙悟空打了，出门就扔出了金刚镯。只见太上老君扇了一下芭蕉扇，金刚镯就到了他的手里。

太上老君道："淘气的牛牛，快跟我回家。"

"妈呀，是老君来了！"独角兕吓得撒腿就跑。

太上老君又扇了一下芭蕉扇，独角兕的腿立刻软了，一下子跌倒在地，变成了一头青牛。这青牛怪太过厉害，在对付他的过程中，孙悟空想尽办法都没打败他，最后，还是从如来佛祖那儿"打听"到青牛精的来历，请来了太上老君，这才降伏了妖怪。所以，西天取经路上的第四十一难便称为"问佛根源"。

女儿国
"女强人"的心愿

"八十一难"之第四十二、第四十三难

主人公　女儿国国王

武　器　无

特　点　女儿国国王不是妖精，而是真正的凡人。她不但容貌美丽，性格温柔，而且事业有成，是个真正的"女强人"，美中不足的是太重感情。

弱　点　肉身凡胎。

在西梁，有个女儿国。

这个国家很奇怪，全国上下，从国王到老百姓，包括做官的、当兵的、做生意的、种田的……全部都是女人，没有一个男人。王国城外，有一条子母河，河水非常神奇。如果有人想要孩子，喝一口子母河的水，很快就会怀孕。

女儿国的国王，不仅人长得漂亮，管理国家也很有一套。在她的带领下，百姓衣食富足，生活安乐。

这天晚上，女儿国的国王做了个梦。她梦到有个男子来到了女儿国，成为女儿国的国王，而她自己则成了王后，从那以后，女儿国更加兴盛了。

她以为这只是个梦，却没想到，第二天梦就应验了。

这日，迎阳馆的驿丞来报告说，东土大唐御弟唐三藏带着三个徒弟，要去西天拜佛取经，现在正路过女儿国的王城外。

"陛下，让他们过去吗？"驿丞问。

国王想到昨晚的梦，就问驿丞："唐三藏长相怎么样？"

"很帅！"驿丞说，"不过，他的三个徒弟，个个凶神恶煞啊！"

国王喜笑颜开，说："那就留下唐三藏，让他的徒弟去西天取经吧！"

说做就做，她立刻安排太师和驿丞，一起去向唐僧提亲。她以为，凭着自己一国之主的身份，再加上美貌和智慧，唐三藏肯定不会拒绝。然而，她却想错了。

这个时候，唐僧和他的三个徒弟正在驿站休息。他们刚刚经历了一次大麻烦，还没有完全恢复呢！

原来，他们进入王城前，刚好路过那条神奇的子母河。天气很热，唐僧看河水清澈，就让猪八戒打了一钵盂河水。他刚喝了一小半，猪八戒嘴馋，见河水清甜，一口气把剩下的半钵盂全干了。结果

147

可想而知，两个人都"大肚子"了。

"哎呀，肚子疼！"唐僧疼得从马上跌了下来。

猪八戒也好不到哪里去，捂着肚子，疼得满地打滚："疼！疼！疼！"

他们的肚子不仅疼，还以肉眼可见的速度"大"了起来，这可吓坏了孙悟空和沙和尚。刚好河边有个老婆婆，他们赶紧带着两个"病号"去求助。结果，老婆婆一听是喝了河水肚子疼，竟然笑了起来。

"他们两个，是要生孩子了。"老婆婆说。

唐僧师徒大吃一惊，忙问为什么。老婆婆这才告诉他们，这里是女儿国，子母河的河水能让人怀孕、生子。唐僧这下头都大了，在踏上取经路之前，他曾经预想过所有可能发生的灾难，但万万没想到，自己在取经路上遇到的最不可思议的危机竟然是"怀孕"，这次经历，也成为了唐僧西天取经路上的第四十二难——吃水遭毒。

"和尚生孩子，好玩好玩！"孙悟空幸灾乐祸。

虽然嘴上开玩笑，但孙悟空还是很关心师父和师弟的。他从老婆婆口中得知，解阳山有个破儿洞，洞里有一眼落胎泉，只有喝了那处泉水才能解胎气。于是，他二话不说，赶忙去取落胎泉水了。

但好巧不巧，落胎泉被如意真仙给霸占了。而这个如意真仙，竟然是牛魔王的弟弟、红孩儿的叔叔，这不是仇人相见，分外眼红吗？孙悟空和如意真仙斗了几次，最后又带着沙和尚前后夹击，这才取到落胎泉水，解了唐僧和猪八戒的胎气。

好不容易进入王城，唐僧师徒赶紧找到驿站，他们一边在此休息，一边等待驿丞办理通行证，以便继续往西赶路。可是，他们做梦也没有想到，驿丞竟然带着国师来提亲了。

国师说："唐长老，恭喜恭喜！"

唐僧有些迷糊："我是个和尚，有啥喜事？"

国师说："国王要招你为夫，从此以后，你是国王，她是王后！"

这几句话，把唐僧轰得外焦里嫩。猪八戒眼馋，赶紧说："我师父是得道的罗汉，怎么能娶国王为妻呢？干脆我留下吧！"

国师看见他的样子，吓得瑟瑟发抖，说："你太丑，会吓到国王！"接着，她好言相劝，执意要唐僧留下。

孙悟空见没有办法，只好替唐僧答应："我师父答应留下了，你们赶紧办好通行证，我们师兄弟三人去西天取经。"

女儿国国王听说唐僧答应婚事，顿时欢天喜地。她一边命人准备酒席，一边梳妆打扮，要亲自出城去迎接自己的"夫君"。

到了驿馆，她见唐僧丰姿英伟、相貌轩昂，眉清目秀、唇红齿白，一颗心更是"扑通扑通"乱跳得紧。"无论如何，我都要嫁给他！"她走过去，牵起唐僧的手，说："御弟哥哥，咱们回宫成亲吧！"

唐僧迷迷糊糊，就跟着她上了车。这便是唐僧西天取经路上遇到的第四十三难——西梁国留婚。

唐僧不吃这一套

两人进了皇宫，文武百官见国王漂亮，唐僧帅气，都觉得很般配，一个个眉开眼笑。国王见大臣们称赞，心里也像喝了蜜一样甜。

这时候，她看见唐僧的三个徒弟也跟在后面——打头的是蹦蹦跳跳的孙悟空，猪八戒牵着白马，沙和尚挑着行李。国王心里高兴，也就不觉得这三个人丑陋了，赶忙对大臣说："快开席吧！请御弟哥哥的徒弟们赴宴！"

很快，宴席开始了。国王陪着唐僧吃素菜、喝素酒，心里美滋滋的。唐僧却不一样，他坐在国王身旁，心里却像装了二十五只老鼠——百爪挠心。最开心的当数猪八戒，他不管好歹，放开肚皮只顾

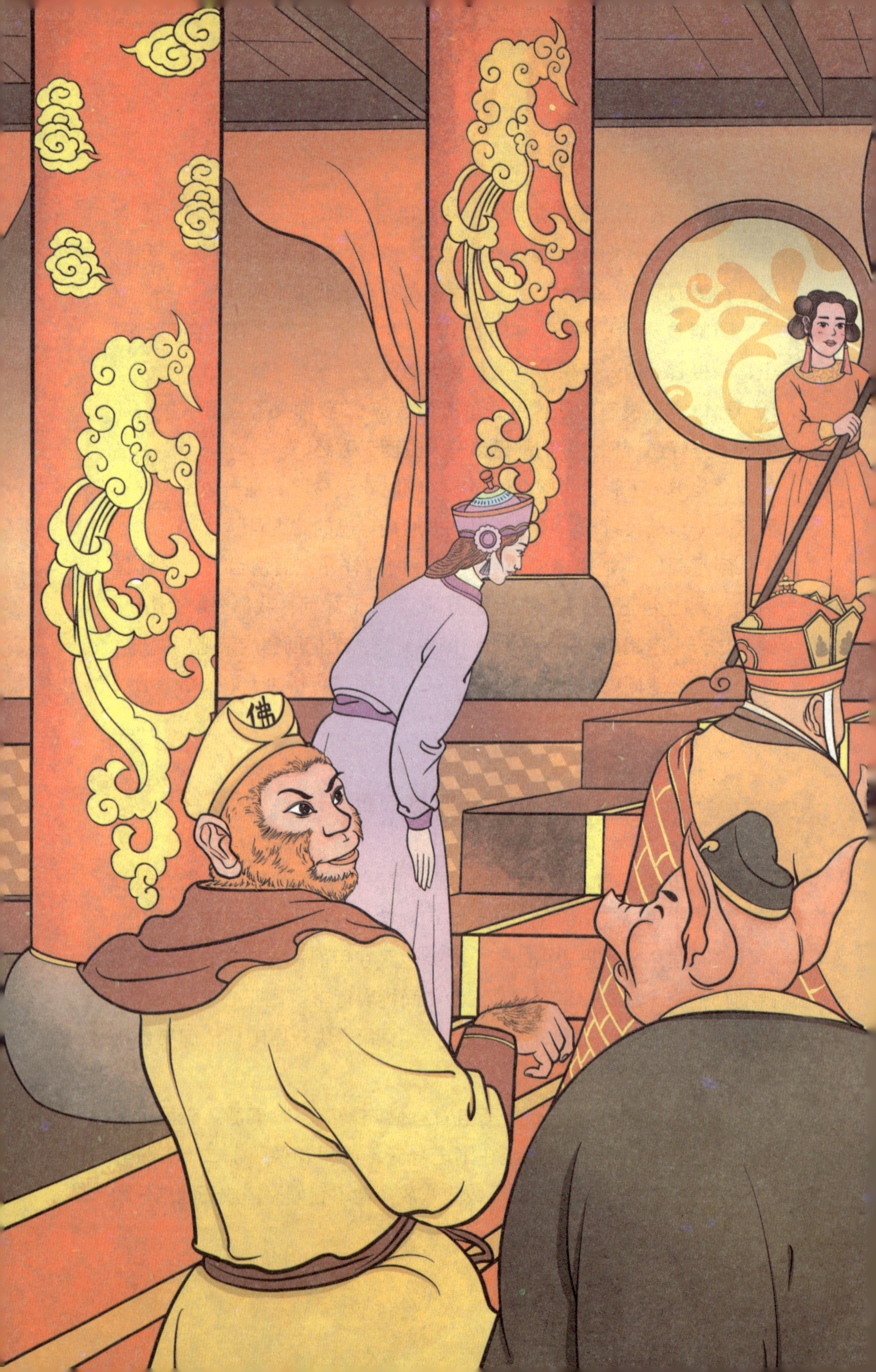
佛

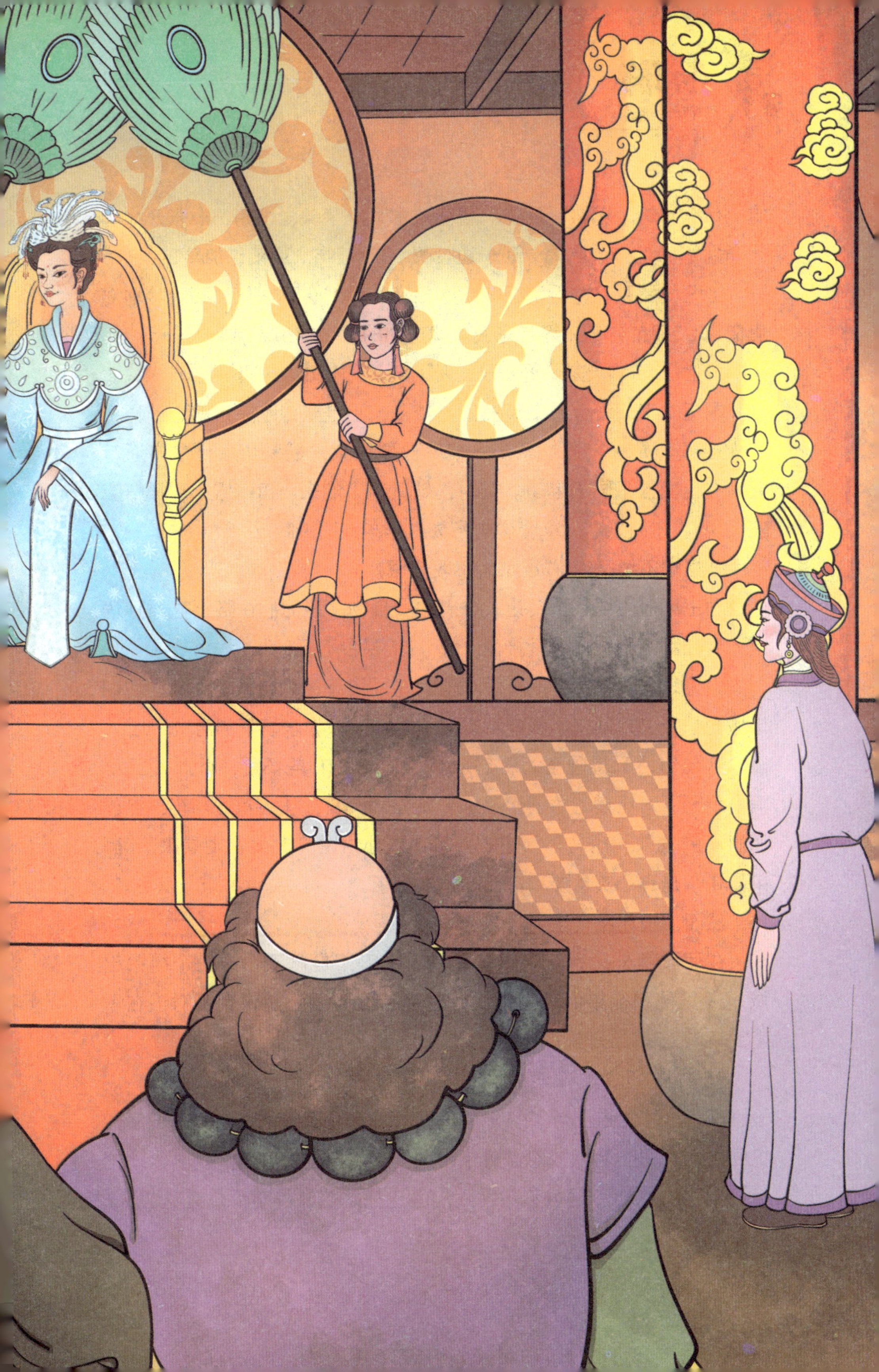

吃，什么米饭、蒸饼、糖糕、蘑菇、木耳、芋头、山药……张开大嘴一通猛塞。他一边吃喝，还一边嚷嚷："不够吃，加菜！加菜！"

国王爱屋及乌，看猪八戒的吃相难看，她也不生气，笑吟吟地对唐僧说："御弟哥哥，等吃完饭，就送你的三个徒弟出城吧！"

唐僧说："明天是个好日子，那时再送他们出城也不迟。"

国王本来想答应，却又怕夜长梦多，于是坚持吃完饭就送孙悟空三人出城。她是个急性子，看宴席快要结束，赶紧让唐僧拿出通行证，在上面盖了国王宝印。同时，她又叫人端来一盘碎银，对孙悟空三人说："你们三个，拿着这些路费，早些上西天吧。"

孙悟空不要，说："出家人不收金银。"

国王见他不要钱，又让人拿出许多食物，让他们在路上吃。孙悟空还要推辞，猪八戒赶紧接住，说："不要白不要！"

眼见三人就要动身，唐僧对国王说："陛下，师徒一场，我送他们出城吧！一会儿回来，我就可以无牵无挂，和你永享荣华富贵了！"

这几句话听得国王心花怒放。她原本还有些怀疑，此时疑虑尽消，只剩下对唐僧的柔情蜜意了。她立即传旨，让人备好马车，自己和唐三藏共乘一辆马车，往西城门去送孙悟空三人。在她看来，"御弟哥哥"是真心实意要和自己一起生活了。

然而，她却没有想到，这一切只是假象。

在西城门外，唐僧让国王在马车上等，自己下去送三个徒弟出城。只见他和徒弟们越走越快，越走越远。国王意识到不对，在车上大声喊："御弟哥哥，快回来！"

唐僧站在远处，高叫道："陛下不用送，我们走啦！"

国王这才知道上当了。她脸色发青，命令女兵们追击，想把唐僧抢回来。可是，猪八戒忽然跳了出来，冲着一群女兵龇牙咧嘴，还抡起了手中的钉耙。他虽不伤女兵，但也把她们吓得够呛。趁这工夫，

女儿国·"女强人"的心愿

孙悟空带着唐僧远去了。

原来,这一切都是孙悟空的计划。他知道,如果不答应婚事,国王就会处处刁难,不让他们通关。自己虽然可以降妖除魔,可国王、大臣和女兵们都不是妖精,不能对她们动"粗"。于是,他灵机一动,让唐僧假意答应,等通行证办好了,就一起溜走。

可怜女儿国的国王,只好眼睁睁地看着她的"御弟哥哥"逃走,却没有一点儿办法。

西游
还可以这样读

蝎子精
我有毒，我怕谁

"八十一难"之第四十四难

主 人 公　蝎子精
武　　器　三股钢叉
特　　点　脾气暴躁，心肠毒辣，而且非常嚣张，敢挑衅如来佛祖。她武艺高强，屡屡打败孙悟空、猪八戒联手。
弱　　点　怕鸡。

在妖精圈，蝎子精可是大名鼎鼎。她的名气，大多来自她的性格——够毒辣、够狂妄。

她曾经在雷音寺听佛讲经，因此炼成了强大的法术。有一次，如来佛祖在给三千诸佛讲经说法时，发现蝎子精没有认真听讲，就推了她一把。谁知道，她任性狂妄，转过尾巴上的钩子，就在如来佛祖的拇指上狠狠地蜇了一下。她的尾刺毒性很强，如来佛祖也疼痛难忍。

因为怕被金刚捉拿，她就偷偷溜出雷音寺，躲在了西梁女儿国附近，毒敌山上的琵琶洞里。

成为山大王后，蝎子精更嚣张了。她带着几个小妖，经常干些杀人放火、拦路抢劫的勾当。毒敌山的山神、土地打不过她，只得由着她兴风作浪了。

这一次，她又把目光瞄准了唐僧。

唐僧刚到女儿国时，她就知道了。不过那个时候，她很聪明地选择了隐忍。为啥？因为，她怕公开抢人，会引起一些不必要的麻烦。要知道，雷音寺里的金刚还在四处寻她呢。所以，她一直在等合适的机会对唐僧下手。

此时，机会终于来了。

这天，唐僧在孙悟空的帮助下，慌慌张张地逃出了女儿国。眼看女儿国国王带着一群女兵越追越近，孙悟空和猪八戒迎了上去，想要使法术定住追兵。

"就是现在！"蝎子精等的就是这个机会。她趁着孙悟空和猪八戒不在唐僧身边，而沙和尚又挑着行李，就使了个法术，刮起一阵大风，把唐僧抓走了。

她把唐僧抓回琵琶洞，左看右看，十分满意："御弟哥哥，咱们结婚吧！"

这可把唐僧吓坏了，心想：真倒霉！才逃出女儿国，又进了妖精

洞。他摇摇头，对蝎子精说："我只想取经，不想结婚！"

蝎子精也不生气，端来两盘馍馍，笑嘻嘻地问："一盘是牛肉馅的荤馍馍，一盘是豆沙馅的素馍馍，你吃哪种？"

唐僧说："吃素！"说着，拿起了一个豆沙馅的素馍馍。

蝎子精夺下馍馍，说："不结婚，就让你吃荤馍馍！"

她的话音刚落，忽然听到一声大喝："妖精，赶快放了我师父！"接着，一根大铁棒迎头打了下来，原来是孙悟空到了。

唐僧被人抓走，孙悟空和猪八戒、沙和尚心急火燎，四处寻找，很快就发现了毒敌山上的琵琶洞。孙悟空胆大心细，又变成了一只小蜜蜂，悄悄飞进洞里，想要探个虚实。结果刚飞进洞里，就看见一个女妖精正想让唐僧吃荤馍馍，他勃然大怒，举起棒子就打。

两个人在洞里一阵乱打。别看蝎子精身形娇小，看起来弱不禁风，打起架来却非常凶猛。她手拿一柄三股钢叉，一边破口大骂，一边往孙悟空身上招呼。

"臭猴子，竟然敢偷偷跑到我家！吃老娘一叉！"

孙悟空从来没有见过这么勇猛的女妖精，只好抖擞起精神，边战边退。等退到洞外，他扯着嗓子大喊："兄弟们，一起上！"

猪八戒听到喊声，举起钉耙就冲了上来："师兄靠后，让我打这个妖精！"

蝎子精见孙悟空还有帮手，也不害怕，反而更凶猛了。她使了个法术，"呼"的一声，鼻子出火，嘴里生烟，浓烟又腥又臭。她手中一柄三股钢叉飞舞冲迎，灵活得就像蝎子尾巴。她一边打，还一边嘲笑孙悟空："如来佛祖还怕我哩！你们这两个妖怪，都不够我打！"

这可把孙悟空和猪八戒给气坏了，举起兵器就是一阵猛打。可是，他们两个使出浑身解数，还是没能打败蝎子精。双方你来我往，打了几百个回合，也不过战成平手。

蝎子精打得心烦，忽然她纵身一跳，用尾巴上的毒刺，往孙悟空头皮上扎了一下。

只听孙悟空"哎呀"一声，抱头就逃。猪八戒见孙悟空跑了，也赶紧扛起钉耙，趁乱溜走了。

蝎子精打了胜仗，满脸都是兴奋之色。回到洞府，她吩咐几个小妖："小的们，把前后门都关好了，别让猴子再溜进来！"

说完，她就去找唐僧了。她以为，凭着自己的美貌，一定可以打动唐僧，让他留在毒敌山。谁知道，任凭她说得天花乱坠，唐僧就是油盐不进。她恼羞成怒，正要吩咐小妖把唐僧拉去蒸了，忽然听到有惊叫声传来："不好了，不好了！昨天那两个丑男人又来了！"

她知道，这肯定是孙悟空和猪八戒，于是暂时放下唐僧，拿起三股钢叉，气势汹汹地冲到了洞外。见洞门被打破了，她怒火中烧，大声骂道："两个丑八怪，拿命来！"

这一架又打得昏天黑地。她越战越勇，打得孙悟空和猪八戒连连后退。打了几十个回合后，她又使出了杀手锏，用尾巴上的毒刺，偷偷在猪八戒嘴唇上蜇了一下。猪八戒疼得哇哇乱叫："哎呀，疼死我了！"

猪八戒哪里还顾得上打架，捂着嘴巴，干号着跑了。孙悟空知道打不过妖精，也只好收起神通，追着猪八戒远去了。

蝎子精第二次打胜了孙悟空，自信心极度膨胀。她跑回洞里，对唐僧说："御弟哥哥，没人会来救你了，你的两个徒弟都被我打跑了！"

"阿弥陀佛！"唐僧念了句佛语，说，"菩萨会来搭救我的！"

"哼！"蝎子精冷笑，"我连如来佛祖都不怕，还会怕菩萨？"

不过，她做梦也没有想到，她不放在眼里的观音菩萨，这回自有妙计帮助孙悟空。

再大个儿的蝎子也怕鸡

观音菩萨变成一个老妈妈，不仅帮孙悟空、猪八戒治好了伤，还告诉他们一个秘密：抓走你们师父的这个妖精，本体就是一只蝎子。她尾巴上的钩有毒刺，扎人一下，奇痛无比。但是，她最怕东天门里光明宫的昴日星官，你们去求他吧！

"哈哈哈，原来如此！"孙悟空大乐，"公鸡克蝎子！我这就去找昴日星官！"昴日星官是二十八星宿之一，本相正是一只大公鸡。

蝎子精还不知道，大祸已经临头了。两次打败孙悟空和猪八戒，她已经被胜利冲昏头脑，放松了警惕。孙悟空和猪八戒又在洞外叫阵时，她还在想，用什么办法能让唐僧屈服呢。

"这两个家伙，真是太讨厌了！"她提着三股钢叉，边往洞口走，心里边想，"这一次，我要打得他们再也不敢来捣乱！"

可是，她刚走到洞外，就听到孙悟空大喊一声："昴日星官！"

听到这几个字，蝎子精吓得魂飞魄散，抬头一看，果然对面山坡上站着一只大公鸡。她生平最怕公鸡，此刻见到克星出现，转身就要逃。可是，几声鸡鸣传来："喔——喔——喔"，蝎子精的身体再也不受控制，扭曲几下，就现出了原形——一只琵琶大小的蝎子。

"唉，妖生无常啊！"她叹了口气，知道自己完了。

果然，猪八戒冲了过来。一想起自己被蛰得嘴巴肿成了香肠，他就气不打一处来，于是举起手中的钉耙，照准蝎子就是一顿乱打。

可怜勇猛无比的蝎子精，就这么被打成了烂泥，而唐僧此次被蝎子精抓进洞中，软硬兼施，着实吃了不少苦头，因此唐僧西天取经路上的第四十四难便是——琵琶洞受苦。

六耳猕猴·猴子也"疯狂"

六耳猕猴
猴子也"疯狂"

"八十一难"之第四十五、第四十六难

主人公　六耳猕猴
武　器　随心铁杆兵
特　点　与孙悟空的本领一样，能飞天遁地，会七十二般变化。但是，他的心肠歹毒，打唐僧、抢行李，干了不少坏事。
弱　点　怕如来佛祖。

自从出生起，六耳猕猴就知道自己与众不同。因为，他有一项特殊的本领——哪怕身在千里之外，也能听到别人说什么。

靠着这项本领，他能知晓天上人间的所有事情，包括孙悟空修炼的大品天仙决、七十二变、筋斗云等多种神通法术的口诀。因此，他和孙悟空一样厉害，飞天遁地，无所不能。

之所以向孙悟空看齐，是因为他心中始终有一个梦想——成为孙悟空那样的猴王。

"孙猴子可以大闹天宫，我也可以！

"孙猴子可以保护唐僧去西天取经，我也可以！"

他相信自己并不比孙悟空弱，所欠缺的只是一个机会，而机会，往往是需要自己去争取的。实际上，他也的确这么做了。

可怕的孙悟空"模仿秀"

六耳猕猴知道孙悟空正保护唐僧去西天，于是摇身一变，变化成了孙悟空的模样，大摇大摆地霸占了花果山。变化之后，他和孙悟空不仅长相一样、神通一样、兵器一样，就连说话、吃饭都一模一样。花果山留守的猴子虽然精明，却也分辨不出，因此对他是言听计从。

于是，他一边在花果山做山大王，一边寻找下一个机会。

果然，机会只留给有准备的妖，很快就被他等到了——孙悟空和唐僧有了二心。

原来，唐僧师徒在去西天的路上，遇到了一群劫匪。唐僧想让孙悟空露两手，把劫匪赶走就行了。可孙悟空杀心大起，举起棒子，接二连三地打死了好几个人。唐僧气极了，认为孙悟空太过暴戾，不适合做和尚，就把他赶走了。此时的唐僧还不知道，自己再次赶走孙悟空的举动，将为他引来西天取经路上的第四十五难——再贬心猿，因为唐僧赶走了孙悟空,所以六耳猕猴才会趁虚而入,由此招致了更大的灾难。

话说六耳猕猴见孙悟空被唐僧赶走了,便开始暗中观察唐僧的动向。他藏在云里,悄悄往下看,只见唐僧坐在石头上,正在对猪八戒和沙和尚说:"徒弟们,我现在又渴又饿,走不动了!"

猪八戒摸了摸自己的大肚子,说:"找吃的,俺老猪最擅长了。我去吧!"说着,他驾云向远处飞去。

可半天过去,他还没有回来。唐僧热得脸色通红,只好对沙和尚说:"沙徒弟,你去找点儿水,我快渴死了!"沙和尚答应一声,也驾云向远处飞去了。

"就是现在了!"眼瞅时机到了,六耳猕猴一个跟斗从云里翻了下来,然后跪在唐僧面前,举着一碗水,假意说:"师父,你喝口水吧!"

唐僧肉眼凡胎,哪里分得清真假?看见"孙悟空"跪在面前,他生气地扭过头,说:"就是渴死,我也不喝你的水!"

"孙悟空"笑嘻嘻地说:"没我,你去不了西天!"

唐僧更加生气:"能不能去,和你无关!"

"老和尚,你真狠啊!""孙悟空"忽然变了脸,龇牙咧嘴地说,"我更狠!"说着扔下水碗,举起棒子,对着唐僧的后背就抡了下去。唐僧倒在地上,昏了过去。

六耳猕猴从地上捡起唐僧的两个包袱,驾起筋斗云,很快又回到了花果山。

他从包袱里找出通行证,心里乐开了花:有了这个通行证,我就可以自己去西天取经了。可想了想,他觉得还少点儿什么,于是挑出三只聪明伶俐的小猴子,对他们说:"小的们,从今儿起,跟我去西天取经!"

161

说完，他使了个法术，吹了口仙气，那三只小猴子样子突然就变了，分别变成了唐僧、猪八戒和沙和尚的样子。

"哈哈哈！"他满意地说，"咱们这支取经小分队，如来也难分真假！"

可是，这支"取经小分队"还没来得及出发，一位不速之客就先到了。

沙和尚气势汹汹地闯进花果山，看到"孙悟空"就破口大骂："好你个恶猴子，竟然敢打师父，还抢包袱！快把包袱还给我！"

原来，唐僧被假孙悟空打倒后，没过多久，猪八戒和沙和尚就回来了。他们看见唐僧倒在地上，大吃一惊，赶忙跑过去抢救。还好唐僧只是昏迷，没有生命危险，被沙和尚喂了点儿清水，很快就清醒过来。可是，发现包袱丢了时，他却号啕大哭起来："没有通行证，去不了西天啊！"唐僧边哭边喊。

从大唐到西天，一路上要穿过多个国家，而通行证是重要的过关凭证。现在证件被"孙悟空"抢走，唐僧怎能不气急败坏？于是，他吩咐沙和尚去花果山找孙悟空，无论如何也要把包袱要回来。

"他要是不给，你就去找观音菩萨！"唐僧对沙和尚说。

沙和尚到了花果山，原本想好好求求这位"大师兄"，让他看在以前的情分上，把包袱还给自己。可是，看到"大师兄"手拿通行证，站在山头上一脸得意时，他就气不打一处来，火冒三丈，大骂了起来。

"孙悟空"看见是他，也不生气，笑嘻嘻地说："兄弟，包袱不能还你，通行证我要留下，有大用！"

沙和尚不解地问："你要通行证有什么用？你又去不了西天，取不了经！"

"谁说我去不了西天，取不了经？""孙悟空"说，"我就是要去西天取经，修成正果，成为猴中之王！"

沙和尚冷笑着说："想得美！如来佛祖只认师父，不会认你！"

"这有啥难的！""孙悟空"哈哈一笑，大声说，"小的们，快请师父出来！"

沙和尚转头一看，大吃一惊，只见前面站着三个人：一个"唐僧"，一个"猪八戒"，还有一个"沙和尚"。他看看"唐僧"，又看看"沙和尚"，顿时知道是怎么回事了，大声喝骂："老沙行不更名，坐不改姓，哪里又来个冒牌货，吃我一杖！"说着，举起降妖杖，对着假"沙和尚"劈了下去，一下子就把这个冒牌货打倒在地。

六耳猕猴大怒，带着一群猴妖冲了过来，要捉拿沙和尚。沙和尚知道打不过他们，东冲西撞地冲出包围圈，驾云逃跑了。

花果山的猴子们还想去追，六耳猕猴连忙制止，说："不用去追！通行证在我手上，他还会回来的！"

他预料得没错，不到半天工夫，沙和尚果然又回来了。但这一次，他带来了一个援手——真正的孙悟空。

如来面前别耍心眼儿！

原来，从花果山逃走后，沙和尚很快就飞到南海，找到了观音菩萨。

"菩萨！救命！"他跪在观音菩萨面前，一把鼻涕一把泪地讲了事情的经过，颤声说："请菩萨帮我们……"可话还没说话，他抬头一看，忽然发现孙悟空就站在观音菩萨身边。

他二话不说，举起降妖杖，对着孙悟空劈头盖脸地猛打，边打边骂："我打死你这个臭猴子！"

"莫要动手！"观音菩萨说，"这事不怪悟空，这几天他一直在我这里。"

观音菩萨告诉沙和尚，孙悟空被唐僧赶走后，就来到了南海，这几天一直住在南海，哪里都没有去。

"事情有蹊跷！"观音菩萨继续说，"你们两个同去花果山，看看到底是怎么回事吧！"

于是，沙和尚和孙悟空一起回到了花果山。

六耳猕猴看见真的孙悟空来了，也不害怕，提着一根棒子就冲了过来，嘴里喊着："哪来的妖精，竟然敢冒充俺老孙！"他心里明白，先下手为强，后下手遭殃，只要打死了真孙悟空，自己这个假的，自然也就成了真的。

孙悟空看见有人冒充自己，更是勃然大怒，也举起棒子打了起来。

两个"孙悟空"，长相一样、神通一样，声音也一样，打起架来更是一样凶猛。他们从地上打到天上，又从天上打到河里，一时间天崩地裂，河水翻腾。

孙悟空心想："这也不是办法，得找菩萨辨个真假！"

可是，他心里刚这样想，六耳猕猴立即就知道了。

六耳猕猴也说："走走走！找观音菩萨辨个真假！"他对自己的神通很有信心，知道就连观音菩萨也分辨不出来。

于是，两个"孙悟空"，一边打，一边向南海飞去，引得各路神仙都来围观。

果然，观音菩萨站在莲花台上，看了半天，摇了摇头说："我分不清真假！"她又叫来两个童子，对他们说："你俩一人看住一个，一会儿我悄悄念紧箍咒，谁头疼得厉害，谁就是真的。"

可是，六耳猕猴也听到了这些话。观音菩萨悄悄念紧箍咒的时候，他也抱着头，和真孙悟空一样，在地上打滚，大声喊疼。这一下，观音菩萨更分不清了！

六耳猕猴·猴子也"疯狂"

就这样，六耳猕猴扯着孙悟空，孙悟空揪着六耳猕猴，两个人一边打斗，一边找人分辨真假。他们先是飞到南天门，找到天兵天将；后来又到了灵霄宝殿，找到玉帝……但无论是谁，都无法辨别。

玉帝好面子，对托塔李天王说："取照妖镜！"

可是用照妖镜一照，镜子中出现的也都是"孙悟空"。这下，就连玉帝也傻眼了。

六耳猕猴原本还有些担心，怕有人能分辨出来，但看到玉帝也吃了瘪，心里再没了顾虑。"既然谁也分辨不出，那我就是真的！"他心里想。

两个"孙悟空"继续找人分辨，他们离开天上，又跑到地下，找到了十殿阎罗。不出所料，十殿阎罗也分不清真假。如果不能辨别出谁是真正的孙悟空，谁又是假冒的妖怪，唐僧就没办法继续到西天去取经，这对于"取经事业"而言无疑是一个重大的打击，因此，**唐僧西天取经路上遭遇的第四十六难便是——难辨猕猴。**

眼看两个孙悟空真假难辨，地藏菩萨手底下的谛听兽出了个好主意，让他们去求助如来佛祖。谛听兽说："佛法无边，定能辨真假！"

六耳猕猴有些心虚，怕被佛祖认出来。但他知道，这个时候如果不去，一定会被孙悟空以及各路神仙联手打死。

"拼了，富贵险中求！"他想，"如果如来佛祖也分不清，那我就可以真正取代孙猴子了！"他想要疯狂一次！

可是这一次，他赌错了。如来佛祖见有两个"孙悟空"，并不吃惊，缓缓地对诸佛菩萨说："世上有混世四猴，灵明石猴、赤尻马猴、通臂猿猴和六耳猕猴。"

六耳猕猴听到这里，心惊胆战，他知道，如来佛祖已经认出了自己！他跳起来，摇身一变，变成一只小蜜蜂，想要趁乱飞走。哪知如来佛祖扔起一个钵盂，就把他扣住了。

"孽畜，还不现形！"如来佛祖喝道。

六耳猕猴现出原形，第一次以本体的形象出现在各路神仙面前。他不服气，质问如来佛祖："我和孙猴子有一样的本事，为啥我不能是他？"

如来佛祖微微一叹："你是假，他是真！"

孙悟空恨极了这个假冒自己的家伙，举起铁棒，一下子就把他打死了。

可怜六耳猕猴神通广大，到了最后，却死在了自己偶像的手中。

铁扇公主
女仙也平凡

"八十一难"之第四十七、第四十八难

主人公　铁扇公主
武　器　芭蕉扇
特　点　从小修道，成为地仙，法术一般，但芭蕉扇威力很大，能灭火焰山的大火。她倔强泼辣，温柔多情。
弱　点　性格刁蛮，复仇心强。

在翠云山上的芭蕉洞里，住着一位铁扇公主。

铁扇公主可不是妖精，而是一位货真价实的地仙。她又名罗刹女，长相美丽，心地善良，而且法术也还不错。嫁给牛魔王后，她一边相夫教子，一边帮助丈夫打理家族生意，生活非常幸福美满。

但是后来，一切都变了。先是牛魔王有了外心，喜欢上了积雷山摩云洞里的玉面狐狸，离开两年，再也没有回家；后是她的儿子——红孩儿，被孙悟空请来的观音菩萨收走了，做了善财童子，从此母子再难相见。这两件事，都让她非常伤心。

她恨透了两个人，一个是丈夫牛魔王；另一个就是孙悟空。

不过，她未承想，自己痛恨的孙悟空，竟然会主动送上门来。

借把扇子就这么难？

这天，她正在芭蕉洞里休息，忽然侍女来报："公主，洞外来了个叫孙悟空的和尚，想要借芭蕉扇。"

听到"孙悟空"三个字，她顿时火冒三丈，脸都气红了，大声喝道："臭猴子，竟然还敢来！"说着穿好披挂，拿着两把青锋宝剑，怒气冲冲地冲向洞外。

孙悟空看见铁扇公主出来，赶紧上前作揖："嫂子好啊！"

"呸！"铁扇公主冷着脸说，"谁是你嫂子！"

孙悟空哈哈一笑："我和你丈夫牛魔王是结拜兄弟，他是大哥，我是小弟。你不就是我嫂子吗？"见铁扇公主不说话，他又接着说："你的儿子红孩儿，如今在观音菩萨那里做善财童子，这可是我的功劳哇！"

"臭猴子，就因为你，我连儿子的面都见不到！"他不提红孩儿还好，这一提起来，铁扇公主更生气了："我恨不得砍你十剑八剑！"

孙悟空伸着光头，笑嘻嘻地说："嫂子，来来来，想砍几剑，你随意！"

铁扇公主也不客气，举起宝剑，对准他的脖子，"乒乒乓乓"地砍了下去。可是砍了十多剑，孙悟空的脑袋，还是好好地长在脖子上——普通的宝剑，又怎么伤得了他呢？

　　"嫂子，气消了吧！"孙悟空说，"气消了，就把芭蕉扇借我用一下。"

　　原来，唐僧师徒在去西天的路上，被一座燃烧着大火的火焰山阻挡，过不去了。这座火焰山，方圆八百里寸草不生，飞鸟都难以通过，更别说是人了。这便是唐僧西天取经路上的第四十七难——路阻火焰。

　　为了通过火焰山，孙悟空想尽了办法，终于从火焰山的土地那里打听到，铁扇公主的芭蕉扇可以扑灭火焰山的大火。于是，他一个筋斗就飞到了铁扇公主的翠云山。

　　可是，铁扇公主对他恨之入骨，又怎么肯借芭蕉扇呢？她连砍了孙悟空十几剑，发现没能伤他一分一毫，知道自己不是对手，提着剑转身就走。

　　孙悟空见她要走，赶紧拦住："嫂子，快把扇子借我吧！"

　　"臭猴子，你欺人太甚！"见孙悟空拦住自己，铁扇公主气得浑身发抖，举剑就砍。

　　两个人，一个使剑，一个使棍，你来我往，在芭蕉洞外打得热火朝天。铁扇公主虽然是地仙，但神通法术比起孙悟空来还是差了很多。勉强战了十几个回合，她就已经吃不消了。但她一点儿也不慌，瞅了机会，从嘴里吐出一把扇子，大喝一声"变"，那扇子忽然就变大了。

　　铁扇公主手持扇子，用力一扇，就把孙悟空扇得无影无踪了。

　　"臭猴子，到天边凉快去吧！"

　　回到洞府，铁扇公主心想：如果孙猴子再来，该怎么办呢？想到丈夫不在身边，孩子也不能回来，她不由得伤心地哭了起来。正伤心

着呢，就听侍女来报："公主，不好了，那个猴子又来了！"

铁扇公主又惊又怒，心想：这个猴子，果然有些本事。我扇一下，能把人扇到八万四千里外，他怎么这么快就回来了？这一次，我要连扇他三下，让他找不着回来的路。

这样想着，她又提着宝剑，走出了芭蕉洞。

刚出洞门，就听到孙悟空在外大喊大叫："嫂子，你气也出了，快把芭蕉扇借给我！"

"想借扇子，再吃老娘一剑！"铁扇公主不说废话，提剑就砍。孙悟空举棒挡住，两个人又战成一团。

很快，铁扇公主又拿出芭蕉扇，想要把孙悟空扇到更远的地方。可是，奇怪的事情发生了——她扇了一下，孙悟空没有动；又扇了一下，孙悟空还是纹丝不动；当她扇第三下的时候，孙悟空却哈哈大笑起来，说："嫂子，你有芭蕉扇，我有定风丹。"

原来，上一次，孙悟空一不留神，被铁扇公主用芭蕉扇，扇到了几万里外的小须弥山上。这小须弥山，正巧是灵吉菩萨的住处。更巧的是，灵吉菩萨刚好有一粒定风丹。他把定风丹借给了孙悟空。

孙悟空嘴里含着定风丹，再大的风吹来，他都能纹丝不动。

铁扇公主看见芭蕉扇吹不走孙悟空，转身就往芭蕉洞里逃去。她以为逃进洞里，孙悟空会看在牛魔王的面子上，不再追赶。

可是，她小看了孙悟空的决心。

回到洞里，她又累又渴，赶紧吩咐侍女准备茶水。她实在太渴了，"咕咚咕咚"一口气喝了满满一大碗。喝完之后，刚坐在椅子上休息，忽然又听到了孙悟空的声音："嫂子，快借我扇子！"

她大吃一惊，忙问侍女："洞府的门关好了吗？"

侍女说："关好了！"

她四下看了看，惊疑地问："门关好了，那猴子在哪里说话？"

孙悟空的声音又传了过来："我在你肚子里！"

话音刚落，她的肚子就疼起来，疼得她脸色发白，满地打滚。

原来，孙悟空变成飞虫，跟着铁扇公主一起飞回洞里。趁她喝茶的时候，又飞到茶碗里，随着茶水，一起进了她的肚子，这会儿，正在她的肚子里跳舞呢！

"哎呀，疼！疼！疼！"铁扇公主求饶，"饶命！"

孙悟空笑嘻嘻地说："拿扇子来！"

铁扇公主没办法，只好让侍女拿来一把芭蕉扇。

孙悟空在她肚子里，听到芭蕉扇拿来了，说："看在牛魔王的面子上，饶了你吧！张大嘴巴！"

铁扇公主害怕疼，赶紧张开嘴巴。只见一只小虫子，沿着她的喉咙，晃晃悠悠地飞了出来。

孙悟空飞出来后，变回了原形，怕她反悔，拿起扇子就走，边走边说："嫂子，谢谢啦！"

见他走远，铁扇公主才冷笑一声，自言自语地说："臭猴子，你上当了！"原来，铁扇公主知道自己打不过孙悟空，怕他闯进洞府，就提前预备了一把假芭蕉扇。果然，这次派上用场了。她的这把假芭蕉扇，不仅不能灭火，反而还会让火焰山的火越烧越旺。想到孙悟空会被火烧，她开心极了。铁扇公主的这个小伎俩，也成了唐僧西天取经路上的第四十八难——求取芭蕉扇。

虽然铁扇公主的计谋暂时得逞了，但她也知道，孙悟空不会善罢甘休，肯定还会再来。

"孙悟空要是再来，我怎么赶走他呢"铁扇公主心想，"要不然，就去找老牛回来？"她想到了自己的丈夫牛魔王。让她没有料到的是，她刚想到牛魔王，"牛魔王"就真的来了。

牛魔王
妖怪圈里的"枭雄"

"八十一难"之第四十九难

主人公　牛魔王
武　器　混铁棍
特　点　神通广大，法力无边，与孙悟空交手不落下风。他性格豪爽，喜欢结交朋友，但却很怕老婆。
弱　点　太过刚勇。

在妖怪圈，牛魔王是一位名副其实的绝世枭雄。

他神通广大，法力无边，而且性格大胆、豪迈。年轻的时候，他最喜欢遨游四海，广交天下朋友。他和蛟魔王、鹏魔王、狮驼王、猕猴王、禺狨王、美猴王，共七个妖魔结拜为兄弟，每天讲文论武，喝酒吃肉，好不快活。

后来，美猴王被如来佛祖压在五指山下，牛魔王也意识到不能再过那种吃喝玩乐的生活，于是收心，把主要精力放在了经商和家庭上。他很有生意头脑，家里产业无数，富可敌国。更重要的是，他还娶了一位"仙女"——铁扇公主为妻，从此"社会地位"就更高了。

按理说，有地位、有财富，有漂亮的妻子，还有一个法力高强的儿子——红孩儿，牛魔王的生活应该很幸福。但事实上，他却一直快乐不起来，总觉得少点儿什么，直到他遇到了积雷山摩云洞的玉面公主。

玉面公主是一个狐狸精，长得漂亮，而且又很有钱。牛魔王对她一见钟情，于是离开铁扇公主，搬到了摩云洞。这两年，他在摩云洞生活得很快乐。可他做梦也没有想到，他的快乐生活，会被自己以前的结拜兄弟——美猴王孙悟空打破。

道高一尺，魔高一丈

这天，他正在洞府喝酒，忽然，玉面公主慌里慌张地跑了进来。她扑倒在牛魔王怀里，放声大哭，哭得上气不接下气。看见心上人哭，牛魔王赶紧问："怎么回事？谁欺负你了？"

玉面公主一听这话，气不打一处来，骂道："还不是你这头臭牛欺负我！"

牛魔王愣住了，忙问怎么回事，玉面公主这才告诉他事情的原委。

原来，玉面公主刚才正在洞府外面采花，忽然来了一个毛脸的和尚。那个和尚告诉她，自己受铁扇公主所托，来请牛魔王回芭蕉洞。这可把她气坏了，就骂了和尚几句。谁知道，和尚忽然翻脸，举起一根棍子就打，差点儿把她打死。

听了玉面公主的哭诉，牛魔王气得牛鼻子都歪了，吼道："太欺负'牛'了！我出去看看，到底是谁！"

他拿了一条大铁棍，气呼呼地冲了出来。结果一出洞府，他就看到了几百年未见的结拜兄弟——孙悟空。

原来，孙悟空保护唐僧去西天取经，被火焰山挡住了。他从土地那里打听到，只有铁扇公主的芭蕉扇能灭火，于是跑到翠云山去借芭蕉扇。可是，因为他的缘故，红孩儿被观音收服，成了善财童子，有家不能回。铁扇公主对这个坑害自己儿子的猴子恨之入骨，又怎么会把真的芭蕉扇借给他呢？万般无奈之下，他只好跑到积雷山，向牛魔王求助。

牛魔王知道他的来意，气得脸都绿了，心里狂骂：好你个臭猴子，害完我儿子，又害我老婆，现在又来害我小妾，真当我好欺负啊！

他武功高强，当年结拜时他是"大哥"，而孙悟空则是"七弟"，所以一点儿也不给这个"小弟"面子。

"你这个猴子，害我儿子，又害我妻妾，还想让我帮你？"牛魔王骂道，"你是光棍做梦娶媳妇——净想美事啊！"

孙悟空也不生气，笑嘻嘻地说："牛大哥，看在结拜的情分上，帮兄弟一次吧！"他想让牛魔王和自己一起，去找铁扇公主借芭蕉扇。

牛魔王什么时候受过这种气，大喝一声："多说无益，先吃我一棍！"

说着，他抡起大铁棍，对着孙悟空的脑袋砸了下去。他武功高强，而且力气很大，能把一根大铁棍舞得牛气冲天，打得孙悟空只有招架之功，并无还手之力。

正打得难分难解，忽然对面山峰上有人喊："牛爷爷，我家大王来了，快来喝酒！"

牛魔王忽然想起，自己跟几个朋友约好了喝酒，不能爽约。于是，他用铁棒架住孙悟空的金箍棒，说："猴子，先停下来，等我跟朋友喝完酒再打！"

说完，他也不等孙悟空答应，收起棒子就回洞府了。他匆匆忙忙跟玉面公主"请了假"，换身衣服，出门骑上辟水金睛兽，看也不看孙悟空一眼，就向西北飞走了。

这把孙悟空也弄迷糊了，心里喊：大哥，咱们还在打架啊，玩呢！

牛魔王这次约的朋友，是一群水里的妖精，有蛟精、龙精等。几个酒友聚在一起，推杯换盏，很快就喝嗨了。牛魔王喝得高兴，竟然忘了还有一个孙悟空在洞府外面等着。过了大半天，他醉醺醺地想要回家时，却发现自己的坐骑辟水金睛兽不见了。

"辟水金睛兽绝不会自己走！"他一拍脑袋，猛然惊醒，"哎呀，肯定是孙猴子！他偷了我的辟水金睛兽，要去行骗！"说着，他辞别朋友，慌慌张张向翠云山芭蕉洞赶去。

牛魔王的猜测是对的。

孙悟空见牛魔王架也不打了，一心只想去赴宴，就悄悄跟在后面。到了聚会的地方，他发现牛魔王喝起酒来，什么都忘了，一时半会儿又结束不了，于是灵机一动，变成牛魔王的样子，骑走了辟水金睛兽。他要扮"牛魔王"，去铁扇公主那里骗取"真芭蕉扇"。

虽然猜到了孙悟空的意图，但牛魔王还是晚了一步。当他赶到芭蕉洞时，铁扇公主正在哭鼻子呢。看见他来了，铁扇公主边哭边骂：

175

"你这头臭牛,怎么那么不小心,让猴子偷了你的辟水金睛兽,跑到这里欺骗我!"

原来,变身牛魔王的孙悟空,已经从铁扇公主手里骗走了芭蕉扇。

对牛魔王来说,这简直是奇耻大辱。他咬牙切齿地对铁扇公主说:"夫人,你等着,我去找猴子算账!"说着,他从侍女那里接过两把青锋宝剑,怒气冲冲地追了出去。

牛魔王虽然长相粗狂,却也不是头脑简单、四肢发达。相反,他很聪明。他知道追上孙悟空后如果硬抢,未必能抢回芭蕉扇。那怎么办呢?只能智取。可是怎样智取呢?他灵机一动,有了主意。

只见他摇身一变,变成了猪八戒的样子,咧嘴一笑,自言自语:"猴子,你会变,我也会变!"

牛魔王也有七十二变,和孙悟空不相上下。当年邀游四海时,他曾见过猪八戒一面,所以能变成猪八戒的样子。他认为孙悟空刚刚骗到芭蕉扇,正扬扬得意,肯定会放松防备。

"这就是最好的机会!"

群殴牛魔王

很快,牛魔王就追上了孙悟空。

孙悟空正驾着筋斗云,扛着芭蕉扇,在前面不紧不慢地赶路。他一边飞,一边抱怨:"哎呀,真倒霉,只知道怎么把这扇子变大,却不知道怎么变小。"

原来,芭蕉扇可大可小,铁扇公主平常就把它变得很小,藏在嘴巴里。孙悟空变成"牛魔王",抢到芭蕉扇,他见过铁扇公主把芭蕉扇变大,但却不知怎样把它变小。结果弄巧成拙,扇子越变越大,他只好扛着"大扇子"慢慢赶路。

牛魔王变成的"猪八戒"追上孙悟空，大声喊："师兄，师兄，我来了！"

孙悟空回过头，看见"猪八戒"飞了过来，好奇地问："你怎么来了？"

"猪八戒"说："师父不放心你，让我来接应你啊！"

孙悟空哈哈大笑，说："放心吧，我已经得手啦！"

"这就是芭蕉扇啊？""猪八戒"看了看大芭蕉扇，又对孙悟空说，"师兄，你辛苦了，我来替你拿扇子吧！"

孙悟空不知道"猪八戒"是假的，就把扇子递给了他。不料"猪八戒"一拿到扇子，便现出了本相，开口骂道："臭猴子，认得我吗？"

孙悟空一看是牛魔王，后悔得直跳，举起棒子就打。

牛魔王也不含糊，举起扇子狂扇起来，可使劲扇了三五下，孙悟空却纹丝不动。他不知道孙悟空身上有定风丹，有些慌了，忙把扇子变小，丢入口中，双手抡起宝剑就砍。

一牛一猴，两个人在空中厮杀，打得乌云翻滚，昏天黑地。正打得起劲，忽然猪八戒驾云飞了过来："师兄，师兄，我来了！"

这一次，来的自然是真猪八戒。

牛魔王见孙悟空来了帮手，知道大事不妙，想要溜走。他用宝剑架住孙悟空的金箍棒，趁机往翠云山的方向逃去。可还没逃出多远，却又遇上了火焰山的土地，正率领阴兵挡住了牛魔王的去路。只听土地大声喊："牛魔王，快住手！唐三藏西天取经，无神不保，无神不佑！给了扇子，就放你走！"

牛魔王听见土地这么说，气得牛鼻子冒烟，大声吼道："你这个土地，真是糊涂！你没看见孙悟空害我儿子，欺负我妻妾吗？我和他誓不两立！"

他一边说，一边向着阴兵冲去，想要冲破包围圈，逃过一劫。

　　牛魔王是真的勇猛。他身陷包围圈，前有火焰山的土地和无数阴兵，后有孙悟空和猪八戒，却仍然勇不可当，杀得他们上蹿下跳。他边战边退，打了一夜，竟然跑到了积雷山上。

　　玉面公主听说牛魔王被人"围殴"，也坐不住了，命令摩云洞里的百十个小妖，各持兵器，冲上去帮忙。那些小妖都很厉害，一阵猛冲猛打，竟然打得孙悟空、猪八戒、土地等人落荒而逃。

　　打了一天的架，终于赢了，牛魔王心情舒畅，哈哈大笑着进了摩云洞。

　　"孙猴子应该不会再来了吧？"他心想。

　　可是，他还没来得及好好休息，忽然又听到了猪八戒的叫骂声："老牛，再不出来，打破你的洞门！"

　　牛魔王勃然大怒，这也太欺负牛了吧。他提着两把青锋宝剑，又冲了出去，和孙悟空和猪八戒大战起来。可连续打了一夜，他已经疲惫不堪，哪里还有力气再战？三五十个回合后，他开始节节败退。

　　他想退回到洞里，可是刚到洞口，却发现土地带着阴兵堵在那里。

　　"投降吧！"土地说。

　　原来，这是孙悟空、猪八戒和土地的计谋。他们故意在洞外叫骂，激怒牛魔王。等他出来后，找人堵住洞口，让他"有家难回"，再慢慢消耗掉他的力气。

牛、猴斗法

　　牛魔王见回不去摩云洞了，也不硬拼，摇身一变，变成一只天鹅，展翅往天上飞去。

孙悟空收起金箍棒，变成了一只海东青，"嗖"的一声落在天鹅身上，抱着天鹅脖子就啃。

牛魔王心惊胆战，急忙抖抖翅膀，又变成了一只黄鹰，反过来啄海东青。

孙悟空哪里肯示弱，又变成了一只乌凤，伸着巨大的爪子，朝黄鹰抓去。

牛魔王知道挡不住，又变成一只白鹤，长鸣一声，向南方飞去。

孙悟空冷笑一声，又变成一只丹凤，朝白鹤追去。

眼见变成飞鸟逃不出去，牛魔王也不再飞了，冲到地面，摇身一变，变成一只香獐，抱着几棵青草大啃特啃。他想以此瞒过孙悟空。

哪知孙悟空火眼金睛，一眼就认了出来，立即变成一只猛虎，向香獐猛扑过去。

牛魔王发了狠，又变成了一只金钱豹迎上去。

孙悟空也不躲闪，迎着风，把头一摇，又变成了一只金眼狻猊，和金钱豹撕咬起来。

牛魔王见斗不过，又变成了一只大熊，吼声震天。

孙悟空不甘示弱，再次变化成一只老象，鼻子像蛇一样，把大熊卷了起来。

实在没有办法，牛魔王只得现出原形，变成一只巨大的白牛。他的头像山岭，眼睛像月亮，两只尖角像两把大刀，看起来威猛无比。他对着孙悟空大声喊："猴子，你打不过我！"

孙悟空也现出原形，变成一只巨大的猴子，手持金箍棒，和牛魔王打了起来。一牛一猴都身高千丈，打得惊天动地，地动山摇。

正打着，忽然有许多神仙围了过来。原来，他们听说孙悟空要借芭蕉扇过火焰山，都过来帮忙。

不过，现出原形的牛魔王一点儿也不害怕。他东一头，西一头，

西游 还可以这样读

用两只大尖角撞来撞去，撞得那些神仙鬼哭狼嚎。但好汉难敌四手，眼见周围的敌人越来越多，他只好杀开一个缺口，朝芭蕉洞的方向逃去。

到了芭蕉洞，他从嘴里吐出芭蕉扇，递给铁扇公主，说："夫人，我把扇子抢回来了！"

铁扇公主眼见后面追兵越来越多，怕他受到伤害，哭着说："咱们不要扇子了，把它送给猴子，让他们退兵吧！"

牛魔王牛气冲天："打死也不认输！"

他换了两把宝剑，冲出洞府，又与孙悟空、猪八戒战了起来。

这一次，他越战越勇，可周围的敌人也越来越多。他往北跑，有五台山的泼法金刚；往南跑，有峨眉山的胜至金刚；往东跑，有须弥山的大力金刚；往西跑，有昆仑山的永住金刚。一时间，漫天的佛兵佛将，把他围了个水泄不通。

他心惊胆战，刚想杀出一条血路，托塔李天王带着哪吒三太子、巨灵神将又到了。

他知道凶多吉少，发起狠来，又变成大白牛，冲着托塔李天王一行撞去。

哪知哪吒三太子大喝一声"变"，变出三头六臂，一下子就跳到了牛背上，笑嘻嘻地说："我最喜欢斗牛了！"说着，他举起宝剑，对准牛头砍去。

只一下，就把牛头砍掉了。

谁料牛魔王本领高强，掉了一颗牛头，又立即长出来一颗。可是，他长一颗，哪吒三太子就砍一颗。他连长了十颗牛头，哪吒三太子眨眼间就砍了九颗，眼看最后一颗也要被砍掉，他慌了，赶紧大声喊："别砍了，别砍了！我投降！"

如果最后这颗牛头也被砍掉，他就真的死了！

哪吒三太子见他投降，果然不再砍了，拿出一根绳子，穿在他的鼻孔里。这下，他更不敢反抗了。

可叹牛魔王英雄无敌，最后却被人穿了牛鼻子，成为阶下囚。当然，芭蕉扇也没保住。铁扇公主为了救他，还是把芭蕉扇借给了孙悟空。**虽然唐僧师徒最终"如愿以偿"地拿到了芭蕉扇，但牛魔王的无穷法力着实给他们带来了许多麻烦，因此，"收缚牛魔王"也成了唐僧西天取经路上遭遇到的第四十九难。**

九头虫
妖怪的"上进心"

"八十一难"之第五十、第五十一难

主 人 公　九头虫

武　　器　月牙铲、九个头

特　　点　武艺高强，和孙悟空五五开。诡计多端，不像别的妖怪获取宝贝靠抢，九头虫会用计谋，还会陷害别人。九头虫的家在水中，刚好压制住孙悟空水性不好的缺点。

弱　　点　贪得无厌、自满、不懂得吸取教训。

九头虫·妖怪的"上进心"

遥远的祭赛国旁，有个乱石山，乱石山脚有个深不见底的潭，叫碧波潭。潭底住着龙王一家，龙王有个女婿，叫作九头虫。这个九头虫，虽然名字里带个"虫"字，但和蜈蚣、蚯蚓、蛇之类的动物没有关系，他其实是一只长着九个脑袋的大鸟。

九头虫长着锋利的牙齿，能够撕碎所有坚硬的东西；巨大的翅膀一展开，能够挡住太阳。他变成人形的时候，九个脑袋在脖子上攒成一个花骨朵，一身银色铠甲，显得格外威武。本来呢，九头虫一家人在碧波潭里过得好好的，突然有一天，一束金光晃到了正在睡觉的九头虫，九头虫带着"起床气"出门一看，原来光是祭赛国的宝塔照过来的。

九头虫心里大喜："嘿嘿，宝塔射出了金光，里面肯定藏着宝贝。"

九头虫坐云来到宝塔旁，一眼就看到了塔心的佛宝，兴奋得浑身颤抖："嘿嘿，这么好的宝贝，放在宝塔里真是可惜了，还不如送给我，在龙宫里当个电灯泡。"

说完，就使了个计谋，把宝贝给偷走了。

过了没多久，唐僧师徒四人也来到了祭赛国，还没进城，就远远看到，僧人们脚上绑着铁链子，正在墙根边行走。唐僧刚要去询问，猪八戒抢先一步跑了过去。

猪八戒："哼哼，大家好啊，你们祭赛国的和尚都流行戴脚环吗？"

僧人们悲伤地摇摇头。

猪八戒："噢，我知道了，你们是在玩两人三足的游戏，是不是被我猜中了？"

僧人们又摇了摇头。

"那是遛……"猪八戒猜得正高兴，孙悟空一巴掌就打了过来。

猪八戒被打得嗷嗷直叫，正要还手，转头就看见唐僧的死亡眼

神，吓得他灰溜溜地躲到了白龙马的屁股后面。

唐僧满怀歉意地向僧人们鞠了几躬，说道："我的徒弟太愚蠢了，还请大家见谅。"

僧人们忙说："没关系。"

看着僧人被铁链磨破的脚腕，唐僧轻声问道："请问，你们脚上为何会系上沉重的脚镣？"

一个年长的僧人走上前说道："这是皇帝对我们的惩罚。"

唐僧疑惑地问道："惩罚？你们犯错了吗？"

僧人望着远处的山缓缓地讲了一个故事："这还要从几个月前说起，我们祭赛国有个宝寺叫作金光寺，金光寺里有一座神奇的宝塔。宝塔每天从早到晚放射出金光，亮得像路灯一样。塔的周围还飘浮着粉红色的彩霞，无论刮风下雨都不会散去。最厉害的是，这座宝塔特别灵验，帮许多人实现了愿望。"

僧人："大家都不远万里来金光寺参拜，连周围国家的皇帝也来拜访、朝奉，并带来了许多礼物，我们的国家也因此变得非常富裕。"

"真是座宝塔，我去看看究竟。"孙悟空飞上云头，手搭凉棚朝四周看了看："咦，我只看见一座塔，并没有金光和云霞。"

一个年长的僧人叹了口气说道："这就是我们受惩罚的原因。几个月前，宝塔上方突然下起了血雨，血雨污染了宝塔。从那以后，宝塔再也不发光了，云霞也都散尽了。"

年长的僧人："皇帝知道以后气得大发雷霆，就把我们寺里的僧人全都用铁链拴了起来，除非找到罪魁祸首，否则就要把我们统统杀光。"

唐僧难过地擦了擦眼泪，开始絮叨："血雨从天上掉下来，没人能料到。皇帝这样惩罚你们实在不应该。可是，又如何才能让宝塔重新焕发光彩？这真是个难题，你能怎么办？我能怎么办？大家能怎么办？真是让人绝望啊。"

在唐僧叽里咕噜的絮叨声中，孙悟空的眼睛一直盯着宝塔："真奇怪，让俺老孙瞧上一瞧。"他瞪大眼睛，射出金光，果然在塔顶发现了一股淡淡的妖气。

孙悟空把自己看到的告诉了唐僧。唐僧点了点头，说道："嗯，我们这就去金光寺一看究竟，顺便把宝塔打扫一番。"唐僧的这一决定，为师徒四人带来了许多灾祸，因此，西天取经路上的第五十难便是"赛城扫塔"。

倒霉的奔波儿灞和灞波儿奔

唐僧到祭赛国的消息很快就传到了九头虫的耳朵里。九头虫有点儿慌张，前不久，他兄弟牛魔王家刚被那个孙悟空闹得乌烟瘴气。那会儿他还在看笑话呢，没想到，灾祸马上就轮到自己了。

九头虫烦躁地挠着自己的第六个头："这可该怎么办？"

他自言自语着："先看看唐僧四人有什么行动。"

九头虫打了个响指，龙宫外游来一条鲇鱼精，一条黑鱼精。这两条鱼的名字很有意思：鲇鱼叫奔波儿灞，黑鱼叫灞波儿奔。

九头虫从贝壳床上坐起来，说道："你们两个，给我守在塔里，一旦孙悟空他们有什么情况就立刻报道。"

于是，奔波儿灞和灞波儿奔藏在了佛塔顶积水的瓦片里，等候唐僧师徒四人。

一不小心，奔波儿灞就睡着了，还梦见吃了好多好吃的。突然，他的鲇鱼须被拽掉了。

奔波儿灞疼得醒了过来："臭黑鱼，谁让你拽我的须子？"

灞波儿奔又在他的脑袋上打了一掌："孙悟空来了，你还睡，小

心大王收拾你。"

奔波儿灞委屈地揉了揉眼睛，开始监视起了唐僧师徒四人。

唐僧此时并没有调查佛宝丢失的线索，反而在干一些无聊的事情。他拜完佛像，诵完了经，吃完了斋饭，上完了厕所，接着开始打扫起了佛塔。

奔波儿灞早已经是哈欠连天，灞波儿奔的眼皮也沉得快睁不开了。关键时刻，灞波儿奔他从口袋里掏出一盘烤鸭、一盘猪头肉和一壶好酒。两个妖怪吃着酒菜划着拳，马上就来了精神。

那边的唐僧还在一层一层扫着塔，猪八戒和沙僧早已呼噜声山响了，只有孙悟空，因担心唐僧劳累，拿着扫把在唐僧后面帮忙。等扫到第十层的时候，唐僧累得手脚打战，"扑通"一声，体力不支坐在了台阶上。

唐僧喘着粗气对孙悟空说："为……为师实在扫不动了。"

孙悟十分心疼："师父快去休息吧，剩下的两层塔交给老孙。"

唐僧走后，孙悟空拔了根猴毛一吹，变出十几个猴子猴孙，一群小猴打打闹闹地扫到了第十二层，在上十三层台阶的时候，头顶突然传来奇怪的响声。

那是奔波儿灞和灞波儿奔的声音："一只小蜜蜂啊，飞到花丛中啊，左飞飞，右飞飞，石头剪刀包袱锤。"

孙悟空偷偷一看，原来是鲇鱼精和黑鱼精在喝酒划拳。

"好家伙，果然这塔里有妖怪。"孙悟空掏出金箍棒就把他们打翻在地。"咻咻"，金箍棒在空中舞得是呼呼生风，"啪"的一声，就把奔波儿灞鼻子前面的石板砸了个洞。

孙悟空："要想活命，就快点儿交代。这塔是不是你们搞的鬼？"

奔波儿灞和灞波儿奔吓得跪地求饶，一下子就把九头虫供了出来。孙悟空这才知道，那场血雨原来是九头虫偷盗佛宝时使出的诡计。

孙悟空把这一切都告诉了唐僧，唐僧开心地直转佛珠："阿弥陀佛，阿弥陀佛，我们只要把这一切告诉皇帝，金光寺里的僧人就得救了。"

第二天，唐僧去拜访了皇帝，告诉了他九头虫下血雨偷佛宝的阴谋。

皇帝立刻对唐僧作揖表示感谢。

皇帝说："不过，还要请您的徒弟帮忙，为我找回佛宝，真是谢谢了。"

孙悟空和猪八戒怀抱着变成鲇鱼和黑鱼的奔波儿灞和灞波儿奔，一起来到乱石山碧波潭边。

孙悟空对奔波儿灞和灞波儿奔说："去叫九头虫出来投降，交出佛宝，不然我就用金箍棒打塌这乱石山，填平他的碧波潭。"

黑鱼精和鲇鱼精赶快回去报告。九头虫气得九张嘴一同呜嗷乱叫："想抢我的宝贝，我定要出去打得他落花流水。"

九头虫提着月牙铲就冲出了碧波潭，刚一出水，金箍棒就披着水朝他砸来。九头虫举起月牙铲稳稳地接住了这一击。

"工具人"猪八戒

九头虫与孙悟空兵器碰撞出的气波，打落了乱石山上的碎石，轰隆山响，吓得小妖怪"扑通扑通"跳进水里逃跑了。只见碧波潭上，孙悟空与九头虫打得你来我往。孙悟空的金箍棒力大无穷，打得九头虫双手发麻；九头虫的月牙铲锋利无比，刺得孙悟空连连后退。

猪八戒坐在山顶看热闹，突然觉得肚子饿了。

猪八戒："哼哼，我还是去帮帮猴哥，打完早收工，还能去皇帝那儿美美地吃一顿。"

猪八戒从身后抽出钉耙，卷起一阵狂风，冲向九头虫。

"看我打你个措手不及。"猪八戒闪到九头虫身后，朝九头虫的后脑勺锄去。他哪里知道，九头虫九个脑袋，十八只眼睛，四面八方都能看得一清二楚，猪八戒的动作在他眼里就好像慢动作回放一样。

九头虫一个翻滚，银色的铠甲发出耀眼的光芒，光芒突然一变，变成了千万根羽毛，一只九头大鸟出现在猪八戒面前。

孙悟空轻蔑地笑道："原来是只九头虫啊，吃俺老孙一棒。"

说着，山一样粗的金箍棒就朝九头虫的脑袋上砸了过去。九头虫翅膀翻卷，快得像阵风，一个超高难度九十度拐弯躲过了金箍棒，朝着猪八戒冲了过去。猪八戒被刚才的一幕惊呆了，等他举起钉耙要打，九头虫的影子已经盖住了他。

猪八戒毫不畏惧，搭起云朵，举着钉耙朝九头虫最脆弱的肚子打去。突然，九头虫的腰上伸出一只小汽车那么大的脑袋，一口就叼住猪八戒的猪鬃，拖着他扎进水里跑掉了。

"猪八戒被抓，这可怎么办？"孙悟空急得抓耳挠腮，可他水性不好，在水里打不过九头虫。突然，孙悟空看到潭水边的石头缝里一只小螃蟹正在吐泡泡，便惊喜地喊道："有办法了。"

"咻"的一阵白烟散去，孙悟空变成了一只小螃蟹，摆动着小短腿游向了龙宫。

九头虫与龙王们正在庆祝胜利，吵吵闹闹一团乱，没有一个小妖怪发现孙悟空，孙悟空很容易就找到了猪八戒。

猪八戒被海带绑在柱子上，大肚子被勒成了两半，一直在喊："哎哟，哎哟。疼死我了。"

"这个呆子！"孙悟空被逗得哈哈大笑，举起钳子，几下就把海带剪得粉碎。

猪八戒得救了，捡起钉耙就要跑。孙悟空拉住他说道："先别走，我有条妙计。"

猪八戒心情忐忑地走到宴会厅外。他往手里吐了两口唾沫，使劲儿攥住钉耙，深吸一口气大喊道："你猪哥我今天要大闹龙宫。"

猪八戒举起钉耙冲进宴会厅，见到东西就砸，珊瑚做的假山、珍珠做的酒杯、贝壳做的屏风、砗磲做的躺椅，都在他的钉耙下变成了碎片。小妖和仆人全都吓得连滚带爬，四处逃窜。

而此时九头虫喝得烂醉，正在龙宫深处打呼噜。老龙王听到响动冲了进来，看见宝贝碎得满地，气得龙须都翘了起来。

他瞪着猪八戒说道："猪头，你不要嚣张。"

"来人，给我上！"老龙王话音刚落，从四面八方冲出无数虾兵蟹将，钳子夹着大刀、斧头朝猪八戒砍了过去。猪八戒朝他们扭扭屁股，说道："来抓我啊，来抓我啊。"脚下一蹬就溜了。

"想跑？虾兵蟹将都给我追。"老龙王大声咆哮着朝水面冲去，刚一露头，一个金色的影子就朝他的脑袋敲了过来。

"咚"的一声，老龙王眼冒金星，被金箍棒敲死了。

九头虫酒醒之后，知道自己的老丈人被孙悟空一棒子锤死的消息，气得龇牙咧嘴，捏碎了手中的珍珠盘件。

九头虫立志："孙悟空，我定要取你性命，去祭奠我死去的岳父。"

最后的决战

"怎么还不来？"猪八戒把脑袋伸进水里偷看，水底龙宫里没有一点儿动静，便问孙悟空："猴哥，九头虫会不会害怕不来了？"

孙悟空看着落下山的夕阳摇了摇头，转过头露出一脸不怀好意的笑容："八戒，我的好师弟，要不你再去一趟，把九头虫引出来。"

"我不去。"猪八戒一屁股坐在地上，"我都去了一次了，这次轮到你了。"

"去不去？"孙悟空的声音突然变得严厉起来。猪八戒骂骂咧咧地站了起来，"回去师父问起来，你得说抓妖全是我的功劳。"

猪八戒撅起屁股，刚准备跳进水里，天边突然飘过来一团巨大的黑云。猪八戒仰头一看："啊，是二郎神。猴哥，你快叫住他一起来捉妖，这样我就能睡觉喽。"

猪八戒看了一眼孙悟空："猴哥，你的脸怎么红了？"

原来当年孙悟空大闹天宫，天庭里那么多神仙没有一个是他的对手，唯有这个二郎神，能把孙悟空制服。今天又要求人帮忙，一向骄傲的孙悟空有点儿不好意思了。

于是，猪八戒一人去请二郎神。二郎神爽快地答应了。可是二郎神水性也不好，到头来还得由猪八戒去龙宫引诱九头虫出水。猪八戒想偷懒的算盘算是落空了。

猪八戒可怜巴巴地看着孙悟空："猴哥，天都黑了。"

孙悟空："没事我有火眼金睛，看得清。"

猪八戒："猴哥，我们累了一天了。"

孙悟空："打完这一仗，就回家。"

猪八戒："猴哥，我一整天没吃东西了。"

看猪八戒可怜兮兮的样子，二郎神杨戬有点儿心软了，他叫住猪八戒，说道："我这里有好吃的，要不吃完饭明早出发。"

"好耶好耶。"猪八戒高兴得手舞足蹈。

第二天天刚亮，刚为老龙王举办完葬礼的九头虫还睡得迷迷糊糊，突然一声巨响，惊得他从床上滚了下来。

原来，猪八戒又来捣乱了。

九头虫拾起月牙铲冲向发出声音的地方，等他来时，猪八戒正在龙宫又是打又是砸，连龙子都被他打死了。

"哇呀呀呀。"九头虫气得放声咆哮，"你这个猪八戒，今天我一定让你有来无回。"锋利的月牙铲闪着寒光，在水中划出大大小小的泡泡，"噗"的一声，猪八戒的屁股被割破了。

"哎哟哎哟，疼死我了。"猪八戒搅动后腿，"嗖"的一下跳出了水面。九头虫也紧随其后。只听水面一声爆炸，一只九头大鸟从水里飞了出来。

二郎神和孙悟空正等着和他对打，立刻掏出兵器朝他砸去。

"竟然叫帮手。"九头虫伸开翅膀，变得像天一样大。黑暗的影子湮没了整座乱石山。"我要把你们都吃了。"九头虫俯冲向孙悟空和二郎神。一张巨大的嘴巴从他的腰间伸了出来。

又是这一招，猪八戒上次就是这样被他抓走的。

二郎神的脸上没有一点儿惧怕之情，他吹了一声响亮的口哨，哮天犬就冲了上去，一个甩头，九头虫的脑袋就落到了乱石山顶。九头虫身负重伤，吓得落荒而逃。

孙悟空变成九头虫的样子，来到龙宫，从龙母手中骗出了佛宝。龙母给了他两个匣子，里面装着佛塔中的舍利子和龙女从菩萨那儿偷来的九叶灵芝草。孙悟空用灵芝草清扫了宝塔，又将舍利子放回到塔心。

瞬间，佛塔重新射出耀眼的金光，彩色云霞慢慢聚集而来。

孙悟空还命犯了过错的龙母盘在宝塔柱子上，世世代代保护宝塔。

从此祭赛国又恢复了往日的安宁。**由于孙悟空取回了佛家宝物、救了许多僧人，所以这西天取经路上的第五十一难便叫作"取宝救僧"。**

西游 还可以这样读

荆棘岭众树精
妖怪也要有文化

"八十一难"之第五十二难

主人公　十八公、凌空子、孤直公、拂云叟、杏仙
武　器　无
特　点　附庸风雅，喜欢吟诗作对。
弱　点　法术低微。

冬去春来，天气越发暖和，柳条抽新芽，和风送春雨，春回大地，到处都是一片欣欣向荣之相。山林中的树木花草在春天逐渐苏醒，快速地吸取天地灵气，幼苗茁壮成长，已经成年的树木则开始利用这些灵气进行修炼，经过千百年的修行，掌握了化为人形的方法，在荆棘岭中，便有这样神奇的存在。

就怕妖怪有文化

荆棘岭，顾名思义，这岭中自然是荆棘遍地，草木丰茂。但别小瞧它只是岭，没有高山悬崖那般惊人心魄，但却也是出了名的人迹罕至，正所谓"荆棘蓬攀八百里，古来有路少人行"。岭中少有人来，时间一长，其间树木植被生长得越发盘根错节，遮天蔽日，一些年龄较大的树木花草便自然而然地生出了灵智，不仅可以化为人形，还组织起了一个小团伙，修建了自己的容身之地，取名为"木仙庵"。树木花草修炼成的精怪，与动物有所不同，他们不吃人，从骨子里就透着附庸风雅之气，对于文学诗词、曲调歌赋的喜爱更是深沉。

荆棘岭中这样的精怪不在少数，但其中最为出名就要数劲节十八公、拂云叟、孤直公、凌空子以及杏仙等。具体说来，劲节十八公是松树精，孤直公是柏树精，凌空子是桧树精，拂云叟是竹子精，杏仙是杏树精。这几个精怪长年待在山里，没事就坐在一起吟诗作对、弹琴唱歌，日子过得颇有一番风情。这样的日子过久了，他们几个就开始渐渐希望能有更多才华横溢的人加入他们这个团队，于是天天注意着附近经过的人。可惜这荒郊野岭的，始终没有遇到合适的对象。突然有一天，他们就像往常一样正在林间消磨时光，有一伙和尚闯了进来，抬眼望去，只见这伙和尚一个长嘴大耳，一个毛脸雷公嘴，一个红发獠牙，看着都不像是识字的。但是，坐在马上的那个和尚就不一样了,面貌俊朗,气质出尘,几棵树互相对视一眼,晃晃树枝,抖抖树叶,心里都觉得这和尚能处,看着像是个斯文人,应该文化程度挺高,特别是一旁的杏仙,见到唐僧的俊朗面容,羞得花儿的颜色都更深了一些。十八公等在一旁看着她,不禁打趣道:"这和尚果然一表人才,竟然把杏仙看痴了。看来咱们得想想办法,把他请到木仙庵里做做客了。"

杏仙等听了这话,都纷纷表示赞同,但是转念一想,这想法虽然好,可实施起来难度却很大,唐僧身边的三徒弟看起来一个比一个不好惹,稍有不慎怕是连自己的命都得搭进去。于是众妖怪开始商量,如何能避开孙悟空他们,只将唐僧带来。众树妖商议许久,最终定下了假扮土地,直奔目标的计策。

办法既然已经想出来了,接下来只等唐僧他们走近即可。这边,唐僧师徒几人正好走累了,就停在几个大石头上休息。孙悟空前后望望,总觉得此地不宜久留,便想催促师父继续赶路,可还是被十八公抢先了。十八公心想:"机会来了。"于是他抖抖树枝,施动法术将自己变成一个头戴角巾、身穿淡服、手持拐杖、足踏芒鞋的老者,带着一个红须赤身鬼使,头顶手扶着一盘白面饼,颤巍巍地走到唐僧师徒面前,跪下说:"大圣,小神是荆棘岭土地,知道各位到这儿,特意准备了一盘白面饼来给师父们充饥,师父们可不要嫌弃啊。"猪八戒看见有吃的,十分欢喜,刚准备拿几个开始吃,耳边就炸起了自家大师兄的一声厉喝:"慢着!这厮准是个妖怪来诓骗我们的。妖怪!吃俺老孙一棒!"十八公面露惊慌,转过身就化作一阵阴风,"呼"的一声,把唐僧卷进风里,飘飘荡荡,瞬间没了影子。剩下三个徒弟又惊慌又后悔,荒郊野岭的都不知道该去哪儿找人,不过眼下也顾不得多想了,三人分头寻找起来。

不爱吃人爱作诗

十八公带着红发鬼使和唐僧停在木仙庵前,他轻轻放下唐僧,安抚他不用过于惊慌,自己和其他的朋友并没有恶意,只是仰慕唐僧的风度才华,想和他交个朋友,大家消遣消遣,切磋切磋文学功底。唐僧这才慢慢冷静下来,观察周围,见月明星朗,面前站着三个老者,前一个霜姿丰采,第二个绿鬓婆娑,第三个虚心黛色,都正向他作礼,看着倒确实不像以往那些凶神恶煞的妖怪,于是慢慢也放下了戒心,与他们攀谈起来。十八公等树妖建造木仙庵时费了一番功夫,庵内奇花异草,枝繁叶茂,泉水流动叮当作响,更有异香扑鼻,一应事物都很雅致清秀,唐僧见此仙境,十分欢喜,忍不住念了一句道:"禅心似月迥无尘。"

劲节十八公立即接着道:"诗兴如天青更新。"孤直公也不甘示弱,道:"好句漫裁抟锦绣。"凌空子稍加思索,也跟着道:"佳文不点唾奇珍。"最后轮到拂云叟结尾,道:"六朝一洗繁华尽,四始重删雅颂分。"有了这个开头,唐僧和十八公等都欣赏对方的才气,你来我往地吟诗作对,几个回合下来,唐僧说:"各位仙者的才华真是令我钦佩,我今天也很荣幸能够被各位邀请来做客。但是现在天色已晚,我那三个徒弟许久没有找到我,心里肯定很着急。所以我不能再久留,希望各位能给我指条路,我这就回去了。"

十八公等自然不肯放他走,但又不想吓到唐僧,所以就开始打太极,说:"圣僧不要担心,相见即是有缘,虽然天……"唐僧还没来得及开口,就见石屋之外,有两个青衣女童手持一对绛纱灯笼,后面引着杏仙走了过来。杏仙为了给唐僧留一个好印象,可是费了一番心思,把自己打扮得婀娜多姿,娇俏可人,一出场便是烟雾缭绕,香风

阵阵。只见她嘴里叼着一支开得正艳的杏花，眉眼含春，莲步轻移，一边跳着优雅的舞步，一边往唐僧身边挪。一曲跳完，唐僧已经是面红耳赤，连头都不敢抬了。

十八公指着唐僧给杏仙介绍，杏仙接过旁边女使递来的茶水就要喂唐僧喝，唐僧慌忙起身拒绝。凌空子见此情形，就问唐僧能不能作首诗赞美一下杏仙。唐僧不好拒绝，想着作首诗也不打紧，略思索了一会儿道："上盖留名汉武王，周时孔子立坛场。董仙爱我成林积，孙楚曾怜寒食香。雨润红姿娇且嫩，烟蒸翠色显还藏。自知过熟微酸意，落处年年伴麦场。"

凌空子等听了这首诗，纷纷称赞其清雅脱尘，且句内包含了浓浓春意。夸得差不多了，十八公就说："杏仙对圣僧一片仰慕之情，圣僧怎么能不懂得欣赏呢？如果辜负了美人一片痴情，那也太不知情识趣了。不如圣僧就留下来，和杏仙在一起吧。如果你有这个意思，我和拂云叟可以做媒，孤直公与凌空子保亲，今晚就成此姻眷，何不美哉！"

唐僧一听这话，脸色立马就变了，心想："这咋又来一个要跟我成亲的。"他忙跳起来说："你们果然都是一群妖怪，要来害我的。用美人计来诱骗我，这是什么道理！快放我出去！"四老见他生气，一个个担惊受怕，不敢说话。气氛一时沉默下来。突然那赤身鬼使却暴躁如雷，说："你这臭和尚，好不识抬举！我这姐姐哪儿不好？你怎么还敢推辞？"说完就来拉扯唐僧，把唐僧往杏仙身边推。至此，唐僧才明白，这些外表斯斯文文的妖怪，发起狠来也很可怕，自己遭遇到了西天取经路上的第五十二难——棘林吟咏。

虽然唐僧害怕极了，却坚决不愿意受妖怪的摆布，双方就这样推搡起来。众人正乱作一团时，忽然外面传来孙悟空的声音，他找了一夜，找到这里时听到唐僧呼救，就喊了一声师父。唐僧听见大徒弟的声音，一下子有了力气，挣脱杏仙跑出门去，叫道："悟空，我在这里，快来救我，快来救我！"

听到唐僧的呼喊声，十八公和凌空子等人知道事情坏了，慌忙逃开，变回原形立在那儿，暗自希望不要被发现了。孙悟空见到唐僧，忙上前搀扶，询问到底出了什么事，唐僧便将木仙庵内发生的事情仔细说了一遍，说到被逼婚时更是涕泪涟涟，委屈极了。孙悟空仔细查看周围，看见有一株大桧树、一株老柏、一株老松、一株老竹，竹后有一株丹枫。再看崖那边还有一株老杏、二株蜡梅、二株丹桂。孙悟空笑了笑，走到几棵树面前，说："我还当是什么厉害人物，不过如此嘛。十八公乃松树，孤直公乃柏树，凌空子乃桧树，拂云叟乃竹竿，赤身鬼乃枫树，杏仙即杏树，女童即丹桂、蜡梅。"猪八戒闻言，不论好歹，一顿钉耙，把两棵蜡梅、丹桂、老杏、枫杨俱挥倒在地，转身又是一顿钯，将松柏、桧竹一齐都砍倒。转瞬间，木仙庵内便失去了方才的繁荣之景，变得一片荒凉。孙悟空等这才解了气，把师父扶上马，顺着大路一齐继续西行去了。

黄眉怪
一个颇有"野心"的妖怪

"八十一难"之第五十三、第五十四难

主人公　黄眉怪

武　器　金铙、人种袋、短软狼牙棒

特　点　黄眉怪战斗力超强，把孙悟空打得几度落荒而逃。最重要的是，一向自诩无敌的孙猴子，竟然拿黄眉怪一点儿办法也没有，居然还被气哭了。能力如此强大的黄眉怪，野心自然也小不了。

弱　点　目空一切、胆大妄为。

蓬头、散发、阔嘴、尖牙、大鼻头，外加一对标志性的黄眉毛。就这形象，黄眉怪愣敢冒充佛祖，被孙猴子识破后，他索性自封黄眉老佛。

别的妖怪冒充神仙、菩萨，也就幻化成本尊的样子，行行骗也就罢了。然而，黄眉怪的胆子却大得很，他冒充神佛还不算完，在自家山头——"小西天"上，依照雷音寺的模样建了一座"小雷音寺"给自己住。硬件设施齐全后，他又在软装上下功夫，让手下一众小妖幻化成佛祖跟前的五百罗汉、三千揭谛、四金刚、八菩萨、比丘尼、优婆塞……以及无数圣僧、道者，给自己充门面。

就这样，黄眉怪愣是把妖怪洞打造得和如来佛祖的真雷音寺如出一辙。

和那些一见唐僧就哈喇子直流的大魔王所不同的是，黄眉怪才不稀罕唐僧肉，他的野心可是大得很呢，竟想代替唐僧一行前往西天取经，修成正果金身，做个真佛爷。

唐僧拜妖怪

冬去春又来，翠柳满堤岸，桃花似锦红。

唐僧一行难得放松片刻，欣赏着如画美景，忽见一座高山，似与天接。

唐僧眼望高山，不知山高几何，便问孙猴子道："这山不知有多高，远看似与天接，直透碧霄。"

平日里，孙猴子卖弄武艺、法力，世人皆知他本领高，却不知这孙猴子学问也不浅。孙猴子用古诗"只有天在上，更无山与齐"反驳师父说，山虽高却无接天之理。

八戒听了，不甚明了，又问："若山不能接天，为何把昆仑山号为天柱？"

孙猴子解释道："自古以来，天不满西北，昆仑正位于西北乾位，故有顶天塞空之意，遂名天柱。"

这边，唐僧一行正说得起兴，那边，黄眉怪着实等得不耐烦了。

这黄眉怪本是弥勒佛跟前司磬的童子，趁着三月三，弥勒佛赴元始会，寻了个机会，拐了几件宝贝，私自下界为妖了。

他虽下界为妖，野心却大得很，童子不想做，妖怪不想当，满心满脑都是成真佛。

这不，黄眉怪一入凡尘，便在这处鸦雀飞不过、神仙也道难的高山里，照着如来佛祖的宅邸，照样修了"小雷音寺"给自己住。他又收罗了一众小妖，变成佛祖跟前的各路佛僧，立在帐下，狠狠地过了一把当佛祖的瘾。

如今，得知唐僧一行要从此地经过，一心想成真佛的他，怎会放过这个千载难逢的机会呢？

只见黄眉怪变成如来佛祖的模样，端坐在大殿宝台之上，还把小妖幻化成众阿罗，立于台下两侧，只待唐僧师徒自己撞进门来。

果不其然，这唐僧一见"雷音寺"三字，便着了道，急慌慌地滚下马来，上前就拜，边拜边骂孙猴子，差点儿耽误自己见如来。

孙猴子也不恼，只是笑着提醒道："山门之上明明四个字，你怎么只读了三个字呢？"

那唐僧才战战兢兢地爬了起来，细细看过后，这才定下神来，嘴里振振有词地说："三千诸佛，想来不全在西方极乐世界。观音在南海，普贤在峨眉，文殊在五台，眼前这是哪位佛祖的道场呢？"边说边要往里进。

孙猴子拦住唐僧说，此地凶多吉少，恐有祸害，不能进去，万一出了事情，可不要怪我没提醒。

唐僧哪里听得进孙猴子的话，满不在乎地说道："放心，我绝对不怪你。"

师徒俩在山门外，一个要进去，一个不让进去，争执不下。黄眉怪在里面听得不耐烦了，开口道："唐僧，你自东土来拜见我佛，怎么还这等怠慢？"

这唐僧一听佛祖开言，哪里还管孙猴子的劝诫，跪下就拜。八戒、沙僧跟着师父是有样学样，"扑通"一声跟着跪拜，唯有孙猴子在后面牵着马，连头都不曾低一下。

唐僧与八戒、沙僧来到大殿，看到"如来佛祖"与众"阿罗"，更是一步一拜，直拜到妖怪跟前才罢了。

这黄眉怪端坐在台上，见孙猴子说啥也不跪，气得够呛，怒斥道："那孙悟空，见如来怎么不拜？"

孙猴子仔细一瞅，晓得这是真妖魔、假佛祖，于是，拿出金箍棒怒斥道："你这伙孽畜，胆子可真大，居然敢假扮佛祖，坏如来的名声。"话音未落，手抬棒起，朝着黄眉怪便抡了去。

黄眉怪早有防备，随手撇下一副金铙，便把孙猴子装了进去。

八戒和沙僧一看师兄被捉，这才回过味来，忙各自起身，拿出兵器开打。只可惜，他俩连黄眉怪的身都不曾近，就被一众变成阿罗的小妖给拿住了，就连唐僧，也一同给绑了。

黄眉怪眼瞅自己计谋得逞，也不装了，现出妖身，让手下小妖把唐僧抬入后院。只待三日后，孙猴子在金铙内化为脓血，便蒸了唐僧、八戒与沙僧吃。众小妖听令，连同马匹、袈裟、僧帽、行李一同收了起来。

这便是唐僧西天取经路上的第五十三难——小雷音遇难。

这金铙太厉害

孙猴子在金铙之中，想尽了办法，也没能逃出来。

这金铙本是弥勒佛祖的宝贝，并非凡物。孙悟空变大，那金铙也跟着变大；孙悟空变小，这金铙也跟着变小，完全寻不到一点儿孔缝。无奈，孙猴子又拔出毫毛，变成钻头，想要在金铙之上钻出个小洞，逃出去，钻了半天，也没成功。

无奈，孙猴子只得叫来那些暗中保护唐僧西去的诸神，让他们想办法，救自己出去。

众神合力，又是抬，又是掀，又是撬，却没能动这金铙半分。

没办法，众神中的揭谛神只得上灵霄宝殿，向玉帝求助。玉帝一听唐僧师徒有难，立马差二十八星宿下凡相救。

这些神仙已然晓得黄眉怪的厉害，大气都不敢出一声，只悄悄地来到了装孙猴子的金铙旁。

孙猴子一听救兵到了，立马来了精神，让打碎金铙放他出去。可是，这一众神仙，却不敢惊动正在睡觉的黄眉怪，生怕没救出孙猴子，反倒把自己给赔了进去。

于是神仙们各展神通，使刀的、使剑的、使枪的，他们扛的扛、抬的抬、掀的掀、捎的捎，弄了半晌，也没能撬出条细缝，救出孙猴子来。

最后，还是亢金龙想了个招，说用自己的犄角往金铙里顶，待顶进里面，让孙猴子顺着他的角出去。

只见，亢金龙把身体变小，他头顶的犄角也变得针尖一般，用尽千斤之力，好不容易钻透进去。此时，亢金龙使出法力，又把身体变回原样，本指望透出些缝隙，救孙猴子出来，哪承想，他大金铙也大，仍是半点儿缝见不着。这可苦了亢金龙了，为了出去，孙猴子生生把人家的犄角给钻透了个眼，他藏在角内，方才出来。

孙猴子哪受过这气，当场一棒把金铙给砸了粉碎。

这一砸不要紧，把睡梦中的黄眉怪给惊醒了。

黄眉怪临危不乱，披衣擂鼓，聚点群妖后，拿了兵器便赶至宝台之下。黄眉怪眼瞧金铙被砸，着实吃了一惊，心想："这孙猴子也非浪得虚名，本事还是有的，不能小觑啊！"他立马命手下小妖关紧山门，以防孙猴子溜走。

却不承想还是晚了一步，孙猴子和一众星宿，驾云已入空中。

黄眉怪见孙猴子一众逃走，心里恨得那是牙根直痒痒。可怜他的宝贝啊，就这么被砸了个稀碎。带着满腔的愤恨，黄眉怪收拾起金铙的碎片，掂起自己的短软狼牙棒出得山门，就向正逃的孙猴子宣战。

黄眉怪说："是男子汉，就与我打上三百回合。"

这孙猴子回头，看见怒气冲冲的黄眉怪，毫不示弱高声回道："你是什么怪物，敢假冒佛祖？"

这黄眉怪心理素质是真好，要是换作旁人，眼看自己假冒佛祖之事被揭穿，又被人唤作怪物，必定恼羞成怒。可是人家黄眉怪却没恼，而是正声说道："你这猴子真是没见识，我这里唤作小西天，我可是得了正果的神仙，人称我黄眉老佛，这里人不知道，也叫我黄眉大王、黄眉爷爷，知道你们西去取经，也知你有些手段，这才故意设计，诱你们进来。你要是有胆，和我打个赌，若是你赢了我，我放你师徒西去；若是我赢了你，就让我代你们西去取经，求得正果。"

黄眉怪的野心可真大，别的大魔王只惦记唐僧肉，他却连人家的工作和前程都惦记上了。

那孙猴子只道是黄眉怪夸海口，一口应下，就要开战。

这黄眉怪看孙猴子上当，心里乐滋滋地迎战，直打得天昏地暗。

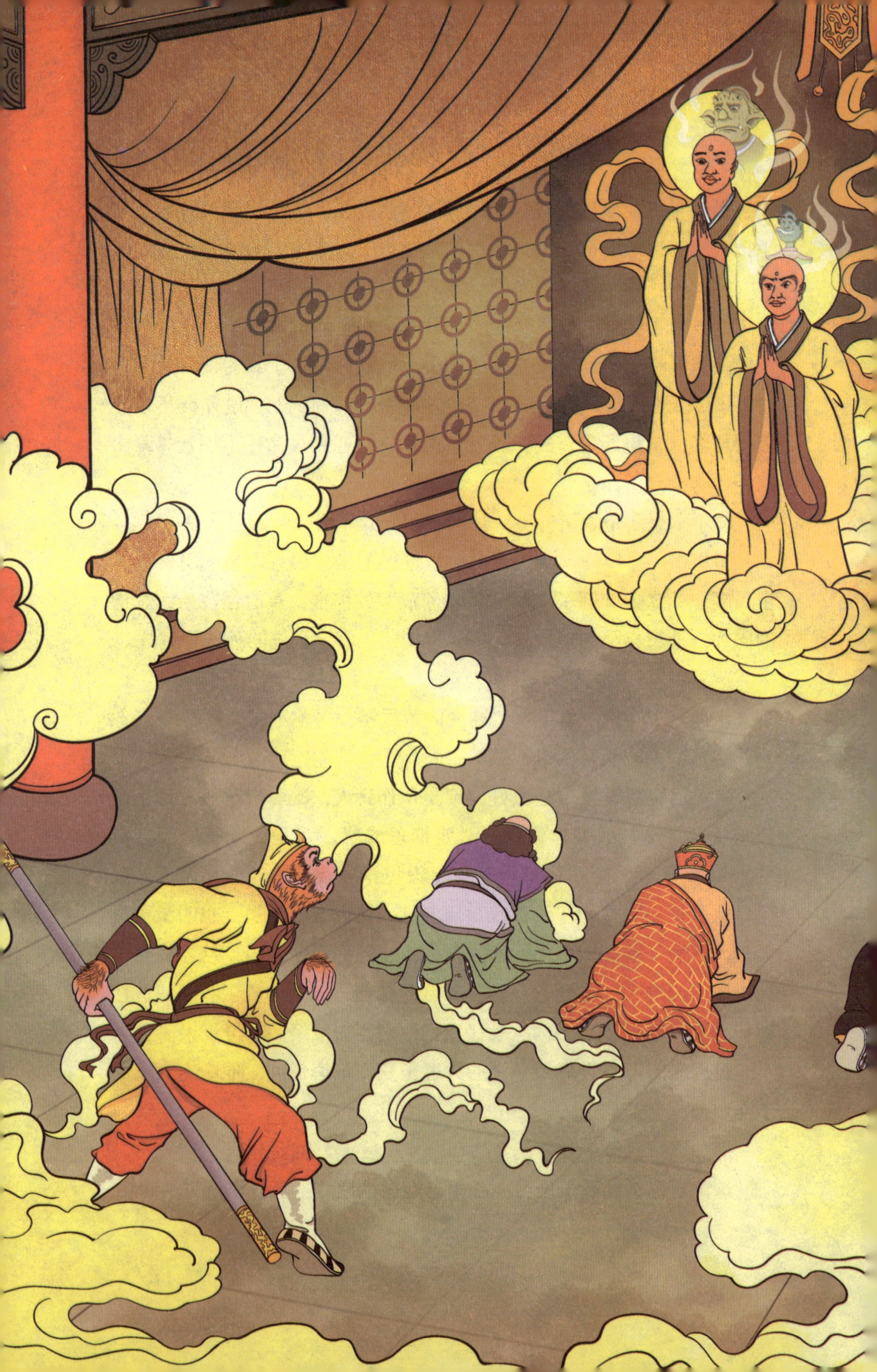

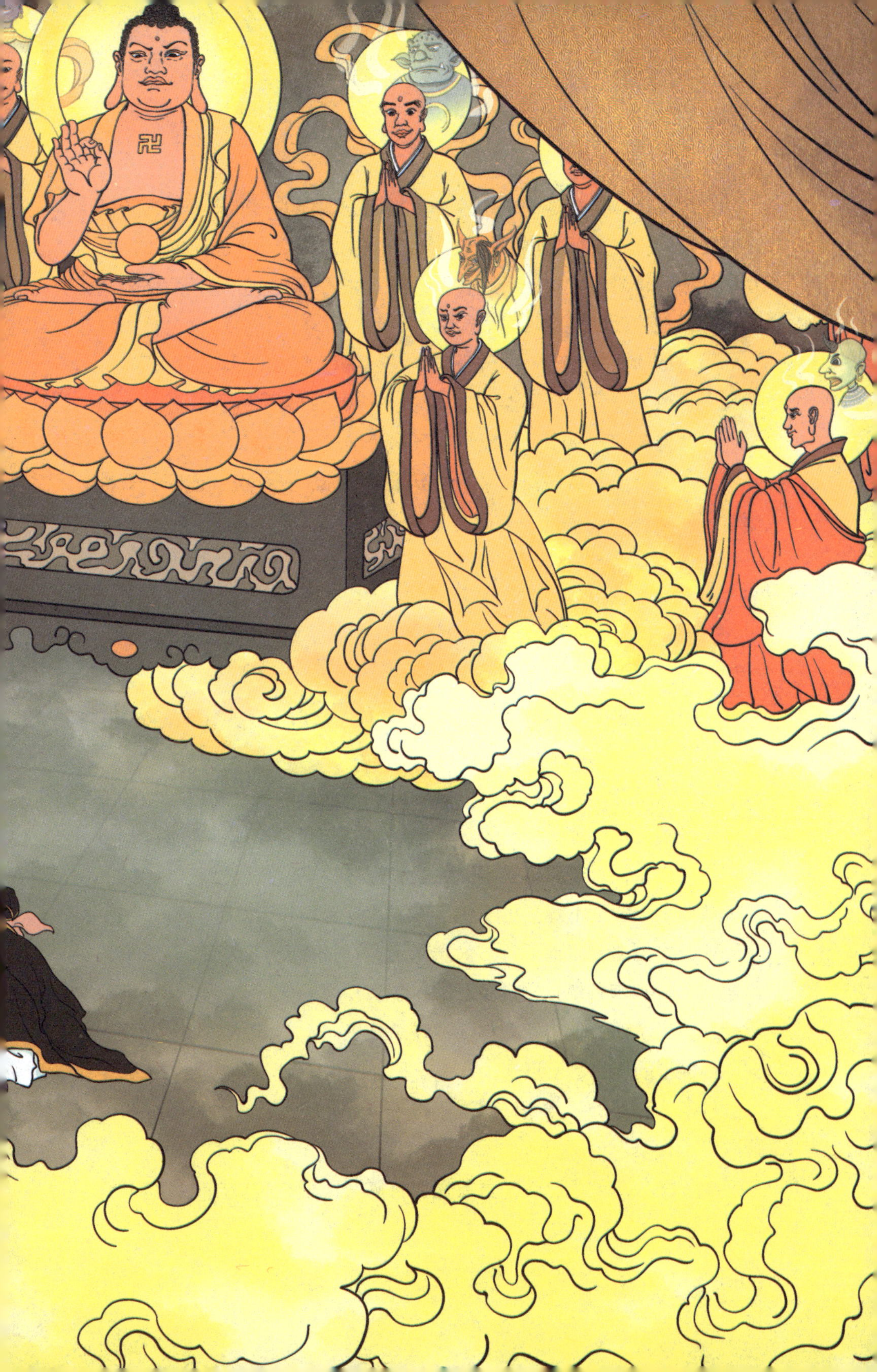

这边二十八星宿连同暗中保护唐僧西去取经的众佛也操起各自的兵器上前，把在山门口鸣锣擂鼓、摇旗呐喊的一众小妖团团围住。一众小妖被吓得瑟瑟发抖，手也软了，嘴也张不开了。可是黄眉怪却不惧半分，他要的就是这场面。

只见他一手执棒与孙猴子打斗，一手解开腰间一条旧白布小包，往天上一抛，瞬间便把孙猴子连同一众神佛全给装了进去。

再次得胜的黄眉怪，雄赳赳、气昂昂地率众小妖回了洞府。

一入洞府，黄眉怪便命手下小妖准备绳索，把孙猴子连同一众神佛给捆了起来。因为许多神仙都在这一战中被俘，所以西天取经路上的第五十四难便叫作"诸天神遭困"。

"吃瓜"被擒

半夜，孙猴子才得了个机会，把所有人都放了，并让他们先走，自己寻了行李、马匹随后跟上。

这孙猴子变幻成一只蝙蝠，顺着妖怪洞府的阁楼，一层层地往上找，直到第三层，才见到行李。孙猴子悄悄拿了行李就准备逃，却不承想，一失手，行李跌落在地，惊醒了正在楼下的黄眉怪。

孙猴子一看事不好，也不要行李了，纵起筋斗云就跑。

那黄眉怪追上唐僧一行，大声喝道："别想跑，我来了。"二十八星宿与一众神佛各执兵器准备开战，那黄眉怪冷笑一声，吹起一声哨子，便叫来了四五千小妖，与众神厮杀开来。

孙猴子闻声也赶了过来，八戒一见便问他："行李呢？"

从未认过怂的孙猴子，这次不得不说，自己差点儿性命不保，哪还顾得上行李。

战了许久，天色已晚，黄眉怪也打腻了，便故技重施，把这一众神仙又收进布袋。亏得孙猴子跑得快，逃了出去。

孙猴子三战黄眉怪，一次也没赢，如今，只身逃出，众神被捉，不知向何方求救，不由得悲从中来，失声痛哭。只是，哭过之后，该干的事还得干。

孙猴子来到武当山太和宫混元教主荡魔天尊面前求救，把自己如何惨败细细与天尊说了，天尊说自己未奉玉帝旨意不敢随意外出，于是派出跟前的龟、蛇二将并五大神龙与孙猴子一同前去迎战。

这黄眉怪在洞府，正和众小妖说孙猴子不晓得去哪里借兵了，就闻报孙猴子来了，黄眉怪出门迎战，并未把这龟、蛇二将并五大神龙放在眼里。又听闻龟、蛇二将并五大神龙要将这一山之怪劈碎，不由得怒火中烧，抄起棒来就打。双方战了一个小时，还是不分胜负。黄眉怪战得烦了，拿出布袋来把孙猴子的救兵又捉了去。

好在孙猴子已有经验，早逃走又去搬救兵了。这次，他请的是泗州大圣国师王菩萨弟子小张太子和四大神将。

孙猴子领着救兵来到妖怪洞前，黄眉怪出门迎战，问他这次请的是谁，又有何本领。

小张太子捉雾拿风收水怪、擒龙伏虎镇山场，也是个厉害角色，却不承想，黄眉怪仗着自己的法力和宝贝，连他师父国师王菩萨都未放在眼里。一时间，又是一场恶战，黄眉怪仍旧拿出布袋，孙猴子一看不妙，大声呼喊小心，无奈，这二位神仙没能领会他的意思，也被收入囊中。

好家伙，三伙救兵，几十位神仙，愣是一个也没落下，全都被黄眉怪捉了去，这可愁坏了孙猴子。

真是天无绝人之路，就在孙猴子叫天天不灵、叫地地不应之时，弥勒佛祖现身了，佛祖把黄眉怪的来历与孙猴子说了个清楚，又将几件宝贝的来历也道了个明白。

原来，那软短儿狼牙棒本是敲磬的槌儿，布袋是佛祖的人种袋。

佛祖设计，让孙猴子引黄眉怪出来，自己则变成个种瓜的瓜农，等黄眉怪来到瓜田，便让孙猴子变成一个熟透了的大西瓜，诱黄眉怪吃。

孙猴子怕引不来黄眉怪，于是，弥勒佛沾了口水在孙猴子手上写了一个"禁"字，说，只要黄眉怪见着这个字，必会跟着他过来。

这孙猴子再次来到山门前。

黄眉怪却不晓得弥勒佛已至，还想着孙猴子技穷搬不来救兵了，于是，放松了警惕，居然答应孙猴子不用人种袋收他，全凭本事打斗。

孙猴子一边打，一边佯败，依计把黄眉怪引到了瓜田中。趁着黄眉怪吃西瓜之时，入得腹中，上来就是一通拳打脚踢，黄眉怪疼得受不了，加上主人弥勒佛现身，于是跪地磕头求饶。

这黄眉怪的成佛梦终究未能做成，跟着弥勒佛回去接着当童子去了，只可怜他手下一众小妖，尽数被孙猴子和师弟杀了个干干净净。

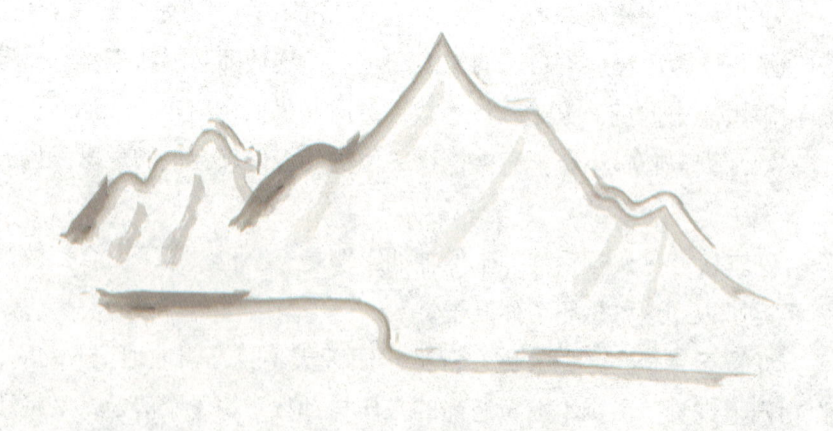

蟒蛇精
我只是想要"美美哒"

"八十一难"之第五十五难

主人公　蟒蛇精
武　器　轻柄枪（蛇信子）
特　点　双眼如灯笼，法力不高，一心想要永葆青春。
弱　点　白天战斗力会变弱。

七绝山里住着一个自称"娘娘"的妖怪，别看她五官标致，身材婀娜，但实际上她的真身是一条红鳞大蟒蛇。

尽管是条蟒蛇，但她最讨厌的事就是以真身示人。因为连她自己都觉得，蛇的样子太丑了。所以在山里的精怪及动物们面前，蟒蛇精永远都是光鲜亮丽的模样。

要知道，蟒蛇精从修炼成人形那天起，就立志要成为以美貌出道的"网红"。要做"网红"，漂亮是第一位，另一个重点自然是要拥有大批"粉丝"。为此，她先是让七绝山里那些比自己弱的精怪成了自己的第一批粉丝，还取了个名字叫"娘娘粉丝团"。后来发现粉丝数量还是太少，于是她就将魔爪伸向了不会说话的动物们，在她的暴力威胁下，只要她一出现，动物们就得驻足为她欢呼，小鸟们被迫还得在空中撒下花瓣，以营造她"大网红"的排场。她的这番作为闹得整个七绝山的生灵都苦不堪言。

但这还不够，这天，蟒蛇精又有了一个更可怕的想法。原来她虽修炼千年才有了这人形，但由于法力不够，根本不能一整天都以人的模样生活。为此她一般白天以蛇的样子躲在洞里，到了晚上阴气最重的时候，她再变成美女的模样出来晃荡一圈。但是，她多想白天也以美女的形象出来啊。毕竟白天的七绝山可比晚上热闹多了，如果她白天也能美美地到处走走，说不定她的粉丝数早就飙涨了呢。想到这里，蟒蛇精发现靠自己修炼进展实在是太缓慢了，急于求成的她忍不住动起了歪心思，那就是去山下的驼罗庄抓人喝血。为了达到事半功倍的效果，她还专门挑那些精壮的男子，因为这些人的精神气最旺，吃上一个就可以抵上她好几年的修行。

第一次去抓人的时候，蟒蛇精还是有些忐忑的。她趁着晚上来到山下，先是变幻出黑雾和风沙，以此来掩盖自己的足迹，接着又现出真身随便卷了几个人就回到了山上。第一次成功后，蟒蛇精的胆子就变大了。而且人血的功效特别强，第二天她就发现自己的皮肤变得更好了，颜值也上升了一个档次。之后的日子里，她彻底放弃了修炼，每隔一段时间就去山下抓几个人上来。走了这个捷径之后，不但没有了以前修炼的辛苦，而且她觉得自己越来越美，简直可以和那天庭里的仙女媲美了。

就在蟒蛇精每天忙于梳妆打扮，幻想着自己即将凭着美貌红遍妖界的时候，却怎么也不会想到自己这个"大网红"即将大祸临头，不但红不了，而且很快就会因为她犯下的杀戮而付出生命的代价。

八戒出风头

这一天，师徒四人来到了七绝山地界。由于天色已晚，四人决定在附近的驼罗庄找个借宿的地方。只是到了才发现，这驼罗庄家家户户都紧闭着大门，天还没黑，道上已经看不到一个行人。四人都觉得有些奇怪，于是就近敲开了一户人家的门。开门的是个老头，看起来面色憔悴，见了打头的唐僧还好，微微行了个礼，再一看到他身后跟着的孙悟空三人，顿时大惊失色，仿佛下一秒就要晕过去。唐僧忙上前解释："我们是前往西天取经路过此地，这三人都是我的徒弟，虽然相貌丑陋，但为人善良……"还没等他说完，老头就急着要关门，嘴里还嘟囔着："妖怪，妖怪，又是妖怪。"这么一听，孙悟空第一个不乐意了："老头怎么如此没礼貌！'妖怪'？骂谁呢！"说完上前强行推开了门。

没想到老头也是个倔脾气，见孙悟空这么横，他也似乎豁出去了，嚷嚷道："说的就是你！抓走了我儿子还不够，今天又找上门来，我老李头跟你拼了……"话音刚落，他就拿起一旁的扫帚打了过去。

可这哪能打到孙悟空，他轻轻一跳就躲开了，边躲还边抓耳挠

腮，大笑："哈哈哈，对对，妖怪正在骂俺老孙，你不就是那个妖怪……"猪八戒和沙和尚一看这架势，生怕老头当场气死，忙去扶住他。只是对方看了看这近在咫尺的猪脸，更急更怕了，腿一软直接坐到了地上。

唐僧看着眼前混乱的一幕，无奈地摇了摇头，他先喝止了悟空，又让沙僧和八戒往后退了几步。随后他自己上前扶起了老头，再次苦口婆心地解释了一通，这才把对方给安抚住了。只是老头看向悟空他们的眼神，还是满满的戒备。

得知四人第二天还要继续往前赶路，李老头忙劝他们打消这个念头。因为这驼罗庄再往前有个稀柿衕，也就是一条填满了烂柿子的夹石胡同，不但狭窄污秽，而且有百八十里长，一般人根本无法通过。正说话间，忽然就刮起了一阵腥臭的黑风。老头顿时吓得瑟瑟发抖，孙悟空却一下子嗅到了妖怪的气味，拿出金箍棒跃跃欲试。

李老头见这四人一点儿都不害怕，以为他们是不知者所以才无畏，忙解释道："妖怪！妖怪要来了！快进屋躲起来！我那可怜的儿子，就是被她抓去的！我可怜的儿子啊……"说着他忍不住哭了起来。原来七绝山上住了个厉害的妖怪，大概半年前，开始时不时地下山来抓人，被抓的都是驼罗庄的青壮年。一旦被抓走，就再也没回来。所以如今的驼罗庄才会人心惶惶，家家户户都闭门不出。而李老汉的儿子就是在前几天被抓走的。

悟空一听，竟然有这么为非作歹的妖怪，忙问李老头那妖怪长什么样子，又有啥本领。但李老头却一问三不知，只说每次妖怪来时就会有黑风黑雾，所以长啥样大家都没见过。

恰好这时，那腥臭味更加明显了，而周围已经是黑雾遮天，风沙滚滚。众人都意识到，这是那妖怪正在靠近呢。悟空忙让沙僧带着师父和李老汉进屋躲起来，自己拽起猪八戒就冲出了门。

"猴哥，猴哥，干吗拉着我呀！你一个人完全可以搞定！"猪八戒此时饥肠辘辘，只想在李老汉家倒腾点儿吃的，他可不想饿着肚子去打架。但悟空可不管，骂了句"呆子"就把他拖到了外面的空地上。此时一阵大风刮来，黑雾中出现了两个红红的光点。八戒不禁好奇道："咦，这妖怪好生奇怪，出门还知道打两个灯笼。"

悟空白了八戒一眼："说你呆你还真呆，这哪里是灯笼，是她的两只眼睛！"说罢举起金箍棒就一跃而起，狠狠砸了过去。对方猛地被打了这么一棍子，愣了一下，随即使出两支软柄枪打向孙悟空。八戒惊呼："这武器倒是很新式！"悟空无奈喊道："呆子！这是蛇信子，这货是条大红蟒！"说完又是一棒子砸了过去。

被连砸两下，妖怪算是彻底蒙了。而八戒也总算看清了对方的模样，只见这大红蟒身上都是火红的鳞片，长足足百里，身子比大水缸还粗，那蛇信子一吞一吐，真的就像两支软柄枪。这吓人的模样让八戒不知如何下手，好在对方也被打怕了，转眼就化成一股黑风逃之夭夭。

吃东西不嚼的坏处

悟空原想去追，但想了想又停了下来。八戒瞧他这副模样，忙嬉皮笑脸地问："猴哥，原来你怕蛇啊！"悟空白他一眼："俺老孙混了这么多年，还没遇到过让我怕的东西！我看这货只敢天黑出来，一定是修炼还没到家。等天亮了俺们就上山一趟，直接捣了它的老窝！"

此时李老汉见识了悟空的实力，欣喜不已，把驼罗庄的父老乡亲全都叫了过来，将两人如何把那妖怪打跑的经过说了一遍，众人皆是非常激动。原来此前他们就筹钱请过不少得道高人来治这个妖怪，但通通都失败了。本以为没有希望了，却没想到唐僧师徒不请自来。

得知悟空和八戒打算第二天去将那妖怪斩草除根，驼罗庄的村民个个感激不已，纷纷拿出家里好吃的素食来招待。八戒放开肚子吃了个饱，只有唐僧忧心忡忡，担心两人不是妖怪的对手，到时候会辜负了村民们的期望。对于他的过分担忧，悟空只朝他眨眨眼，让他放一百二十个心。

就在悟空他们享受着村民们的款待时，蟒蛇精逃回了洞里，此时的她由于先前消耗了大量法力，已变成老妇人的模样。看着镜子里自己满是皱纹的脸，她差点儿哭了出来，赶忙让手下的小妖端了一碗人血过来，"咕噜噜"一碗下肚，这才变回了年轻貌美的样子。

想起那雷公脸的猴子，蟒蛇精打了个哆嗦，心想："要不以后还是好好修炼，不要再去山下抓人了。"正想着，她实在太累，不知不觉睡了过去。谁知醒来的时候，就听到孙悟空已经在洞口骂她了。

原来，天一亮悟空拖着八戒就出发了。他俩循着那股腥臭味很快就找到了蟒蛇精的藏身之所。为了让对方自己出来，悟空好好发挥了他的骂人本领。果然，不一会儿蟒蛇精就被激怒，从洞里冲了出来。只是，此时是白天，刺眼的阳光让她身体一滞，而悟空和八戒又一起攻向了她。眼看避无可避，蟒蛇精忙想再次逃跑。但悟空速度奇快，一棒打在了蛇尾上。红磷巨蟒顿时痛得疯狂扭动巨大的身体，这时八戒仗着自己力气大，一把拖住她的尾巴，想让悟空放开了打。却没想到此时巨蟒张开血盆大口，竟一口将悟空吞了下去。

这下八戒彻底吓蒙了，他怎么也想不到，一向英勇的猴哥就这么栽了。正当他犹豫着要帮悟空报仇还是先保命逃跑的时候，蟒蛇精的肚子里传来了悟空的声音："八戒，我给你表演个拱形桥！"话音刚落，也不知悟空在对方的肚子里怎么折腾的，蟒蛇精瞬间弓起了身子，还真的像一座长长的拱形桥。八戒这才明白，原来猴哥是故意被吃掉的。他顿时哈哈大笑，嚷道："猴哥，猴哥，再表演一个！"悟空一听，继续在里面上蹿下跳、左摇右摆；而蟒蛇精则痛得连番打滚，连求饶的话都说不出来就一命呜呼了。直到最后一刻，她还在想：若你俩看到我变成人的样子有多美，肯定就不忍心杀我了！

之后，悟空和八戒进了蛇洞，发现里面有几个从驼罗庄抓来的人还活着，其中就有李老头的儿子。两人将这些幸存者一起带下了山，迎接他们的自然是全村人的欢呼声。为此，八戒又是美美饱餐了一顿。

转眼到了分别的时候，村民们将他们送到了稀柿衕，看着被烂柿子塞满的这条窄胡同，唐僧面露难色。而村民为了报答他们，提出要为四人开辟一条路出来。只是人力有限，等路开好要等到啥时候。机灵的悟空马上想到了办法，当即把主意打到了八戒身上，想让他现出真身，将这些烂柿子拱干净。只是八戒也不傻，看着满地的污秽他立马打起了退堂鼓："你们个个图干净，为啥就叫我老猪来干这脏活、累活？"

悟空马上又说："只要你把这稀柿衕给解决了，让我们顺利过了七绝山，这次就算你头功！"八戒一听，心想：虽然俺老猪以前是天蓬元帅，但自从变成猪后就没人看得起我，如今我把这个连猴哥都解决不了的难题给搞定了，岂不是证明了我的能力。

于是，猪八戒大吼一声，瞬间现出了"超级大猪"的真身。然后连拱带吃，很快就疏通了稀柿衕，让师徒四人继续向着西天大雷音寺前进。

唐僧师徒被稀柿衕挡住了前进的道路，所以西天取经路上的第五十五难便叫作"稀柿衕秽阻"。最后，多亏猪八戒这个"猪形推土机"出马，才解决了难题，这也是猪八戒在取经过程中少有的、发挥了正面作用的时刻。

金毛吼
"热心肠"的妖怪

"八十一难"之第五十六、第五十七、第五十八难

主人公　金毛吼
武　器　紫金铃
特　点　地位不凡，本领不小，性格憨厚。
弱　点　四肢发达，头脑简单。

在麒麟山的獬豸洞里，住着"赛太岁"金毛吼。

按理说，金毛吼雄霸一方，手底下有无数小妖，日子应该过得逍遥自在。可是，这三年来，他却过得无比郁闷。

事情的经过，还要从三年前说起。

三年前，金毛吼还没到麒麟山占山为王，而是在观音菩萨那里工作。他是观音菩萨的坐骑，每天载着观音菩萨天上人间四处溜达，受到万民敬仰，好不威风。他喜欢这份工作，想做得更好。

有一天，观音菩萨跨着金毛吼，到西方佛母孔雀大明王菩萨那里做客。大明王菩萨说起一件事：她的两个孩子，路过凡间的朱紫国时，被朱紫国国王用箭射中，一死一伤。大明王菩萨非常生气，打算惩罚朱紫国国王，让他身患重病，夫妻分离三年。

这原本只是两位菩萨的闲聊，但旁边的金毛吼听到后却很上了心，他想：我要是悄悄帮菩萨办成这件事，岂不是大功一件？于是，他萌生了下凡的念头。

坐骑下凡当妖怪

回到南海后，趁着牧童打瞌睡，金毛吼咬断铁链，偷偷跑到凡间，在朱紫国的麒麟山为妖。他记得大明王菩萨说过，要让朱紫国国王"身患重病""夫妻分离"，于是就使了个法术，把金圣宫娘娘抓走，想让她做自己的"压寨夫人"。至于国王，由于惊吓过度，再加上思念金圣宫娘娘，没过多久，也就真的患了重病。

计划进行得很顺利，可为什么金毛吼会闷闷不乐呢？

原来，金毛吼发现，金圣宫娘娘十分美丽，就动了凡心，想要和她真的结为夫妻。可金圣宫娘娘不同意。而且，她身上还穿了一件宝衣，宝衣上布满尖刺，谁也不能靠近。这让金毛吼十分恼火，可他也

没有办法。

为了发泄心中的怒火，他每隔一段时间，就会派出小妖，到朱紫国皇宫大闹一场。他认为，凡人的国家，不会有什么厉害人物，随便一个小妖，就会吓得他们服服帖帖。可没想到，这次却惹上了一个厉害人物。

这个人，自然就是孙悟空了。

原来，唐僧师徒去西天取经，刚好路过朱紫国。孙悟空喜欢热闹，一进入皇城，就拉着猪八戒四处溜达，却发现了朱紫国国王求医问药的皇榜。他仗着神通广大，就伸手揭了皇榜，进宫去给国王治病。正因为孙悟空的这一行为，后来引发出了一系列的风波，所以，唐僧在西天取经路上遭遇的第五十六难，便叫作"朱紫国行医"。

孙悟空见到国王之后，了解了国王得病的经过后，对国王说："你的病我能治好，不过需要你把天下所有的草药都准备三斤。"国王听说有人能治好他的病，自然照办，吩咐手下的医官给孙悟空准备好了八百零八味药。

猪八戒问孙悟空："这么多药，国王吃得下吗？"孙悟空却说："你别管！我自有办法。"原来，孙悟空让国王准备药，只不过是在戏耍国王，他真正用来给国王治病的药只有两味——白龙马的尿和老龙王的口水，这两种东西听起来"脏"，但由于都是神龙身上的东西，对于凡人而言却非常"补"。

孙悟空去找龙王要口水，老龙王被孙悟空打怕了，所以二话不说就答应了。孙悟空又去找白龙马要尿，谁知白龙马却不愿意给他，多亏孙悟空能言善辩，才说服白龙马给他挤出一点点尿来。孙悟空用白龙马的尿掺着锅底灰做成药丸子，叫国王用龙王的口水把药丸子顺了下去，果然治好了国王的病。

由于孙悟空解决了国王的"大难题"，这件事情也就成了西天取

经路上九九八十一"难"中的第五十七难——拯救疲癃。所谓的疲癃，指的就是疾病、苦难。

孙悟空治好了国王的病之后，还打算帮助国王降妖除魔，也算是好事做到底。巧的是，刚好这回金毛吼派出的小妖也到了皇宫。孙悟空见到妖怪，简直比吃桃子还高兴，上去就是一顿乱打。小妖不是对手，只得慌慌张张逃回了麒麟山。

金毛吼得知惹到了孙悟空，更加郁闷了。他追随观音菩萨多年，深知孙悟空的厉害。

"这只猴子，太爱管闲事了！"金毛吼在山洞里转来转去，苦思对策，"他要是打上门来，我该怎么办？"

想来想去，也没啥好办法，他摸了摸腰上挂着的紫金铃，心说："只要他敢来，我就烧死他！"

果不其然，孙悟空来了。他一路跟着小妖，飞到獬豸洞前，这才停了下来。

"看来，这就是妖怪的洞府了！"孙悟空站在洞口，往里看看，黑咕隆咚的，不见一只小妖。他一向天不怕、地不怕，此刻见没啥危险，就提着棍子，慢慢地往里走。可是，刚走进洞里，一阵大火就扑了出来，火中还冒着一股恶烟。他不怕火，但却怕毒烟迷眼，只好先退了出去。

金毛吼手持紫金铃，只放了场火，就打败了孙悟空，心里得意极了。

"看来，这猴子也是个怂货！"他这样想着，立时豪气大发，喊道："下战书，我要跟猴子单挑！"

他很快就写好了战书，让心腹"有来有去"去皇城交给孙悟空，"记住，一定要亲手交给猴子！"他吩咐道。

"有来有去"去得快，回得也快，只出去一会儿，就又回到了獬豸洞。

金毛吼见心腹回来，赶紧问："战书送到了？"

"送到了！""有来有去"回答道。

"猴子答应了吗？"他想了想，又问，"朱紫国有准备吗？"

他之所以会这么问，是因为忽然想起，这三年来，朱紫国连续找过好几个和尚、道士，想要降服自己，救回金圣宫娘娘。他觉得，这次有孙悟空坐镇，朱紫国也许还会趁机发难。

他不问还好，这一问，"有来有去"顿时哭了起来："他们打了我一顿，还派出十万士兵，说是要围攻我们麒麟山呢！"

"哈哈哈！"金毛吼大笑起来，"不怕他们人多，来多少，我一把火烧多少！"

"你挨了打，受委屈了！"看见"有来有去"还在一边擦鼻涕抹眼泪，他笑着说，"你去和娘娘说，叫她不要慌张！"

"有来有去"应了一声，一溜烟跑去找金圣宫娘娘了。

金毛吼粗枝大叶，一点儿也没有发现，这个"有来有去"，其实是个冒牌货。

原来，真的"有来有去"刚走出麒麟山，就被埋伏在外面的孙悟空一棒子打死了。孙悟空知道妖怪有宝贝，难以对付，就变成"有来有去"的样子，摸进洞里打探虚实。

吃了感情的苦

孙悟空趁机找到金圣宫娘娘，告诉她自己的真实身份。

"娘娘莫怕，我是国王派来救你的和尚！"见金圣宫娘娘不相信，他赶紧取出从朱紫国国王那里拿来的宝串，"这是国王让我交给你的。"

金圣宫娘娘一见宝串，顿时泪如雨下，这才相信孙悟空是来救自己的。

金毛吼·"热心肠"的妖怪

她告诉孙悟空，金毛吼有一件宝物，叫作紫金铃，十分厉害。紫金铃上有三个铃铛，第一个晃一晃，能放出三百丈大火；第二个晃一晃，能喷出三百丈毒烟；第三个晃一晃，能扬起三百丈黄沙。他靠这个紫金铃，打败了许多妖魔鬼怪。

孙悟空知道，想打败金毛吼，必须先夺走紫金铃。他想了想，忽然一拍光头——"有了！"他对金圣宫娘娘说："一会儿，你叫他进来，我趁机偷铃！"

金毛吼此时正在安排小妖加强防守，却不知道，陷阱早已挖好。

"大王，娘娘有请！"有小妖跑来报告。

"哎呀，太阳从西边出来了！"金毛吼又惊又喜。他真心喜欢金圣宫娘娘，但对方却一看见他就害怕，这让他非常郁闷。现在美人主动邀请，他心里就像喝了蜜一样，美滋滋、甜丝丝的。

"大王，我想通了！"金圣宫娘娘直截了当地说，"我想和你好好过日子！"

幸福来得太突然，金毛吼快要晕倒了，不停地说："太好了！太好了！这真是太好了！"

"大王，既然我们是夫妻，你的那个宝贝，我替你收着吧！"金圣宫娘娘说，"你不会信不过我吧？"

金毛吼原本就是个憨厚的妖怪，此刻意乱情迷，哪里会起疑心？他慌忙从腰上解下紫金铃，双手递给金圣宫娘娘："这件宝贝，就交给娘娘保管啦！"

金圣宫娘娘接过紫金铃，随手递给旁边站着的"有来有去"，说："你先替我收好！"

金毛吼见她把紫金铃交给自己的心腹，就更加放心了。可是，他做梦也没有想到，宝贝此时已经到了孙悟空的手中。

孙悟空收好紫金铃，拔出一根毫毛，又变了个假的放在桌子上，

221

然后大摇大摆出了洞府。一出洞府，他就大呼小叫："妖怪，快出来受死！"

金毛吼正在和金圣宫娘娘谈情说爱，忽然小妖来报，说孙悟空在洞外叫骂。好事被破坏了，他的好心情也没了，怒气冲冲地向洞外杀去。见到孙悟空，他二话不说，举起斧头就劈，威不可当。

可惜的是，他遇到的是孙悟空。他的本领在孙悟空面前，就像十岁小孩遇到大人，很快就落了下风。

"哎哟！"他挨了一棒子，痛得跑回了洞府。

他当然不会逃跑，而是去向金圣宫娘娘讨要紫金铃，然后出去再战。他知道紫金铃的威力，孙悟空也难以抵挡。

然而，当他拿着紫金铃出去后，却傻眼了，因为孙悟空手里也拿着紫金铃。两个紫金铃，无论是模样，还是大小，都完全一样。

"猴子，你哪里来的紫金铃？"金毛吼问。

孙悟空笑嘻嘻地反问："妖怪，你的紫金铃是哪里来的？"

金毛吼老实，回答说："我的紫金铃，是太上老君的八卦炉中炼出来的。"

"巧了，我的也出自太上老君的八卦炉。"孙悟空说，"不过，你那个是雌的，我这个是雄的。"

金毛吼虽然憨厚，但也知道，孙悟空这是在调侃自己。他大声说："管他雌雄，能打败你的，就是好宝贝！"说着，他举起紫金铃，摇了摇第一个铃铛，不见出火；摇了摇第二个铃铛，不见出烟；摇了摇第三个铃，不见出风沙。

他一下子愣住了。

这个时候，孙悟空也摇起了宝贝。他三个铃铛一齐摇动，只见漫天的大火、浓烟、风沙，一起向金毛吼扑了过去。

金毛吼慌了，转身想逃，可四周全是烟、火，能往哪里逃呢？眼看着，他快要被烧死了，忽然，半空中传来一个声音："悟空，手下留情！"

原来是观音菩萨到了。

她向孙悟空讲了金毛吼私自下凡为妖的经过，并让孙悟空饶他一命。

"这妖还不错，挺热心肠嘛！"孙悟空哈哈一笑，"那就饶了他这次吧！"说完，他冲进獬豸洞，把一群小妖打死，带着金圣宫娘娘向皇城飞去。

金毛吼望着金圣宫娘娘的背影，流下了泪水。然后，他就地一滚，现出原形，载着观音菩萨，向南海的方向飞去了。而之前被妖怪挟持的金圣宫娘娘，自然也恢复了自由，因此，唐僧西天取经路上的第五十八难便是"降妖取后"，"后"指的就是皇后金圣宫娘娘。

蜘蛛精
原来是个"网络高手"

"八十一难"之第五十九难

主人公　蜘蛛精
武　器　蜘蛛丝
特　点　七个蜘蛛精，个个貌美如花，但本领却一般。她们心肠毒辣，用蜘蛛网捕捉猎物，残害了不少生灵。
弱　点　怕火烧。

蜘蛛精·原来是个"网络高手"

盘丝岭上有个盘丝洞，盘丝洞里住着七个蜘蛛精。

这七个蜘蛛精，从小就在盘丝岭修炼，学会了捕捉猎物的本领。虽然说她们的神通法术一般，但却可以吐丝结网。她们的蜘蛛网，不仅可以网住飞禽走兽，还可以网住山里的精怪，十分厉害。

离盘丝洞不远处，有一座濯垢泉。这座仙泉，原本是天上七仙姑的浴池，但是却被七个蜘蛛精给霸占了。女生爱美，女妖精更爱美，蜘蛛精们每天除了捕猎、玩耍外，最喜欢做的，就是到濯垢泉里泡个美容澡。

"妖精活着，就要这么无拘无束，自由自在。"一个蜘蛛精说。

可是这一天，七个蜘蛛精的平淡生活，却让一个人给打破了，这个人自然就是唐僧了。

唐僧当然不会主动找蜘蛛精的麻烦，这种降妖除魔的事，一向都是孙悟空来干。这天，唐僧师徒一行路过盘丝洞，唐僧以为只是一户寻常人家，说啥也要亲自过去化缘。结果，误打误撞，他就闯进了盘丝洞。

对于唐僧的到来，蜘蛛精们是喜不自胜。这可真是"人在家中坐，肉从天上来"呀！送上门的猎物，她们从来不会拒绝。

"长老，你来我家干啥？"蜘蛛精中的大姐问。

发现只有几个"女人"在家，唐僧早就羞红了脸。他低着头，支支吾吾地说："肚腹饥饿，前来化缘。"

"找吃的呀，这好办！"蜘蛛精中的二姐说，"你先屋里坐，我们这就去给你准备！"说着，她拉着四个姐妹进了厨房，留下两个陪唐僧说话。

唐僧哪里敢说话，只盼着能早点儿拿到食物，赶紧离开。

可是，当食物被端上后，他却傻眼了——只见桌子上摆满了各种肉食，黑乎乎、油腻腻的。他闻了闻，又腥又膻。

225

"阿弥陀佛，我吃素！"说着，他站了起来，准备离开。他虽然生性善良，而且不懂法术，但却并不蠢笨，已经看出来这家人有问题了。七个漂亮女人，拿出来令人作呕的食物，这不是妖精是什么？

但是，蜘蛛精怎么能让他走？

"上门的买卖，咋能不做？"蜘蛛精中的大姐哈哈一笑，喊道，"姐妹们，动手吧！"

七个蜘蛛精一拥而上，把唐僧扑倒在地，用绳子捆了起来，高高吊在房梁上。随后，她们一个个掀起衣服，露出肚脐，从肚脐里喷出雪白的蜘蛛丝，织成了一张大网，把房子的大门给封了起来。

原来，这是蜘蛛精的习惯——捉到猎物，就会封闭房门，然后慢慢享用。至此，唐僧遭遇了他西天取经路上的第五十九难——七情迷没。所谓七情，指的就是七个蜘蛛精，之所以管她们叫七情，是因为她们分别代表了"喜、怒、哀、惧、爱、恶、欲"七种情绪。孙悟空见师父化斋久去不回，起了疑心，就站在树梢上远远观望。这一望却发现，那个山庄发出了异样的白光。他知道师父肯定是遇到妖精了，于是让猪八戒和沙和尚看着行李，自己前去营救。

蜘蛛精们不知道已经惹上了孙悟空，她们还在为今天这个"猎物"兴奋呢。

"姐姐们，这个和尚白白胖胖，蒸着吃一定很美味！"最小的蜘蛛精说着，竟然流出了口水，"咱们是先吃，还是先去泡澡呀？"

蜘蛛精中的大姐说："老规矩，先泡澡，再吃饭！"

于是，七个蜘蛛精，像七个时尚女郎，叽叽喳喳地出门了。至于"猎物"，她们一点儿也不担心会被人救走，因为满屋子都是蜘蛛网。

不一会儿，蜘蛛精们就到了濯垢泉。她们一起脱了衣服，搭在衣架上，然后"扑通""扑通"全都跳进了水里。她们在水里追逐打闹、嬉戏玩水，开心极了。

火烧盘丝洞

忽然，一只老鹰从天而降。说来也奇怪，这只老鹰，不抓田鼠，不抓野兔，竟然飞到衣架上，把蜘蛛精们的衣服给抓走了。飞到空中，它竟然还得意地吹了声口哨，气得蜘蛛精们在水里破口大骂。

不用说，这只老鹰自然是孙悟空变的了。他从土地那里打听到，这里有七个蜘蛛精，是她们抓走了师父。他原本想打进盘丝洞，可又不知道蜘蛛精有什么本领，于是就悄悄跟着她们到了濯垢泉，并使坏叼走了她们的衣服。

蜘蛛精们原本心情很好，但是现在，谁也没有玩耍的心情了。

"姐妹们，没有衣服，咱们怎么回去啊？"蜘蛛精的大姐一向聪明，但此时也没了主意。她们虽然是妖精，但也都是女孩子，谁也不敢不穿衣服就上岸。盘丝岭有很多山野妖怪，万一被看见，那丢人就丢大发了。

可是，总不能一直泡在水里吧？七个蜘蛛精蹲在水里叽叽喳喳骂开了，骂老鹰，骂其他妖精，也骂水里的鲇鱼。

为啥要骂水里的鲇鱼？原来，一条鲇鱼总在水里钻来钻去，让人讨厌。

"这该死的鲇鱼！"蜘蛛精中的五姐咬牙切齿地骂道，"我要捉住你，把你给炖了！"

可谁知，她的话音刚落，忽然听到"哗啦"一声，那条鲇鱼跃出水面，竟然变成了一个肥头大耳的和尚。那和尚举起钉耙，大喝一声："妖怪，猪悟能在此，快还我师父！"说着，对准一个蜘蛛精就打了下去。

这个和尚是猪八戒。他听孙悟空说，七个蜘蛛精在温泉里洗澡，

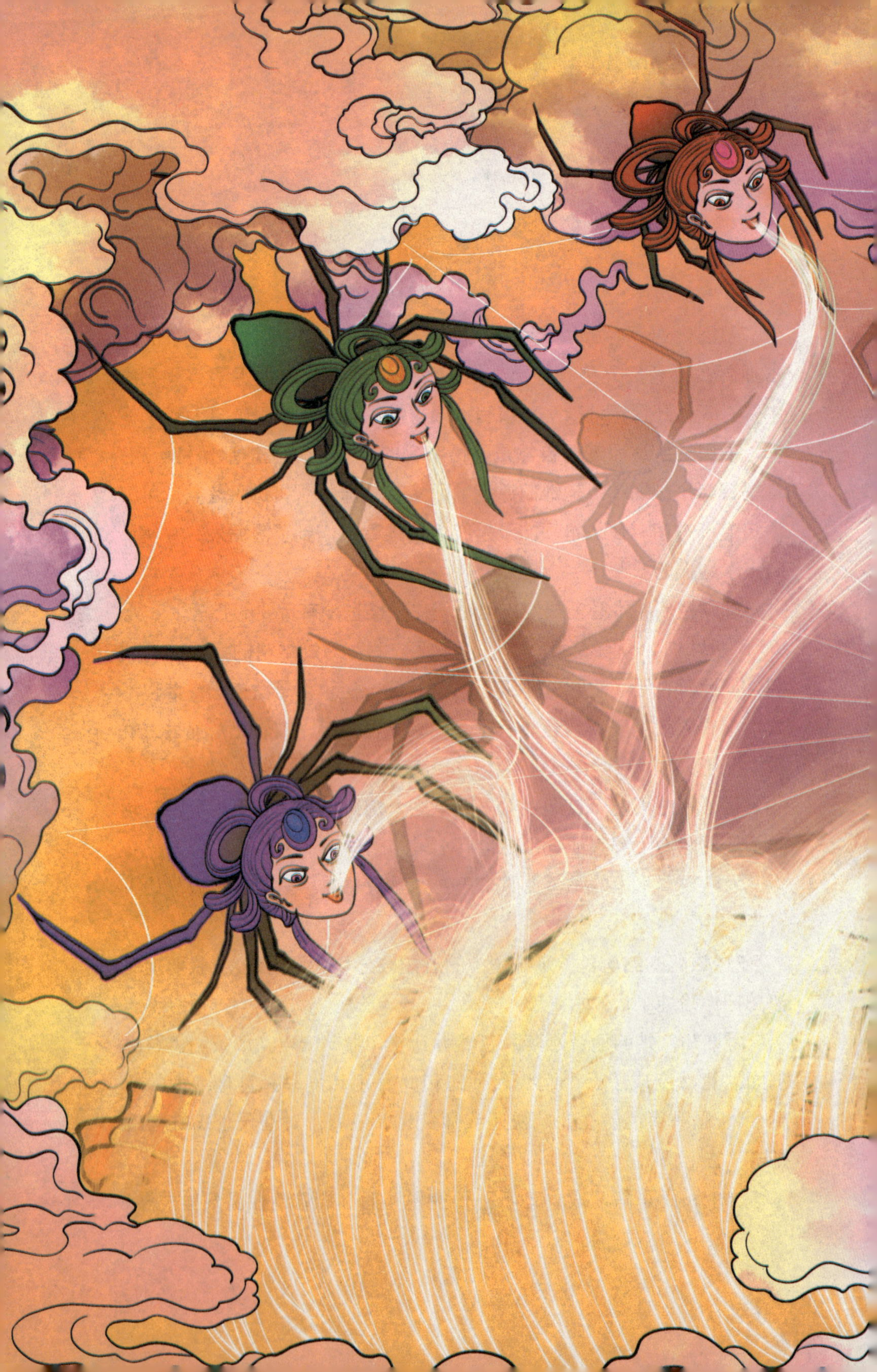

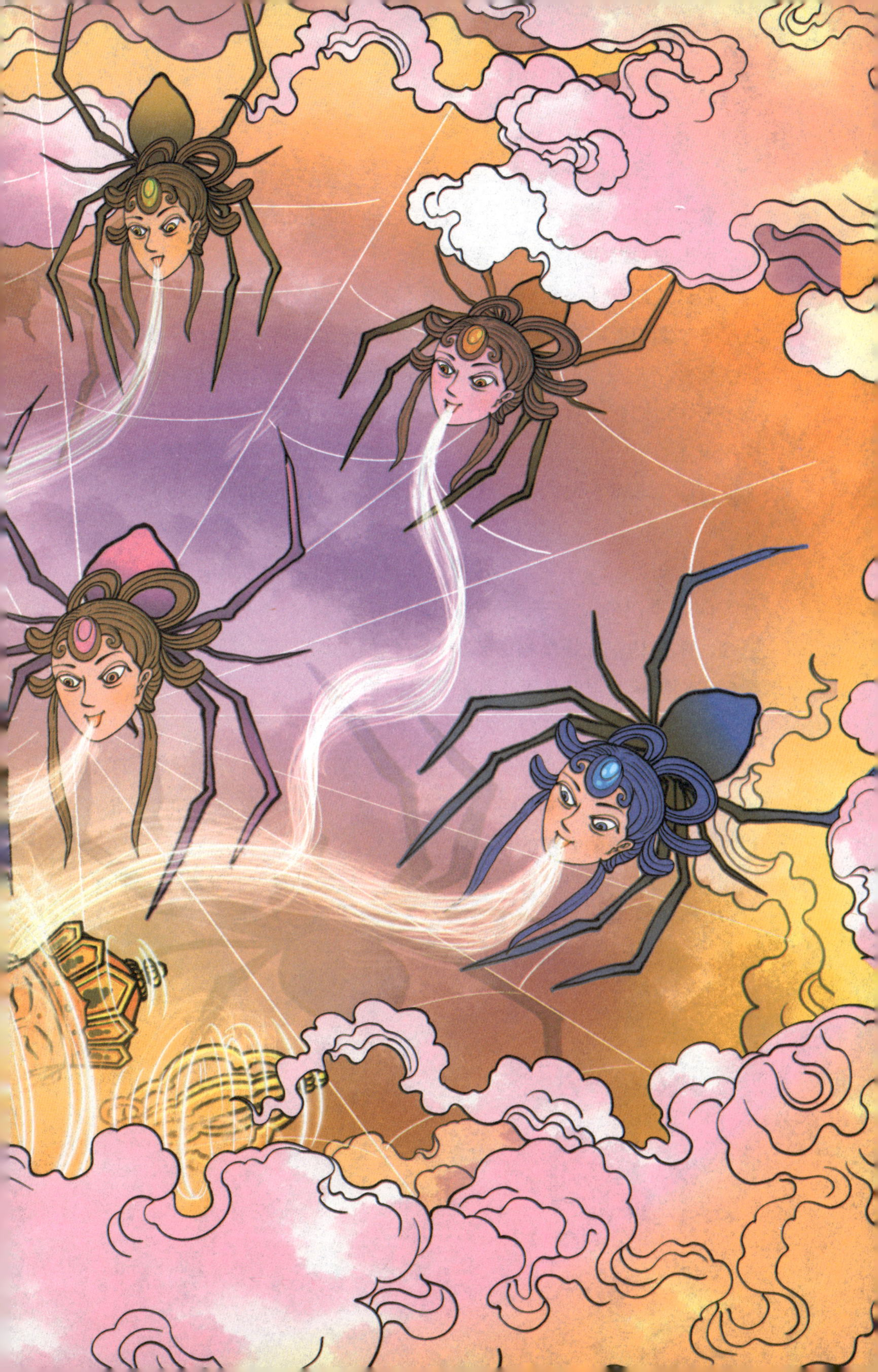

顿时来了兴趣，自告奋勇要来打妖怪。他也向孙悟空学习，先变成鲇鱼在水里作弄蜘蛛精，玩累了才开始动手。

见猪八戒动手，蜘蛛精们也顾不上害羞了。她们一个个从水里站起来，露出肚脐眼，喷出无数雪白的蜘蛛丝，把猪八戒缠得像个粽子。可怜猪八戒，原本想耍酷，最后却被几个女妖精给收拾了。

蜘蛛精们捆住猪八戒，也顾不上害羞了，一个个跳上岸边，用蜘蛛丝当作衣服，逃回了盘丝洞。此刻，她们已经知道，惹到的是唐僧师徒，心里非常害怕。几个人一起商量，打算先逃到师兄蜈蚣精家里躲一躲。

她们知道，孙悟空、猪八戒很快就会杀过来。为了能顺利逃脱，她们叫来自己的七个干儿子，分别是蜜蜂精、马蜂精、蟾蜍精、班毛精、牛蜢精、抹蜡精和蜻蜓精，对他们说："儿啊，我们惹错人了，要到你们舅舅家里躲几天，你们帮我们挡一下！"

她们只想着自己逃命，却全然不顾干儿子的性命了。

果不其然，七只小妖去阻挡孙悟空和猪八戒，都被杀了个干净。不过，这也为她们赢得了宝贵的逃跑时间。她们连唐僧也顾不上带，慌忙逃进了师兄蜈蚣精的黄花观。

至于她们的盘丝洞，在救出唐僧后，也被孙悟空和猪八戒一把火烧了个干干净净。

蜈蚣精
妖精也有"梦想"

"八十一难"之第六十难

主人公　蜈蚣精
武　器　宝剑
特　点　善于用毒，武功高强，身上长有千只眼睛，可放出金光攻击敌人。他的性格也很歹毒，为了利益可以出卖亲人。
弱　点　怕鸡。

虽然是个妖精，但蜈蚣精却有着很强的"上进心"。

修炼成人后，他变成了一个道士，住在黄花观里，每天采采药、炼炼丹，生活十分充实。他有着远大的理想，那就是修炼成仙，长生不老。

不过，最近这几天，他平静的生活被打破了。因为，他的七个同门师妹逃进了黄花观。

他的师妹们，自然就是蜘蛛精了。自从被孙悟空和猪八戒吓跑后，她们就八条腿齐用，一路狂奔，只用了两个小时就逃到了黄花观。在她们看来，师兄蜈蚣精法术高强，完全可以与孙悟空和猪八戒抗衡。

不过，对于蜘蛛精遭遇的对手，蜈蚣精却完全没有放在心上，认为孙悟空他们只是小角色。

"七位师妹，不用担心。那伙人如果追来，我替你们报仇！"

他只是随口一说，却没有想到，蜘蛛精的仇人这么快就找上门来了。原来，他的这个黄花观也是唐僧师徒去西天的必经之路。唐僧师徒肚子正饿呢，看见有座道观，就跑进来化缘了。

这让蜈蚣精有些发蒙——师妹的仇人，就这么大摇大摆地送上门来了？真的假的？

安顿好唐僧师徒，他跑到蜘蛛精那里求证："师妹，你们的仇人里面，是不是有个白白胖胖的和尚？"

七个蜘蛛精回答："是啊，是啊！"

蜈蚣精又问："是不是还有个长嘴大耳朵的？"

七个蜘蛛精又回答："是啊，是啊！"

最小的蜘蛛精咬牙切齿地说："长嘴大耳的是猪八戒。他把我们困在濯垢泉里，自己变成鲇鱼钻来钻去，十分无理。要不是跑得快，我们可能早就被他用钉耙打死了！"

为了把蜈蚣精和自己绑在一起对付孙悟空和猪八戒，蜘蛛精们继续蛊惑。蜘蛛精中的大姐说："师兄，那个白白胖胖的和尚是唐僧啊！"

这可是个重磅消息，蜈蚣精听得热血沸腾。他虽然一直在黄花观苦修，但也是妖精圈里有头有脸的人物，又怎么会不知道唐僧肉的神奇作用呢？吃了唐僧肉，妖精也成仙，这是所有妖精都知道的事，他也一直梦想着能吃上一块。

他喘着粗气问："真的是唐僧？"

"真的是唐僧！"蜘蛛精们回答。

"好，我去捉他们！"蜈蚣精说。

看蜈蚣精要动手，七个蜘蛛精个个摩拳擦掌，想要跟着去帮忙。但蜈蚣精却摆了摆手，说："不用打，不用打，咱们用计！"

他从房间里取出一个小皮箱，从箱子里取出一包毒药，小心翼翼地放到桌子上。这种毒药是由上千种鸟粪经过数道工序精心制作而成，毒性十分厉害。他得意地对蜘蛛精们说："师妹，我这宝贝，凡人吃一粒，入口就死；就算是神仙，吃三粒也必死无疑。"

说着，他又拿出十二颗红枣，把枣皮掐破了，每颗里面加入两粒毒药，然后把这些毒枣分别放在四个茶杯里，倒进了热茶。为了不让唐僧师徒起疑心，他又拿出两颗黑枣，也放在一个茶杯里，准备留给自己。

"瞧好吧！"他十分自信，让童子用托盘把茶送出去，自己也跟着走了出去。

"大师莫怪，我刚才去给你们准备茶水了！"他对唐僧施了一礼，笑着说，"这个枣茶，是我们观里的特色，请品尝。"

童子端着茶托，依次给了唐僧、猪八戒、沙和尚和孙悟空各一杯茶。为啥最后给孙悟空呢？因为童子见猪八戒又肥又胖，沙和尚人高

马大,而孙悟空却又瘦又小,以为他是唐僧最小的徒弟,所以排在了最后。

孙悟空猴精猴精的,最后拿到茶水也不生气,而斜着眼去看蜈蚣精的茶杯,发现枣子的颜色不同,起了疑心:"老道,咱俩换换!"

蜈蚣精知道他起了疑心,哈哈一笑,解释说:"大师,红枣是上品,黑枣是下品。怎么能用下品的黑枣招待贵客呢?不换!"

孙悟空还是不喝茶,非换不可。

"悟空,道长美意,快喝吧!"唐僧见孙悟空啰唆,出来打圆场,还边喝边赞,"呀,这枣茶真不错!"猪八戒和沙和尚早就饿了,见唐僧喝茶,也连忙端起茶杯,"咕咚,咕咚"喝了起来。

但很快,三个人的肚子就疼了起来。唐僧口吐白沫,猪八戒哼哼唧唧,沙和尚泪水哗哗。

蜈蚣精也不隐藏了,哈哈一笑,扔掉茶杯,举起宝剑就向孙悟空砍来。他知道,只要解决了没有中毒的孙悟空,那么这场仗就赢了。他一边用剑狂砍猛刺,一边喊:"师妹们,快出来帮忙!"

"唰!"七个蜘蛛精从屋里冲了出来。她们一个个掀起衣服,露出肚脐,从肚脐眼里喷出无数雪白的蜘蛛丝。那些蜘蛛丝结成一张大网,一下子就把孙悟空给网了起来。

孙悟空嘿嘿一笑:"几只小蜘蛛,也想困住俺老孙?"

他举起铁棒,一下子就把蜘蛛网打破,冲了出去。眼看又有蜘蛛网飞了过来,他拔下一把毫毛,叫声"变",变出了无数个"孙悟空"。那些"孙悟空"每人手里都拿着一根铁棒,甩动棒子,用力去搅蜘蛛网。这么一搅,竟然借着蜘蛛丝的牵引,把七个蜘蛛精给拖了过来。

蜘蛛精们没有想到,这么一会儿工夫,自己就变成了阶下囚,又惊又怕,齐声喊道:"师兄,放了唐僧,救命要紧!"

不料,蜈蚣精却摇了摇头,说:"我要吃唐僧肉!"此刻,他的心里只有唐僧肉和修炼成仙，哪里还顾得上什么兄妹情深呢？

孙悟空见他不还唐僧，顿时大怒，举起棒子，一棒一个，把七个蜘蛛精打成了"蜘蛛泥"。

昴日星官又立功了

蜘蛛精死了，蜈蚣精更加凶狠，举起宝剑，就向孙悟空冲了过来。两个人你来我往，又打成了一团。不过，只战了三五十个回合，蜈蚣精就渐渐感到体力不支了。他知道，论法术神通，自己还不是孙悟空的对手。但是，他也不怕，因为他还有杀手锏——

他忽然跳到一边，扯下衣裳，露出了身上的一千只眼睛。那些眼睛密密麻麻，像鱼鳞一样，十分恐怖。

一千只眼睛，突然一起睁开，发出万道金光，把孙悟空给罩了起来。孙悟空在金光里面又蹿又跳，使出浑身解数，但始终逃不出去。他急得破口大骂："妖精，快放你孙爷爷出去！"

眼看金光罩子越来越小，孙悟空急中生智，摇身一变，变成了一只穿山甲，使劲往地下钻去。他一口气钻到地底深处，然后又横着钻了二十多里，这才逃出金光罩子的围困。这个时候，他已精疲力竭了。战斗力惊人的孙悟空竟然被蜈蚣精的一千多只眼睛打得毫无还手之力，灰头土脸地挖了条地道才保住了性命，这是孙悟空在取经路上最大的挫折之一，所以西天取经路上的第六十难便叫作"多目遭伤"。

见孙悟空逃走了，蜈蚣精也收了神通，得意地叫嚣："猴子，知道我的厉害了吧！来一回，打一回！"说完，他兴冲冲地返回黄花观，准备去吃唐僧肉。他修炼多年，一直想要得道成仙，此时此刻，美梦终于要成真了。他身上的一千只眼睛，都激动得流下了泪水。

不过，还没有来得及动手，他忽然又听到了孙悟空的声音："妖

怪,快还我师父!"

蜈蚣精怒不可遏,提着宝剑,又骂骂咧咧地冲出了黄花观:"猴子,你又来送死吗?"

可是,黄花观外迎接他的,不是孙悟空的铁棒,而是一根细小的绣花针。只见一阵金光闪过,蜈蚣精的法术神通就被破了。他变回了本体,成为一条七尺长的大蜈蚣,"扑通"一声落在地上。此时他已经知道遇到了对手,不住地磕头求饶。

原来,孙悟空逃走后,经黎山老母的指点,找到了紫云山千花洞的毗蓝婆菩萨。毗蓝婆菩萨是昴日星官的妈妈,本体是一只母鸡,刚好是蜈蚣精的克星。她只用一根绣花针,就降伏了蜈蚣精。

看到蜈蚣精现出原形,孙悟空想起师父、师弟还身中剧毒,心中恼火,想要一棒子把他打死。毗蓝婆菩萨求情说:"让他去给我看门吧!"孙悟空这才平息了怒火,谢过菩萨,救师父去了。

从此以后,蜈蚣精就成了毗蓝婆菩萨的看门保安,穿上保安制服,倒也神气。

狮驼岭三怪
咱有"后台"咱怕谁

"八十一难"之第六十一、第六十二、第六十三、第六十四难

主 人 公　青毛狮子怪、黄牙老象、大鹏金翅雕

武　　器　青毛狮子怪用钢刀，黄牙老象用长枪，大鹏金翅雕用方天画戟

特　　点　青毛狮子怪和黄牙老象怪神通广大，法术高强，但智力一般；大鹏金翅雕不仅法术高强，而且智谋超群。

弱　　点　怕如来佛祖、文殊菩萨和普贤菩萨。

八百里狮驼岭上有个狮驼洞，洞里住着两个妖怪——老大青毛狮子怪，老二黄牙老象怪。这两个妖怪神通广大，都能上天入地、呼风唤雨，他们还统领着四五万个小妖，俨然是一方霸主。

虽然实力很强，但这两个妖怪却并没有多大野心，他们要么修炼，要么带着小妖们吃肉、喝酒，日子过得既舒服又平淡。直到两年前，大鹏金翅雕的加入，打破了这种平静的生活。

孙悟空可不好吃啊

大鹏金翅雕的本领更大，也更凶残。

离狮驼岭四百里远，有个狮驼国，原本国富民强，老百姓安居乐业。但五百年前，大鹏金翅雕突然闯入，不仅吃掉了国王和文武百官，也吃掉了满城的老百姓。从此以后，狮驼国就变成了他的老巢，满城全都是妖怪。

两年前，他跑到狮驼岭上，和狮子怪、老象怪结拜为兄弟，排行老三。而他之所以要和狮子怪、老象怪混在一起，目的只有一个，那就是抓唐僧、吃唐僧肉。他早就打听到，唐僧去西天取经，一定会路过狮驼岭。相信聪明的小朋友们已经猜到了，唐僧西天取经路上的第六十一难——路阻狮驼，定然会发生在这狮驼岭上！

话说唐僧离狮驼岭越来越近，那三只妖怪开始商量如何抓住唐僧。"三弟，咱们真的能抓到唐僧吗？听说那个孙悟空可不好惹啊！"青毛狮子怪有些不放心地问。他安逸惯了，突然冒险，有些心惊胆战。

"哈哈哈，大哥放心！"大鹏金翅雕得意地说，"有咱们仨在，那孙悟空翻不了天！"

可是，他的话音刚落，就听到有人在喊："不好了，不好了！孙悟空来了！"

青毛狮子怪、黄牙老象怪和大鹏金翅雕抬头一看，原来是巡山的小妖"小钻风"来了。见他慌里慌张，大鹏金翅雕喝道："小钻风，你慌什么？你可是看见孙悟空了？"

原来，大鹏金翅雕心细，他早就安排小妖们十个一组、四组一班，围着狮驼岭巡山。并告诉他们，发现"和尚"路过，立即报告。

"看到了，看到了！""小钻风"擦了擦汗，连忙说，"我正在巡逻，忽然看见一个人，蹲在那里磨棒子。他那个棒子，像棵老树那么粗。那个人一边磨棒子，一边说要打大王呢！"

老大狮子怪听了，心里有些害怕，就问："他还说什么？"

"小钻风"想了想，又说："他还说要抓大大王剥皮，二大王剐骨，三大王抽筋。"

这几句话，把狮子怪吓得够呛，他大喊："小的们，赶紧把洞门关起来！"

"小钻风"接着说："大王，关门没用啊。我听那孙悟空说，他会变成只苍蝇，从门缝里飞进来，谁也抓不住他。"

他的话音刚落，忽然"嗡——嗡——嗡"声响起，几只金色的苍蝇，真的在洞里飞来飞去。而且，那几只金苍蝇别的地方不去，只围着青毛狮子怪、黄牙老象怪和大鹏金翅雕转。

三个老妖怪大吃一惊，赶紧招呼小妖们抓苍蝇。只见一群小妖，个个拿着扫把、衣服，都上前乱扑苍蝇，整个洞府乱成一团。

"停！"大鹏金翅雕一声大喝，制止了小妖们的"捕蝇行动"。他看着"小钻风"，冷笑着说："你就是那孙悟空！小的们，抓住他！"

这个巡山的"小钻风"，还真是孙悟空变的。

原来，唐僧师徒已经到了狮驼岭。孙悟空见山高林密，怕有妖怪，就主动前去打探，刚好遇到了巡山小妖"小钻风"。他从"小钻风"的嘴里套话，得知狮驼岭上有三个老妖怪，个个厉害无比。而且他们

239

还计划捉唐僧，吃唐僧肉。

为了进一步摸清妖怪的实力，孙悟空干脆打死"小钻风"，自己变成"小钻风"，闯进了狮驼洞。那几只金色的苍蝇，也是他用毫毛变的。只是没有想到，小妖们"捉苍蝇"时，他忍不住笑了一下，露出了尖嘴，被细心的大鹏金翅雕识破了。

三个老妖怪发现孙悟空闯进洞府，又惊又喜。惊得是孙悟空果然神通广大，喜的是他现在插翅难飞。一大群小妖一拥而上，有抓胳膊的，有抱腿的，把孙悟空扑倒在地，用绳子捆得结结实实。

青毛狮子怪见抓了个厉害的，心里高兴，喊道："小的们，准备酒肉，我们喝一杯！"

大鹏金翅雕却摆摆手说："大哥，孙猴子狡猾，先收拾他吧！"

他有一个法宝，叫"阴阳二气瓶"，要三十六人才能抬得动。瓶子内有七宝八卦，二十四气，人如果在里面，只要一说话，就会有火烧来，法术再强也逃不掉。他让小妖们把瓶子抬了出来，然后念了句咒语，"唰"的一声，把孙悟空收了进去。

"孙悟空，等死吧！"他哈哈大笑。

几个老妖怪放心了，大块吃肉，大碗喝酒。这一喝就是一夜，几个人都喝醉了。迷迷糊糊中，他们忽然听到孙悟空大喊："妖怪，出来受死！"

这一惊，非同小可。大鹏金翅雕赶紧跑过去看"阴阳二气瓶"。这一看，他傻眼了，只见"阴阳二气瓶"倒在地上，瓶底上有个小窟窿。很显然，孙悟空没有被烧死，反而弄坏瓶子，逃了出来。

青毛狮子怪气得脸都"青"了。"欺人太甚！"他大吼一声，然后带着一群小妖，冲了出去，"孙悟空，我们没有招惹你，你为啥总找麻烦？"

孙悟空说："你们几个妖怪，拉帮结伙，想害我师父，当我傻瓜啊？"说着，他举起棒子，杀了过来。

在狮驼岭，青毛狮子怪可是老大，一直受人尊敬，什么时候受过这种气？他不再废话，举起钢刀，也冲了过去。两个人各显神通，打得昏天黑地。孙悟空厉害，狮子怪也不差，两个人斗了几百个回合，也没有分出胜负。

青毛狮子怪眼见难以取胜，灵机一动，有了主意。他趁孙悟空飞过来的机会，忽然现出原形，变成一只巨大的狮子，张开血盆大口，一下子就把孙悟空给吞到肚子里去了。

他变回人形，咂了咂嘴，说："味道不咋的！"

大鹏金翅雕听说他吞了孙悟空，大惊失色："大哥，孙悟空不能吃啊！"

青毛狮子怪刚想问啥，忽然从他的肚子里传来孙悟空的声音："没错，我骨头太硬，不好吃！"

青毛狮子怪才知道大事不妙，孙悟空在自己肚子里活得好好的呢。他要是拿棒子，在肚子里乱打一气，自己还有活路吗？正当他六神无主时，忽然听到大鹏金翅雕说："喝盐汤！"他也不想为什么，忙接过小妖端来的半盘盐汤，"咕咚咕咚"喝了下去。

片刻之后，他开始呕吐，可吐了半天，也没能把孙悟空给吐出来。

青毛狮子王没办法了，哭丧着脸问："你到底出不出来？"

孙悟空说："不出去！这里面冬暖夏凉，还有心、肝、脾、肺可以下火锅吃，出去干啥？"说着，他又耍起了大铁棒。这一下，青毛狮子怪又打起滚来了。

"哎哟，疼死我了！"青毛狮子怪求饶说，"你要怎样才肯出来？"

孙悟空说："你们三个妖怪，用轿子送我师父过去，我就出去！"

人在屋檐下，不得不低头，青毛狮子怪同意了。但大鹏金翅雕却

在他耳朵旁悄悄地说:"大哥,他从你嘴里出来时,咬死他!"

这是个好主意!青毛狮子怪连连点头,然后张大了嘴巴。当他感到嘴里有动静时,毫不犹豫,一口咬了下去。只听见"咯嘣"一声,他没有咬到孙悟空,反而把自己的牙齿给崩掉了两颗。

这是咋回事呢?

师徒四人全被捉

原来,孙悟空怕他使诈,就先把铁棒伸出来试探。青毛狮子怪一口咬在了铁棒子上,就像鸡蛋碰石头,牙齿不掉才怪呢!

他的这一行为,又激怒了孙悟空。

"好你个老妖怪,不讲信用啊!"他一边骂,一边又在青毛狮子怪的肚子里跳起了舞。他的舞跳得好不好没人知道,但青毛狮子怪却快疼疯了。他一边哀号,一边求饶:"大圣爷爷,饶了我吧!"

可孙悟空却铁了心要折磨他,任凭他如何求饶,就是不出来。

关键时刻,还是得靠智慧。大鹏金翅雕脑瓜子一转,有了主意。他对孙悟空说:"孙大圣,你是条好汉,妖怪圈里无人不知、无人不晓。这样在人家肚子里胡闹,如果传出去,有损你的威名吧?"他知道孙悟空心高气傲,就故意用了一个激将法。

这个办法果然管用。孙悟空一听,立即要出来。

这正是三个老妖怪所希望的。黄牙老象怪和大鹏金翅雕守在青毛狮子怪旁边,孙悟空刚从青毛狮子怪的嘴里……不对,是鼻子里跳出来,他们两个举起兵器就砸。青毛狮子怪没了顾忌,举起钢刀,也加入了战团。

三怪打一猴,原本没有什么悬念。可是,孙悟空却一点儿也不害怕。只见他一手持棒,一手牵着一根绳,用力一扯,青毛狮子怪又痛得嗷嗷叫了起来。

原来，孙悟空又留了个心眼。从青毛狮子怪的肚子里出来之前，他拔根毫毛，变了根长绳，一头拴在青毛狮子怪的心肝上，一头攥在自己手里。他这边用力一扯，那边青毛狮子怪就"心疼"，想躲都躲不了。

没办法，三个老妖怪只好再次妥协，答应亲自护送唐僧过狮驼岭。这一次，他们再也不敢轻举妄动，生怕孙悟空再使出什么损招。**就这样，唐僧师徒化解了取经路上的第六十二难——怪分三色。**所谓"三色怪"，指的就是青色的狮子精，白色的大象精和金色的大鹏鸟精。

那"三色怪"虽然出师不利，但到嘴的唐僧肉就这么飞了，他们又实在不甘心。怎么办呢？大鹏金翅雕脑子最活，很快就又有了主意。他拍着胸脯对青毛狮子怪和黄牙老象怪说："我想到一个调虎离山计，保准可以成功！"

黄牙老象怪仰了仰象牙，有点儿不相信，说："三弟呀，你省省吧，别偷鸡不成反蚀把米。"

"这次绝对可行！"大鹏金翅雕信誓旦旦地说，"咱们多派些小妖，用八抬大轿，护送唐僧过岭……"

"然后呢？"黄牙老象怪也被勾起了兴趣。

"他们饿了，咱们给吃的；他们渴了，咱们给喝的，不能让孙悟空起疑心。"大鹏金翅雕笑眯眯地说，"只要把他们送到四百里外的狮驼国……"

他说到这里，青毛狮子怪和黄牙老象怪已经明白了——狮驼国是大鹏金翅雕的老巢，那里有无数的妖兵妖将，等唐僧师徒到了狮驼国，他们趁机来个前后夹击，孙悟空再神通广大，也插翅难飞了。

"妙！妙！妙！"青毛狮子怪和黄牙老象怪很激动，只差没有抱

着大鹏金翅雕亲一口了。

三个老怪依计行事，派了十六个小妖抬轿，三十个小妖做饭，把唐僧师徒像爹妈一样伺候着。这四百里山路，唐僧师徒走得真是太舒服了——唐僧有轿坐、猪八戒有美食，就连沙和尚，也有小妖帮着挑行李。孙悟空开始还怀疑几个妖怪不安好心，但眼看着快要走到狮驼国了，他也就慢慢放心了。

狮驼国近在眼前，孙悟空又松懈大意，三个老妖怪等的就是这个机会。

大鹏金翅雕最先动手，他举起方天戟，就往孙悟空头上砸去。与此同时，另外两个老妖怪也动手了，青毛狮子怪举起钢刀砍向猪八戒，黄牙老象怪举起长枪刺向沙和尚。三个老妖怪对上三个和尚，双方你来我往，打得昏天黑地。

忽然，杀声震天，无数妖怪从狮驼城里冲了出来，把唐僧师徒里三层、外三层围了起来。他们早就接到大鹏金翅雕的命令，派出了最厉害的妖兵妖将。这场"遭遇战"，便是唐僧西天取经路上的第六十三难——城里遇灾。

"哎呀，这么多妖怪！"猪八戒看到密密麻麻的妖怪，心里很害怕，掉头就逃。可四周全是妖怪，能逃到哪里去？很快，他就被青毛狮子怪活捉了。沙和尚、孙悟空，也相继被妖怪打倒捉住。唐僧更倒霉，直接被抬轿子的小妖抬到狮驼城内了。

至此，唐僧师徒四人，一个也没跑掉，全部被生擒活捉了。

如来佛祖亲自出马

三个老妖怪看着被捆成一团的唐僧师徒，心里美滋滋的。青毛狮子怪把大鹏金翅雕夸上了天——"三弟，天上地下，你最聪明！"

夸完大鹏金翅雕，他吩咐小妖们："小的们，五个打水，七个刷锅，十个烧火，二十个抬蒸笼，把四个和尚蒸熟。咱们今晚吃唐僧肉，从此个个长生不老。"

小妖们听了，欢声雷动。作为妖怪，谁不想长生不老呢？他们一拥而上，把唐僧师徒拖了下去，有的扒衣服，有的打水清洗，忙活开了。

大鹏金翅雕很谨慎，他怕孙悟空再逃跑，就让青毛狮子怪和黄牙老象怪去喝酒，自己留下来盯着。他看着小妖们架起蒸笼，把唐僧、孙悟空、猪八戒和沙和尚放进蒸笼里，又蒸了一个多小时，确定孙悟空不会再跑，才放心地去喝酒。

"唐僧肉终于到手喽！"几个老妖怪边喝酒边感慨，不知不觉就都喝醉了。

不知道过了多久，他们被小妖们的吵闹声给惊醒了。

"不好了，不好了，唐僧又跑了！"几个小妖大声喊。

几个老妖怪吃了一惊，酒也醒了。青毛狮子怪大怒，问："人都蒸熟了，怎么会跑？"

原来，这一切又都是孙悟空搞的鬼。被放进蒸笼后，他使了个法术，轻轻松松就跑了出来。跑出来后，他并没有急着救唐僧、猪八戒和沙和尚，而是找来北海龙王，让老龙王躲在蒸笼里吹"冷风"，让唐僧几人不被蒸死。

一直等到三个老妖怪喝醉了，他才救出唐僧几人，找来包袱和白马，打算悄悄溜走。可没想到，他们还没有溜出狮驼城，就又被小妖发现了。

三个老妖怪带着一群小妖，火速追了出来。追到狮驼城边上，发现唐僧师徒正在翻墙呢，他们哈哈大笑起来。大鹏金翅雕不慌不忙，喊了一声："小的们，把他们捉回来！"几乎没费什么力气，他们就

又轻松捉住了唐僧、猪八戒和沙和尚。

不过，孙悟空却溜走了。

青毛狮子怪有些担心："弟弟们，孙悟空逃了，唐僧肉还能吃吗？"

黄牙老象怪怕孙悟空报复，认为应该放唐僧离开。

大鹏金翅雕眼珠子一转，又有了主意："我们把唐僧藏起来，对外就说他被吃了。孙悟空找不到，就会离开。到时候，我们再慢慢享用唐僧肉。"

"就这么办！"青毛狮子怪一拍大腿，兴奋地说。

黄牙老象怪也兴奋地伸出了大象鼻子。

很快，狮驼城到处就传开了：唐僧屡次逃跑，狮驼岭三位大王很生气，就把他吃了。小妖们难过，因为吃不到唐僧肉了；猪八戒、沙和尚难过，因为"师父死了"。孙悟空原本想着回去救唐僧呢，听到这个消息，号啕大哭。

三个老妖怪听说孙悟空伤心大哭，全都得意地哈哈大笑起来。"孙悟空，你师父死了，不能取经，你快走吧！"他们传话给孙悟空。

"三五天后，孙悟空一走，咱们就慢慢品尝唐僧肉！"三个老妖怪碰了一杯，满心欢喜。

可是，没等到三五天，孙悟空就又来了。

孙悟空站在筋斗云上，破口大骂："三个老妖怪，快出来受死！"

青毛狮子怪说："他明知道打不过，又来叫战，难道请了救兵？"

大鹏金翅雕说："神来打神，佛来打佛。"

说着，三个老妖怪手拿兵器，一起冲了出来。他们废话不多说，围着孙悟空就打，只想快点儿打败孙悟空，好放心地吃唐僧肉。

打了三五个回合，孙悟空打不过，转身就跑。三个老妖怪在后面紧追不舍，眼看就要追上，忽然传来一声大喝："孽畜，还不快现形！"

三个老妖怪抬头一看，顿时吓得魂飞魄散。只见如来佛祖、文殊菩萨和普贤菩萨正站在前面，左右还有五百阿罗汉，把他们三个围得水泄不通。三个老妖怪哪里还有脾气，只得丢下兵器，现出了原形——一只青狮，一头白象，一只大鹏鸟。

原来，孙悟空听说"唐僧死了"，浑浑噩噩跑到了灵山，向如来佛祖哭诉，却意外得知唐僧并没有死。而那三个妖怪，青毛狮子怪是文殊菩萨的坐骑，黄牙老象怪是普贤菩萨的坐骑，大鹏金翅雕是如来佛祖的亲戚。

"原来都有后台啊！"孙悟空嚷嚷，强烈要求三位佛菩萨一起收妖。

就这样，青狮、白象和大鹏鸟又回到了主人身边，而孙悟空也找回了师父。由于唐僧师徒最后靠如来佛祖出马才降伏了三只妖怪，所以他们西天取经路上的这第六十四难，便叫作"请佛收魔"。

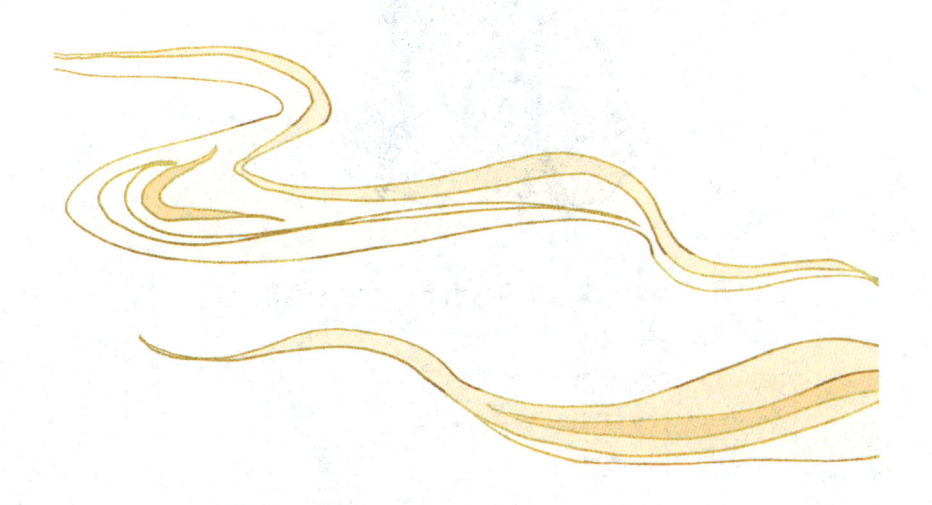

白鹿精
最胡闹的妖精

"八十一难"之第六十五、第六十六难

主人公　白鹿精
武　器　蟠龙拐杖
特　点　法力不强,但最为歹毒。
弱　点　盲目自信。

南极仙翁就是我们常说的寿星老,他面容和善,一手拄蟠龙拐杖,一手托着个硕大鲜美的大桃子,身后还跟了只梅花鹿。老人过寿,常在厅堂之内悬挂南极仙翁的画像,为的就是祈求身体康健、长命百岁。

这只梅花鹿天天守着南极仙翁,所以不像其他大魔王,他没有对长生不老的担忧,所以,当他偷偷下得凡界,变成白鹿精,又幻化为比丘国的国丈时,压根没把唐僧一行放在眼里。他心想,你取你的经,我作我的恶,咱们是井水不犯河水。或许,是这白鹿精在比丘国当了太久的权倾一时的国丈,有点儿盲目自信了。他是没招惹唐僧师徒,却因行为过于残忍,为妖太胡闹,使得唐僧一行不得不干预进来,破坏掉他三年的"心血与努力"。

笼子里的小孩

唐僧一行来到一座城池前,只见一个看门老兵,倚着城墙打盹儿。

孙猴子依照唐僧的嘱咐上前讯问,看眼前这座城池是不是皇城所在,若是,他们就要求见国王,倒换文牒;若只是州府县衙,他们则可不必进城,径直西行便可。

这老兵正在睡梦之中,忽被叫醒,眼看孙猴子的雷公模样,还以为是雷神下凡,连连磕头叫爷爷。

那孙猴子向老者解释,他可不是雷神,乃是前往西天取经的和尚。

老兵闻言,这才放下心来,对孙猴子说:"这里是比丘国,现在改名叫小子城,国王现在在城中。"

孙猴子把老兵的话说给唐僧与八戒、沙僧听,几个人都不明白,

为何把好好的国名改成小子城。那八戒想象力最为丰富，说："估摸着是老国王去世，新国王年纪尚小，因而取名为小子城。"这唐僧平日里甚是听八戒的话，此时却也觉得八戒是在胡扯。

唐僧一行，入得城里，想细问小子城的来历。却不承想，这小子城的来历没问出来，又发现了一桩怪事。

原来，这城里家家门口都放了只用五彩绸缎遮盖着的鹅笼。沙僧一行到此，几万余里，稀奇之事，所见颇多，可是这家家门前放鹅笼的事却是头一次见。

孙猴子不由得好奇，就变成一只蜜蜂，钻入鹅笼，想看一看里面都装了些什么？

孙猴子接连飞进几个鹅笼，看到这鹅笼里装的全是五六岁大的小男孩。

孙猴子把所见讲与唐僧听，一行人更觉此事颇为诡异。正思忖，此地风俗为何如此别致时，恰遇一座馆驿。

一行人入得馆驿投宿，驿丞听说是大唐来的和尚，极为热情地安排了食宿，又承诺明日带他们入朝见驾，倒换文牒。

所有事项安排停当，唐僧便向驿丞打探，为何百姓门前都要放一只装着小孩子的鹅笼？

那驿丞却不肯说，只说让唐僧早些休息，倒换过文牒后早日西行，莫管闲事。

唐僧还不死心，扯住驿丞，非要问个水落石出不可。

驿丞无奈，只得把事情细细说与唐僧听。

原来，这鹅笼竟有一千一百一十一只，里面装的，俱是五六岁大的男童。之所以选出这些男童放在鹅笼里养着，为的是用这些小孩子的心肝做药引，给贪恋女色、废了身体的国王延寿。正因国王行此惨绝人寰之事，才使得民众怨怒不已，私下把国名改成了小子城。

把小孩当药吃？

而这所有的事端，都因白鹿精趁着南极仙翁与东华帝君下棋时私自下凡，来到比丘国行乱所致。

话说三年前，白鹿精寻得机会，私自下凡，在离比丘国七十里的柳林坡内遇见一只白面狐狸，两妖一见如故，为谋得滔天权势和一世富贵，享自己口欲之快，白鹿精设下一计，让白面狐狸变成貌似观音菩萨的美丽少女，而他自己则化身一老道，自称是少女的父亲。国王虽有后宫佳丽三千，却从未见过如此美色，于是，封道士为国丈，搂美人于怀内，从此朝也不上，日日贪欢，愣是把好端端的身体给整垮了。宫内御医束手无策，国丈却说自己有海外秘方，能延寿。如今药已备齐，而这些小儿的心肝就是药引。

其实，这些小儿心肝，是白鹿精给自己准备的，只不过他明白，一千一百一十一个小孩的心肝，若非举国之力，他自己很难弄到。所以，才设计如此。

驿丞哪里知道国丈就是白鹿精，只是把国丈如何偕美后进宫、国王如何生病、国丈如何找药、药引如何厉害一一讲与唐僧听。

这唐僧听闻，泪流满面，直骂昏君不顾百姓死活，只顾自己享乐，竟要吃小儿心肝延寿。

沙僧听闻，在一旁劝慰说："待明日见了国王再做分晓，或许，这国丈是个妖精，想吃人的心肝，才设计如此。"

孙猴子也附和道，说是明日再做打算，若是妖，就一把拿住国丈，救小儿性命。

只是唐僧唯恐这千余小孩被害，还是一万个不放心，孙猴子为了让师父安心，便开始施法术，刮起了一阵大风，叫来土地、城隍等一

众神灵，让他们施法安置这些小儿在各自辖内，不要让孩子受惊、挨饿。待他除掉妖精，劝国王不再伤害小儿性命之后，再把孩子送回。

众神一听是积德行善的好事，哪有不应允的。

一时间，满城的鹅笼全都随着这阵风飘向了城外。这便是唐僧西天取经路上的第六十五难——比丘救子。

说点儿"掏心窝子"的话

第二日，唐僧照例面呈国王，倒换文牒。孙猴子不放心唐僧独去，便变成一只虫子，暗中随行。

到了大殿，果见那国王满面病容，半倚在龙座上，连说话都断断续续，没有气力。

国王见是大唐圣僧，并未为难，取宝印画押，为其倒换文牒。

唐僧刚把文牒收好，就听人说国丈来了。

这国丈本是南极仙翁的坐骑——白鹿，趁主人下棋不备，偷偷下界来。在这已经当了三年的国丈，三年来，他在比丘国是说一不二，权势滔天，又自诩是从仙界而来，一向未把这些凡夫俗子看在眼里，对于国王更是一贯的爱搭不理。

只见白鹿精昂首阔步走到殿上，礼也不行一个，反倒要国王挣扎着从龙床起身来迎接他。

这也罢了，身为道家坐骑的白鹿精，只信奉自己所在的道教，对于佛教弟子唐僧是一百个看不上。他戏谑唐僧信佛不如归道，说僧人枯坐参禅，是盲修瞎炼，还口不择言地说："坐，坐，坐，你的屁股破！火熬煎，反成祸。"

唐僧被他戏弄得满面通红，还好，跟随唐僧一同进殿的孙猴子看出这国丈是妖精变的，就让唐僧先行回驿站休息，自己留下再观虚实。

唐僧一走，国王手下的官员就禀报城内鹅笼中的小儿尽被阴风吹走了。

国王一心指着这小儿心肝延年益寿，如今见城内小儿都没了踪影，是又急又气。

这白鹿精早就知道小儿丢失一事，刚才又在殿内见到唐僧，心里便料定是唐僧师徒从中作梗。他虽然从未惦记吃唐僧肉，可是，对于我不犯你、你却跑来坏我好事的行径，却记恨于心。这白鹿精今日上大殿，就是为了来取唐僧性命。

他知道，自己若是单刀直入，让国王杀唐僧，恐国王惧怕大唐国威不敢下手。今趁小儿都被大风刮走，言说唐僧心比小儿心当药引更好，不怕国王不言听计从。

只见白鹿精的态度来了个一百八十度的大转弯，对国王说："陛下不必烦恼，这些小儿被刮走，是上天在护佑您呢！今天，我在朝堂之上，见这唐僧是十世修行的好人，他的一颗心比那千万个小儿的心，功效还要强上万倍。只要用唐僧的心配上我的药，定可保你长寿万年。"

这国王一听，立马乐了，吩咐照办。

只不过，白鹿精千算万算，没有算出孙猴子此时就在殿内，把他的计划全听了去。

孙猴子赶快飞回驿馆，与师父把所听之言细细说明了。唐僧被吓得两脚直打哆嗦，好在，孙猴子想到一个办法，他用泥捏了张猴脸贴在唐僧脸上，自己则变成师父的样子，替唐僧前往大殿与妖精斗智斗勇。

只可怜那唐僧虽逃得剖心之难，却被八戒用尿泥和的面具给熏得头痛，也不敢言。

白鹿精眼见唐僧就要被自己加害致死，满心欢喜。

可是，他哪里知道，这唐僧是孙猴子所变，别说取心，就是取其

头颅，他也能再长上。

只见孙猴子听国王说是取心用来作药引，半点儿也不害怕，还开玩笑说，我的心多，你要哪一颗呢？

白鹿精还记恨着唐僧一行多管闲事，于是恶狠狠地说："要你的黑心。"

这孙猴子也不急，还笑道："好嘞，我若有黑心，你们尽当取去用。"

满大殿，只有这国王昏聩，还谢孙猴子肯借心给自己吃。

说着，便将孙猴子的胸剖开了，只见从孙猴子的胸腔内滚出一大串心脏来，什么红的、白的、黄的，悭贪心、利名心、嫉妒心、计较心、好胜心、望高心、侮慢心、杀害心、狠毒心、恐怖心、谨慎心、邪妄心、无名隐暗之心、种种不善之心皆有，唯独没有黑心。

那国王哪见过这阵势，被吓得不轻，还嚷道："快点儿，把心收回去吧！"

这孙猴子用法力把心全部收了回去，转眼就变了脸，对着白鹿精说："现在，该取你的黑心给国王做药引了。"

白鹿精一看眼前之人并非唐僧，而是孙猴子所变，心里不由发怵。

这白鹿精给寿星当坐骑，对天上的事自然是门儿清，他怎会不知孙猴子的厉害，抽身就想逃。

这孙猴子最是争强，被他戏弄了这么久，如何肯放他走，于是腾云追上来就打。两人打斗了二十余回，那白鹿精越发不是对手，只好虚晃一杖，化身一道寒光跑了。

孙猴子回到殿上，寻得躲在殿后的国王，把国丈是妖的事情说了，又问国王，可知国丈家在何方。

这白鹿精是聪明一世，糊涂一时。他撒谎说是用小儿心肝做药引，那瞎话编的是一溜一溜的，却给国王留了一个真实的住址。

或许，是他过于自信，料定国王不会寻上门来，就算寻上门来，也不是他的对手吧！

孙猴子和八戒按国王所说的地址找到城外的柳林坡内，只见这里柳林成片，树荫浓郁，却并未寻得妖怪所说的湾华庄。无奈，只得寻来土地神一问究竟。

土地神答道："在南岸九叉头一棵杨树根下，左转三转，右转三转，用两手齐扑树上，连叫三声开门，即现清华洞府。"

大圣依言寻去，果然找到了白鹿精。

那白鹿精此刻正在里面与白面狐狸说着自己三年心血、计谋一朝尽失之事。不料孙猴子打上门来了，只得迎战。

八戒在外面听到里面打斗，也在外面动起手来。谁料，白鹿精不但寻了个白面狐狸精当同伙，就连他们居住的大树都成了精，被八戒一耙子打出一股子鲜血来。

白鹿精眼瞅着自己腹背受敌，也顾不得同伴白面狐狸了，又化成寒光跑了。只可惜，他跑得再快，也跑不过自己的主子——南极仙翁。

在南极仙翁的呵斥下，他不得不现回原形，面对被八戒当头打死的白面狐狸，他虽有千万不舍，却连哟哟之声都不能尽情发出，就被南极仙翁一掌打得再也不敢吱声了。只能眼睁睁地瞧着自己的洞穴被烧后，驮着南极仙翁重回那没有自由的天庭去了。

倒是那国王拣了个大便宜，吃了南极仙翁的三个火枣得了长寿；而满城的小儿，在白鹿精离去后，被各路神仙护着回了家。一时间，比丘国内皆大欢喜。只有这白鹿精胡闹了一圈，赔了同伴，又丢了老巢，还失了自由身，啥也没捞着。

在这场劫难中，唐僧师徒帮助国王认清了谁是真的"好心人"，谁是邪恶的妖怪。因此，这西天取经路上的第六十六难便是"辨认真邪"。

西游 还可以这样读

白毛老鼠精
妖怪也是关系户

"八十一难"之第六十七、第六十八、第六十九难

主人公　白毛老鼠精
武　器　双股剑，绣花鞋
特　点　恋爱脑，认了李天王和哪吒作亲。
弱　点　能力不高，爱耍小聪明。

世人皆知，托塔李天王李靖膝下有三个出类拔萃的儿子，但鲜有人知他还有两个女儿，一个女儿叫贞英，是亲生的闺女，还有一个是认的义女，本体是一只白毛老鼠精。要说堂堂的托塔李王天为什么会认一个妖精当女儿，其中的缘由倒也不复杂，这只老鼠精出生在灵山，自小就在佛祖所在的地方待着。直到三百年前，它因偷吃了如来佛祖的香花宝烛被迫出逃，半路上被赶来的李天王父子抓住。李靖原本想直接打死老鼠精了事，结果佛祖却要求放它下界。从此，老鼠精便开始供奉李天王和哪吒的长生牌位，每日上供勤勤勉勉，权当作是做了李靖的义女，也算是有了背景。

白毛鼠施计博同情

白毛老鼠精下凡之后，就在陷空山无底洞落草为妖，经过了许多年，不仅有了华丽的洞府，招了很多仆人，还逐渐出落成一个绝世美人，她那张脸总结起来就是："团团粉面若银盆，朱唇一似樱桃滑。端端正正美人姿，月里嫦娥还喜恰。"

拥有这样一张脸，老鼠精自然是十分骄傲，所以对未来对象的颜值也是有非常高的要求，一心想着找一个帅哥，要不然多对不起自己这张脸。但是要求高了，方圆百里合适的人选就太少了，所以老鼠精陷入了难找对象的困境。直到有一天，她听到消息，说去西天取经的唐僧师徒即将路过陷空山，那唐僧可是个远近闻名的帅哥。老鼠精一听就不淡定了，心想这唐僧虽然说是个和尚，但是只要抢来成了亲，就凭自己这张脸不怕他不动心。接着，老鼠精开始盘算着怎么把唐僧抓过来，她知道唐僧不是一个人，身边还有三个徒弟，都是武力超群，尤其是大徒弟孙悟空，更是招惹不起。老鼠精低着头思索了好一会儿，最终得出的结论是不能硬来，要智取，她还听说唐僧慈悲心肠

泛滥，如果能利用好这一点说不定要轻松很多。想到这里，老鼠精已打定主意，只需要静静等待着唐僧来就好了。

那边妖精已经在等着了，但是这边唐僧他们可不知道呀，师徒四人夜以继日地赶路。这天，他们来到陷空山前，路过一片黑松林时，唐僧喘着气，对着孙悟空说："悟空啊，为师有点儿饿了，要不我们先找点儿吃的，吃饱了再继续赶路吧。"猪八戒一听这话，眼睛一下子就瞪大了，在一边疯狂附和。于是孙悟空就把师父安顿在松软的落叶层上坐好，自己驾云化斋去了。看孙悟空走了，躲在暗处的老鼠精窃喜，真是得来全不费功夫，最硬的茬儿就这么走了，看着坐在那里面容俊朗、气质不凡的唐僧，老鼠精喜欢得不得了，下定决心一定要得到他。于是，她施法变作一个被绑在树上的凡人女子，带着哭腔冲着唐僧的方向大喊救命，唐僧听到动静，果不其然又大发善心，带着徒弟往这边来查看情况。看见一个美貌女子被绑在树上，猪八戒当即就把她救下来，恰好这时孙悟空回来了，半空中就冲着唐僧大喊："师父莫要再犯心慈之错，这女子是个妖精！"

唐僧想着一路走来自己吃的这种亏好像也确实不少，但是又不忍心抛下可怜人不管，想着这若不是妖怪，那岂不是害了人性命。老鼠精暗咬银牙，没想到这猴子居然这么快就回来了，她憋着一口气，又装作一副可怜样，说："这位师父放着活人见死不救，还好意思去拜佛取经吗？"

唐僧一听这话，心中的天平瞬间倾斜了，不顾孙悟空劝阻，从树上解下老鼠精，还要带着她走一段。由于唐僧不辨善恶，把妖怪带在自己身边，即将给自己带来可怕的灾难，所以，"松林救怪"便是西天取经路上的第六十七难。

走着走着天黑了，一行人找到一座寺院借宿一晚。寺院里的和尚非常热情，一边安排斋饭招待他们，一边给他们准备住的地方。因老鼠精是一个女子，不方便与他们住在一处，于是那和尚便把老鼠精送到天王殿去休息了。原本想就住一夜，结果人算不如天算，唐僧那弱不禁风的小身板晚上着了凉，头痛不止，所以几人只好继续留在这儿休息，一留就是三天。**这便是唐僧西天取经路上遇到的第六十八难——僧房卧病。**

　　老鼠精本身是个妖精，肚子饿了是要吃人的，所以她每晚都会在天王殿里等着来念经的小和尚……三天过去，寺里的小和尚发现有人不见了，私下里都在猜测这是怎么回事。恰好他们的聊天被孙悟空听到，孙悟空一听就觉得古怪，直觉告诉他定是有妖精作怪，于是当天晚上自己变成个小和尚来到天王殿，一直等到半夜，突然感觉背后一阵凉风吹来，接着听到环佩叮当作响，转头看见一个美貌女子走进殿来。那女子不是别人，正是白毛老鼠精，妖精一进来就来拉扯孙悟空，说要和他快活快活，孙悟空顺从地站起身，老鼠精在他身后亮出尖利的爪子，正要下手，只见孙悟空跳起来一下变回原样，拿出金箍棒劈头就打。老鼠精拿出双股剑迎上去，打了没多久老鼠精就显出了颓势，慌忙甩出左脚的绣花鞋变成自己的模样，使了一招金蝉脱壳挡住孙悟空，自己化成一阵清风闯进方丈的屋里，捉住唐僧跑回了自己的老巢无底洞，把唐僧关在其中。**这便是唐僧西天取经路上遇到的第六十九难——无底洞遭困。**

再说一遍，孙悟空不能吃！

　　等到孙悟空回房一看，唐僧的影子都没了，气得拿起金箍棒就要打八戒和沙僧。沙僧苦苦求饶，孙悟空才收起了棒子。此时天光渐亮了，孙悟空师兄弟三人找土地、山神等打听到了妖精住在陷空山无底洞里。于是他们急忙赶过去，到了陷空山中，孙悟空叫猪八戒先去

打探打探消息。猪八戒扛着钉耙走进山凹深处,远远看见两个女子在打水,于是变成个胖和尚走上前去搭讪,打听到这两个女子是奉主子的命令来挑水,好回去安排成亲的筵席。

猪八戒连忙回去把这个消息告诉了孙悟空。孙悟空心想这妖精真是色心不小,于是三人一起远远地跟着那两个女子进到山里,走到一座上头刻着"陷空山无底洞"六个大字的牌楼,牌楼下有一个深不见底的洞穴,估计这就是传说中的无底洞了。

孙悟空叫八戒和沙僧守住洞口,自己纵身跳进洞里,好长时间才到洞底,落地后他变成苍蝇飞了进去,沿着弯弯曲曲的路飞到大厅,只见厅内到处贴着喜字,挂着红绸,那女妖精打扮得花枝招展,正在吩咐小妖怪摆好筵席,要跟唐僧成亲呢。悟空一听,连忙向里飞,去寻找师父。

老鼠精把唐僧劫回来之后就把他安置在自己的卧房里,孙悟空绕了好大一圈才找到唐僧,唐僧一见孙悟空,感动得眼泪都要流出来了,连忙让孙悟空赶紧救他出去。孙悟空忙安慰师父,对他说:"等会儿在宴席上,师父假意迎合,和那女妖精敬杯酒,我就变成小虫飞进去,让那妖精喝进肚里,看我不给她点儿颜色瞧瞧。"师徒俩话音刚落,老鼠精就进来了。

老鼠精一心想和唐僧成亲,恨不得二十四小时盯着他,好不容易把婚礼布置妥当,就迫不及待地进房里找唐僧。她搀着唐僧走进亭子,刚坐下就见唐僧给自己倒酒,心里欢喜这和尚还是逃不过自己的美貌,于是接过唐僧递过来的酒正要喝,却看见杯沿边上有只小虫子,就用小指把虫向外一弹,孙悟空还没反应过来就被弹飞出去,只好又变成苍蝇,飞到脸色苍白的唐僧耳朵边上说:"师父,后面有个花园,你哄她到那棵桃树边上去。"

于是唐僧就站起来,要老鼠精陪着去后院散散心。老鼠精立马满

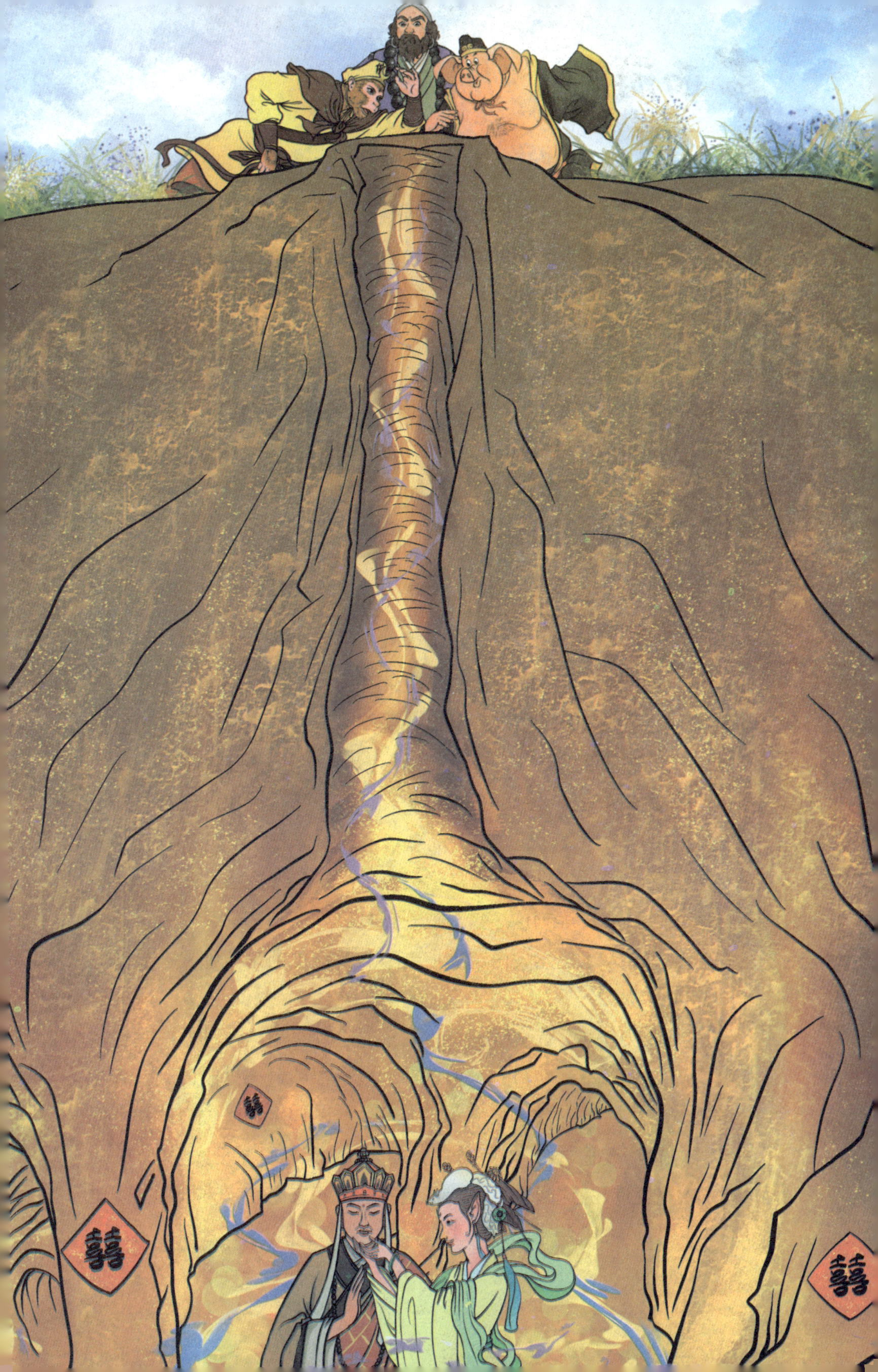
囍
囍
囍

口答应,挽着唐僧就走进了花园。妖精一边欣赏着唐僧的脸,一边温柔地和他聊天。二人走到桃树边,孙悟空从师父面前飞过,飞到桃树枝上变成颗大红桃。唐僧见状,立刻秒懂,就走过去摘下桃子,递给妖精吃。

老鼠精乐滋滋地接过去,刚张开嘴,那桃子一下就滚进了肚里。老鼠精正惊讶呢,顿觉腹痛难忍,原来孙悟空进了她的肚子后就开始连踢带打。妖精疼痛难忍,倒在地上又滚又叫,直喊求饶。听到肚子里孙悟空让她放了唐僧,她也只能连声答应,挣扎着爬起来把唐僧送出了洞。

原来是托塔天王的亲戚

等到出了洞,猪八戒和沙僧带着唐僧已经跑远,孙悟空才叫妖精张开嘴,自己纵身跳了出来,拿出金箍棒朝着妖精就打,老鼠精本就气愤,拿出双股剑迎了上去,打了一会儿,老鼠精心想他们人多力强,于是故伎重演,又脱下绣花鞋变成自己,猪八戒和沙僧看见以为是妖精,急忙抄起兵器迎上去,而老鼠精的本体已经借机逃跑了。

妖精见唐僧三个徒弟都被自己引开了,于是逮住唐僧和行李、马匹一块儿回洞了。等到这边猪八戒一耙打倒妖精,却只见一只绣花鞋落在地上,三人才恍然大悟这是上当了,就连忙回来找师父,但师父早已经不见了。

这回孙悟空可没有耐心再乔装了,他进洞之后抡起铁棒,到处找妖精,却始终找不到妖精的一根毫毛,只是在路过一处时闻到一阵扑鼻的香气,寻着香气找过去,发现那里供着两块金字牌位,一块上面写着"尊父李天王之位",另一块上面写着"尊兄哪吒三太子之位"。

孙悟空心想,这回总算是让我逮着了,原来是有老熟人啊,于是拿起牌位就闯上天庭要人去了。孙悟空拿着牌位，驾着云一路到了灵霞殿，要找李天王和哪吒讨个说法，他扯着脖子就要他们还自己师父来。李天王怒道："我统共三个儿子，一个女儿。女儿贞英今年才七岁，还不懂事，怎么会去当妖怪！"说着就要捆孙悟空，旁边的哪吒连忙拉住父亲，说："父王可还记得三百年前白毛老鼠精一事？当年佛祖留了那妖精一命，让她下凡去了，想来孙悟空所说的就是那白毛老鼠精。"

李天王一听，记忆涌上心头，顿时醒悟，忙对着孙悟空施礼赔罪。玉皇大帝见状就让李天王和哪吒带领天兵天将跟孙悟空去陷空山捉拿妖精，把唐僧救出来。

李天王等人不一会儿就来到了陷空山上，领着天兵天将打入无底洞。老鼠精一见李天王来了，哪还顾得上成亲，只知道跪在地上求饶。哪吒见状，冷着脸取出缚妖索把她捆住，押回天庭等候发落。孙悟空忙搀着唐僧走出洞，师徒四人收拾了一下就慌忙继续赶路了。

豹子精
高质量妖怪的智商碾压

"八十一难"之第七十、第七十一、第七十二难

主人公　豹子精

武　器　金刚锤、五爪钢钩

特　点　残忍歹毒、身边有个高智商的随从，利用智商优势耍了孙悟空。

弱　点　贪婪、残忍，武力值低、部下少。

唐僧师徒从无底洞中逃出来，继续西行，很快到了一个叫灭法国的地方。这个地方之所以叫灭法国，是因为这个国家的国王发誓要消灭佛法，还说要杀够一万个和尚才肯罢休。

唐僧一行人来到灭法国之前，王国已经杀了九千九百九十六个和尚，和尚们见国王如此残暴，自然不敢再到灭法国，因此国王等了很久，也没有凑够一万个。唐僧师徒——四个和尚来到灭法国，正好"雪中送炭"，为国王凑够了一万个和尚。一旦被国王发现他们的身份，必然会杀死他们。**这便是唐僧西天取经路上遇到的第七十难——灭法国难行。**

为了扭转灭法国国王对和尚的偏见，孙悟空使出了一个绝招——他趁着灭法国国王、大臣夜里睡觉的时候，给这些人全都剃成了大光头，这样一来，大家都变成了"和尚"，再要杀和尚，只好自己杀自己了。从此之后，灭法国国王再也不提杀和尚的事儿了，就这样，唐僧师徒顺利地通过了灭法国，来到了一个叫隐雾山的地方。

在隐雾山折岳连环洞里，有一个豹子精，名叫南山大王。这南山大王，虽然幻化成了人的样子，但是全身的皮肤还是金黄色打底，其上布满黑色斑点，看上去又滑稽、又恐怖。

与其他从天庭逃到人间的妖精不同，豹子精可是个妥妥的本地人，当年还是只豹子的时候，就喜欢钻进人家里吃人，变成妖精更不得了，凡是从附近经过的人，不管你是明星偶像还是帅哥美女，都给你抓进洞里吃个干净。

豹子精是个货真价实的野兽，不对，应该是比野兽更厉害、更残忍。他的洞中有一个亭子，名叫"剥皮亭"，单听这个名字，是不是就觉得很惊悚？还有更惊悚的地方呢，但是我怕吓到你，就不说了。

这天，唐僧师徒四人来到隐雾山时，突然狂风大作，一阵浓厚的白雾包裹住了整个山谷，唐僧吓得在马上瑟瑟发抖，说什么都不往前走了。

265

唐僧说："这么高的山，这么浓的雾，要是这么稀里糊涂地走进去，为师肯定会被妖怪吃掉。"

"你们三个法力高强，可是为师……"唐僧正要开始唠叨，孙悟空赶紧打断他说："师父别怕，徒儿去看看，前面有没有妖怪。"

孙悟空脚一踢，一下子就飞到了天上。果然悬崖边上有一群妖怪正在那里作法，白色的雾气从他们嘴巴里喷了出来，把整个山都湮没了。**这便是唐僧西天取经路上遇到的第七十一难——隐雾山遇魔。**

这里面最厉害的就是狼妖，狼妖刚刚在这条路上抓了一个砍柴的老汉，现在正准备迎接下一个猎物，没想到孙悟空正在头顶的云上瞧着他。

"一二三四五六七八……"孙悟空眯着眼睛数了数妖怪的数量，才十几个，金箍棒扔下去他们就没命了。孙悟空想："嘿嘿，我不如找八戒来练练手，也好让他减减肥。"说完就回到唐僧的身边。

孙悟空对唐僧说："师父，我刚才去看了，前面的浓雾不是妖怪，而是一家富贵人家在蒸馒头，飘出来的白烟。"

猪八戒一听有馒头，馋得口水直流。连忙对唐僧说："师父，你看白龙马都饿得走不动了，我带他去吃吃草，等我回来咱们一起去吃大馒头。"还没等唐僧同意，他就牵着马赶紧走了。

转过一个山坡，猪八戒就变成一个胖和尚朝悬崖走去。"吃葡萄不吐葡萄皮，不吃葡萄倒吐葡萄皮。"猪八戒装作念经的样子，傻乎乎地走到妖怪堆里。

野狼怪惊喜地大喊："哈哈，又来一个，还是送上门的。"

说完就和其他妖怪一起扑住猪八戒。

猪八戒还以为他们都是邀请他去吃饭的人呢，害羞地说道："大家真是太热情了，我都不好意思了。"话还没说完，野郎精就给了他一个大耳光："你想得美，还想吃我们的饭？先让我尝尝你好不好吃吧。"

说完就朝猪八戒咬了一口。猪八戒疼得哇哇大叫，提起九齿钉耙就把妖怪们打散了。

"这个死猴子，竟敢骗我，看我回去怎么收拾你。"说完就抡着钉耙朝妖怪们冲了过去。狼妖也不示弱，提着铁棒槌和猪八戒对打，只听叮叮当当响成了一片。猪八戒躲过一个暗器，又踢飞一只黄鼠狼，真是帅呆了。你们别看猪八戒老是偷懒耍滑，再怎么说，人家当年也是天蓬元帅啊，别说打一个狼妖，就是这十几个妖怪一起上，猪八戒收拾他们都绰绰有余。"哈哈，你们一起上吧。我打完还得收拾猴子去呢。"

狼妖一看局势不妙，赶紧逃跑了。

此时的花豹精正在洞里睡午觉，突然一声尖叫吓得他滚到了地上。

"哇呜，是哪个不长眼的，打扰本王午休。"狼妖赶紧报告了猪八戒的事情。花豹精气得眉毛都竖了起来，拿起家伙就冲出了洞府。

铁杵"轰"的一声撞上了猪八戒的钉耙，冒出的火花好像夜空中的闪电。猪八戒也毫不示弱，"唰"的一声，钉耙打向豹子精的铁杵，山顶的石头震得滚落山谷。两人大战了十几个回合分不出胜负。这时，豹子精爪子一挥，几百只小怪把猪八戒团团围住，长枪短炮全都朝猪八戒打来，猪八戒被逼得朝悬崖边连连后退，再退一步就要摔下去了。

"怎么这么久还没回来？我得去看看。"孙悟空开始担心猪八戒了，他踩上筋斗云飞向悬崖边。

猪八戒正踩着一块松动的石头在和一群妖怪对打，半个身体已经悬空在悬崖外了，就在这危急关头，孙悟空大喊一声："八戒别怕，师兄来救你。"

猪八戒一听孙悟空来了，得意地朝豹子精大笑："哈哈，我师哥来了，我不怕你。"变得更加勇猛起来，没想到的是，他靠自己一个

人的力量，竟也打赢了。

吃了败仗的豹子精，坐在洞里唉声叹气，角落里一只年迈的妖怪鬼鬼祟祟地挪到他的身边，说道："大王，我有办法，让你既能打败孙悟空，又能吃到唐僧肉。"

老妖怪的调虎离山计

原来这个老妖怪，当年参加过狮驼岭的战斗，被孙悟空打得鸡飞狗跳，幸亏跑得快，才能到豹子精的洞里当手下。

老妖怪指了指洞外说道："大王，这孙悟空虽然神通广大，机智过人，但是他没有咱们歹毒啊。我有个办法，能够轻松把唐僧抓过来。"

老妖怪又神秘兮兮地说："这个妙计，就叫作——调虎离山。接着，就凑到豹子精的耳边说了会儿悄悄话。

豹子精兴奋地拍拍大腿说："好，我们明天就行动。"

第二天，唐僧师徒四人继续上路，走着走着，山上碎石滚落，花豹精"呼"的一下就朝唐僧扑了过来，猪八戒抽出钉耙和他对打起来。花豹精边打边朝山下跑："你来追我啊，抓到我算你厉害。"猪八戒什么都没想就追了过去，一会儿就消失在山谷里。

过了没多久，花豹精又从山谷扑了出来，朝唐僧脖子咬去。孙悟空又提着金箍棒和他对打，花豹精边打边往山上跑："你来抓我啊，抓到我算你厉害。"孙悟空也想都没想就跟了上去，一会儿就消失在了山顶上。

又过了一会儿，花豹精又从草丛里蹿了出来，锋利的爪子抓向唐僧的心脏。沙和尚拿起武器跟了上去，不一会儿，也消失在了路上。

此时的唐僧一个人骑在马上，他却不知道，此时头顶的云上站着真正的豹子精。

豹子精奸邪的笑声，吓得唐僧瑟瑟发抖。"变化成我的小妖引走他们几个，唐僧就轮到我下手啦。"

只见他袖口一张，一个五爪钢钩从天而降，可怜的唐僧就像抓娃娃机里的玩偶一样被拎走了。

打完妖怪的三人回到大路上，路上只有白龙马孤零零地站在那儿，唐僧却不见了。他们这才意识到中了豹子精的调虎离山之计。

此时，山洞里的豹子精正和自己的手下们狂欢庆祝。

豹子精："来人啊，快上蒸笼，今晚我要吃清蒸唐僧肉。我就是长生不老的神仙了，哈哈哈。"

话还没说完，老妖怪就赶紧上前阻拦："不行，现在吃了唐僧，他的三个徒弟会来报仇，那我们可就完蛋了。"

老妖怪："我有个好主意，可以让大王放心地吃唐僧肉。"

而此时，孙悟空、猪八戒、沙和尚三人正漫山遍野地寻找唐僧的下落。猪八戒喊："师父，你在哪里呀？我这里有你最爱吃的大馒头，你快来吃啊！"

可是唐僧就好像从这个世界上消失了一样。

"猴子，你快看！"猪八戒指着悬崖下说，"那里有个山洞。"孙悟空用火眼金睛一看，洞里弥漫着许多妖气。"嗯，师父就在这里。"

猪八戒提起钉耙就朝石门锄了过去。"妖精，快放了我师父，不然我就把你的洞给砸了。"

吵闹声震醒了熟睡中的豹子精。

豹子精又吓得滚下了床，连忙请来了老妖怪问道："下一步，我们该怎么做？"

"大王，看我的吧。"老妖怪找来一个柳树根削成人头的样子，嘴巴一吹气，柳树根就变成一个人头。老妖怪拿起这个"人头"，扔出

了门外，装出一脸难过的样子说道："大圣，对不起，您的师父被我们大王给吃了。"

猪八戒看见人头就抱着哇哇大哭起来，刚号了几声，孙悟空给了他一个大耳光："呆子，乱哭什么，这明明就是个柳树根。"

猪八戒仔细一看，这才发现自己上当了。

"敢骗你猪祖宗。"猪八戒举起钉耙就把柳树根给打烂了。

豹子精见猪八戒把树根变的人头打烂了，急得赶紧回洞里问老妖怪道："假人头被戳穿了？该怎么办？"

老妖怪说："那你就去找个真人头给他嘛。"

说完，老妖怪就去剥皮亭里挑了个真人头，扔出了石门外。

看到真人头，孙悟空泪水"哗啦啦"地流，猪八戒和沙僧趴在地上哇哇大哭。

猪八戒抱着人头，找了个阴凉的地方埋了起来，攥起拳头看着孙悟空说："师兄，我们要给师父报仇。"

说完师兄三人就拿起武器，朝石门冲了过去。

孙悟空绕后偷家

猪八戒的愤怒，让他变成了大力士，他举起钉耙，几下就把石门敲了个粉碎。洞里的妖怪魂都要被吓飞了。此时，狼妖站了出来，号叫一声，"啊呜，兄弟们，反正他们都打进来了，不如我们去决一死战。"

"冲啊！"小妖们举起武器，叮铃哐当地敲了起来，吼叫声震得山洞呜呜作响。

花豹精受到大家的感染，激动得眼睛都变红了。

老妖怪见势不妙，赶紧按住他的手说："大王，我还有一个计策。"花豹哪里还听得到他的话，轮起铁杵大吼道："兄弟们冲啊，活捉孙悟空，我们一起吃了他们师徒四个。"

花豹见了孙悟空就开打。可他哪里是孙悟空的对手，孙悟空飞上云头，把金箍棒变得又粗又大，像根大筷子一样在山谷里搅来搅去，金箍棒划过的地方，妖怪都在使劲儿逃命，跑不了的就被压死了。

猪八戒这时也非常勇猛，拿着九齿钉耙，大力一抡，一排的妖怪就被抡飞了。此时的豹子精早就被吓傻了，当初一个猪八戒他都打不过，这下加了个战神一样的孙悟空，更没有胜算了。

"兄弟们快撤。"豹子精举起双手使出法术，突然大风刮起，浓雾弥漫。趁着猪八戒、孙悟空看不清的时候，豹子精驾着云雾就逃跑了。野狼精也要跑，结果被猪八戒乱舞的钉耙给打死了。

花豹精逃到了山洞深处，"啪"的一下关上门。

"吓死我了，差点儿就被孙悟空打死了。"花豹精捂着胸口吩咐小妖怪用石头堵上门，垒得足足有半人高。活刚干完，孙悟空三人就打上门来了。

"咚咚咚，咚咚咚"，可无论他们怎么砸，石门都纹丝不动。

花豹精得意极了："哈哈，打不开了。这下等他们走了，我还能吃吃唐僧肉。我才是那个笑到最后的人。"

门外的孙悟空死死盯着石门，眼睛一转："办法有了。"

孙悟空朝八戒喊道："八戒，这山洞有前门，肯定还有后门。我过去给他来个绕后偷家。"

说完他就绕到了山后面，只见山中有一个水沟"哗啦啦"地流出做饭用的脏水，孙悟空落在水沟上，一个小石门就出现在他眼前。

孙悟空摇身一变，变成了一只小蛇，歪歪扭扭地就从水沟里钻了进去。来到浅水区，孙悟空变成一只螃蟹，可螃蟹走得太慢，他又变成一只水老鼠，"嗖"的一下就窜进了花豹精的巢穴。

到了花豹精的巢穴，孙悟空又变成一只带翅膀的蚂蚁，"嗡嗡嗡，嗡嗡嗡"，不一会儿，就来到了花豹精的身边。

花豹精此刻正躺在床上喘粗气，突然小妖跑了进来："大王，好消息，孙悟空、猪八戒敲不开门都走了。"

花豹精立刻高兴地蹦了起来："哈哈，现在我能吃唐僧肉喽。上蒸笼、架烤箱，我今晚要吃大餐。"

他打死也想不到，此刻孙悟空就在他的身边。孙悟空得知师父没死，赶紧在洞里寻找，不一会儿，就来到唐僧身边。孙悟空拉着唐僧正要走，突然几只小妖怪推门进来了，孙悟空迅速拔下几根猴毛，嘴巴一吹，猴毛变成瞌睡虫钻进小怪的鼻子里。小怪们眼睛一闭，"啪"的一下脸着地睡了过去。

救走了唐僧，孙悟空带着猪八戒又来到连环洞中。

此时，洞里的妖怪都被孙悟空的瞌睡虫弄得昏昏沉沉，花豹精更是睡得口水直流。

猪八戒嚷嚷道："这些妖怪真是可恶，要是放了他们又会吃其他村民。"说完放了一把火，把整个洞都烧光了。

小心眼儿的玉帝

话说师徒四人打败了豹子精后继续前行，来到了一个叫凤仙郡的地方。

当地人对唐僧师徒说，凤仙郡本来是个气候宜人的富饶之地，但是现在接连三年不下雨，庄稼颗粒无收，民不聊生。孙悟空心想："这事儿简单，去找龙王来下点儿雨不就行了吗？"可是，当孙悟空找龙王求雨时，一直都"百依百顺"的龙王却犯了难，他告诉孙悟空："不是我不给你孙大圣面子，而是玉帝下旨了，不许给凤仙郡下雨。"

孙悟空很纳闷，问："玉帝为什么这样做？"

龙王说道："有一年，凤仙郡郡主因为家庭矛盾推翻了祭拜玉帝的祭台，给玉帝上贡的美食散落了一地，被狗给吃掉了。你说巧不巧，此时玉帝正好路过此处，看见自己的东西被狗吃了，勃然大怒，便下令不许给凤仙郡下雨。"

孙悟空心想："玉帝这个小心眼儿，就因为狗吃了他的祭品，便害得此地干旱了这么多年，真'狗'！"于是，孙悟空又来到天庭，想找玉帝求情。

到了天庭孙悟空发现，玉帝准备了一座面山、一座米山、一把黄金锁，面山前面有一只狗在舔面，米山前有一只鸡在啄米，黄金锁下有一盏油灯在烧。玉帝说了，什么时候狗把面山舔光、鸡将米山吃完、油灯把黄金锁烧断，才给凤仙郡下雨。

孙悟空心想："一只鸡、一只狗什么时候才能吃得完米山、面山？要是有头猪就好了！"一想到猪，孙悟空立刻联想到了猪八戒，他可是猪中饭桶啊！孙悟空立刻把猪八戒找来，让他去吃米山、面山，自己则用法术去烧黄金锁。

孙悟空还是低估了玉帝的法力，虽然当年他大闹天庭把玉帝折腾得够呛，但不代表玉帝就真的一点儿本事都没有——起码他捉弄人的本事特别大——猪八戒都要吃吐了，米山、面山是一点儿也不见少，孙悟空使尽浑身解数，也没能烧断黄金锁。无奈，孙悟空只好去向玉帝求情，说凤仙郡的人知道错了，已经改过自新了，请玉帝饶过他们吧。

玉帝见孙悟空来求情，心想："要是不答应这猴子，他又要跟我闹。"于是便下令给凤仙郡下雨。至此，唐僧师徒顺利地渡过了西天取经路上的第七十二难——凤仙郡求雨。

黄狮精
最"接地气"的妖怪

"八十一难"之第七十三、第七十四、第七十五难

主人公	黄狮精
武　器	四明铲
特　点	法力不咋强，买卖公平，欠账就还，身为妖怪却不仗势欺人，是诸位大魔王中最"接地气"的一位，也是下场最惨的一位。
弱　点	眼光差、信息闭塞。

黄狮精是妖却不像妖，他不吃人，也不作恶。以至于当取经队伍行至此处，孙猴子问起这山林可有妖怪时，得到的回答是这样的：州城之北，有一座豹头山，山中有一座虎口洞。也有人言洞内有仙，又言有虎狼，又言有妖怪。

黄狮精甘于平凡，闷头过着自家的小日子。当别的妖怪为了唐僧肉争得你死我活、孙猴子一路杀妖斩魔无数时，他竟连半点儿风声都没听到，以至于孙猴子把他打得落荒而逃时，他竟然还不晓得自己惹得是谁。

他平时行为检点，极为和善，为妖诚信，家里办宴席也只是用猪、羊、肉做席。他没和别的大魔王一样动不动就偷呀、抢呀，而是让手下小妖下山用银两采购，当得知给银不足时，还会及时补足欠款。当沙僧想看他新得的宝贝时，他也只当凡人的小心愿，给予满足，还贴心地说："客人，那中间放光亮的就是钉耙。你看便看，只是出去，千万莫与人说。"

只不过他纵有千好万好，却苦于消息闭塞，眼光太差。

兵器都被偷走了！

话说，唐僧一行在天竺国的玉华城，被敬僧礼佛的玉华王子留下吃饭。

怎奈八戒最是贪吃，听不得一个斋字，不顾自己样貌丑陋、举止粗鲁，跳起身来，就要讨吃的，把殿内众人和王子吓得不轻。

唐僧赶忙解释说："顽徒虽是貌丑，心却良善。"

哪知八戒这呆子不顾师父为自己打圆场，还一味粗鲁、莽撞地在殿内喧嚣。把养尊处优的王子吓得面容改色，心跳骤急。

王子家的三个小王子，个个好武好强，哪见得父亲被吓成如此模

样，于是一个个抡起兵器就要找唐僧一行打架。这三个小王子的理由还挺特别，说是长相如此粗糙的三人想必是山里的妖精吧！更巧的是，三个小王子的兵器，正对应孙猴子、八戒、沙僧的兵器，老大使的是齐眉棍，老二用的是九齿钯，老三拿了根乌油黑棒子。

三个小王子还没动手，就被孙猴子、八戒、沙僧三人神兵利器的万丈霞光给唬住了。

当孙猴子、八戒腾云驾雾于半空中，耍了耍招式后，三个小王子更是艳羡不已，要拜他们为师。

王子看自家孩子如此求上进，怎能不欢喜，于是亲自拜托唐僧，让他的三个徒弟收自己的儿子为徒。唐僧依允后，王子大喜，又亲自设了拜师宴，答谢唐僧一行。

三个小王子跟着各自的师父认真学武，一不喊累；二不叫苦。孙猴子三人看他们用功，又传授口诀，授万斤臂力于他们，他们竟也能拿动各自师父万余斤的兵器过招。无奈，终是凡胎肉体，小王子们没支撑太久，便累得气喘吁吁，瘫坐在地。

师父的兵器耍不动，那就削减斤两，造个"迷你版"仿品来用，也未尝不可。说干就干，一时间，王宫院内为打造兵器忙开了，又是买钢铁，又是搭厂、支炉铸造，好不热闹。这打兵器，却不是一日能完成的事情，孙猴子、八戒、沙僧索性把兵器留在王宫，让工匠依样慢慢打造。

这兵器放在王宫院内，发出的万丈霞光把离城七十里远的豹头山虎口洞内的黄狮精给招了来。

这黄狮精平日颇为老实、厚道，从未干过什么出格的事情，加之最近又新得了个美人，更是守着自家山头，连家门都不出了。

要不是孙猴子、八戒、沙僧的兵器自带霞光，在夜里发出瑞气般耀眼的光芒，他也不会出洞入城，顺走了三件兵器带回家。没见过什么世面的黄狮精只认得这三件物品是宝，却也没想想，城内为何突然有这般厉害的兵器？拥有此兵器的人岂是好惹的？黄狮精还天真地以为，自己和这些兵器有缘，捞了就往家跑。这便是唐僧师徒西天取经路上遭遇的第七十三难——失落兵器。

他这头跑得倒快，那头，孙猴子、八戒、沙僧三人见自家兵器没了，又急又怒。想想那几样兵器，最重的金箍棒有一万三千五百斤重，不是凡人能拿得动的，孙悟空猜测，此处或有妖怪。问王子，王子也不太清楚，只是说豹头山的虎口洞，有些不同寻常，有人说洞里住着神仙，有人说住着虎狼，又有人说住着妖怪。那孙猴子一听便知有蹊跷，直奔豹头山去了。

夺回兵器，捎带抄家！

这边，黄狮精回到洞内，是喜不自禁，越看三样兵器越可爱，尤其是猪八戒的九齿钉耙，在他眼里和自己的四明铲简直就是一对"农耕"好搭档，直接就放在了自家厅堂正中的桌子上，这还不算，竟要张罗着办个"钉耙宴"。这便是唐僧师徒西天取经路上遇到的第七十四难——会庆钉耙。

想想也是，这黄狮精既不杀人也不掳货，手下还有一帮小妖要养活，除了在山头开荒种地、自给自足外，实在没有太多挣钱的营生。估摸着他是想，自己得了这般趁手的"农具"，来年丰收有望了吧！怎能不办个宴会提前乐和乐和呢？

独乐乐不如众乐乐的道理，黄狮精还是懂的。只奈，他除了拜竹节山的九灵元圣——九头狮子为师祖外，和妖界其他妖怪并无什么联系，这也是他信息闭塞、不知唐僧一行厉害的原因。此时要办"钉耙宴"，他首先想到的就是要孝顺自己的祖爷爷——九头狮，让他老人

家来瞧瞧宝贝，解解闷。于是，黄狮精写了拜帖，让青脸小妖拿着去请祖爷爷。

既是办宴席，哪能不治些菜肴。突破所有人对于妖怪的认知，黄狮精竟然拿了二十两银子，差手下"刁钻古怪"和"古怪刁钻"这俩小妖去山下采购猪、羊、肉用来办席。环顾整本《西游记》哪里还能寻得如此"接地气"，不像妖怪的妖怪呢？

俩小妖也是乐呵呵地接受了这项能揩油的差事，两人在路上还商量落个二三两银子，买件过冬的棉衣穿。却不承想，这些话，竟然被上山来寻兵器变成蝴蝶的孙猴子听得清清楚楚。孙猴子施法，把两个小妖定住，搜了他俩的腰牌同二十两银子，回城去想办法了。

回到城中，孙猴子让王子寻了几头猪、羊给沙僧，让他扮成商贩，自己和八戒则变成小妖"刁钻古怪"和"古怪刁钻"直奔豹头山去。

路上，孙猴子一行正巧遇上去竹节山呈拜帖的青脸小妖。

小妖问沙僧是何人，孙猴子诓他说是贩猪、羊的商贩，因采购超标，大王给的银两不够用，还欠他几两银子，带他回家去取。那小妖听了竟不起疑，还把自己前往竹节山请老大王吃席，会有四十余位出席的话都一股脑儿地倒与孙猴子听。最后，连带拜帖都拿出给孙猴子瞧了。

孙猴子与这青脸小妖别过，来到了黄狮精居住的洞口，见一众小妖在门口玩得不亦乐乎。小妖们见孙猴子和八戒变成的"刁钻古怪"和"古怪刁钻"把猪、羊都买回来了，便上前帮忙捉猪抓羊。

自打开始准备办"钉耙宴"，黄狮精是片刻也不得闲，下拜帖、采购猪羊、收拾洞府。这会儿，他心里正盘算二十两银子置吃食够不够，就听到洞外猪号羊叫，好不热闹，便知是派出采购的小妖回来了，于是立马出洞查看。

只见黄狮精先和两个小妖打了个招呼，便问采购了多少猪、羊。

孙猴子一一作答，并把提前编好的，采购所需银两不够，还差沙僧五两银子的话也一并说了。

这黄狮精听了，也不盘账，更不赖账，立马让手下再取五两银子与沙僧，打发他走了，真可谓是妖怪界里第一诚信。这还不算，更为离谱的是，黄狮精在得知沙僧想看看他新得的宝贝时竟然应允了。虽然他先是把自家小妖骂了一通，说他多嘴，把自家事说与外人，但还是满足了沙僧的小心愿。

而他骂小妖多嘴的原因竟然是，如若被玉华州城内的王子得知，来向他讨要，到时自己该如何处置，给还是不给？这哪里像妖，更像一个好面子的普通人，挣了钱，藏着掖着，不为别的，就怕邻居知道，要来借。借吧！不舍。不借吧！又伤和气。

哎！这黄狮精没有孙猴子的火眼金睛，面对上门来找兵器的孙猴子师兄，竟无半点儿防备。他被孙猴子变的小妖三句二句哄得团团转，不仅给沙僧看宝贝，还答应管他饭吃。黄狮精半点儿架子也没有，亲自陪同沙僧去看宝贝，还不忘嘱咐沙僧说："客人，中间放光亮的就是钉耙。你看便看，只是出去，千万莫与人说。"

没火眼金睛也就罢了，黄狮精也没半点儿眼光，这三样宝贝中，威力最大的如意金箍棒竟被他放在东山头地上立着，与西山头沙僧的降妖杖一并衬托起那柄他最爱的八戒所使的九齿钉耙。

怎奈，黄狮精对九齿钉耙的喜爱，竟没有得到钉耙主人英雄所见略同的惺惺相惜。八戒一见自己的兵器，现了本相，拿了钉耙，照着黄狮精就揍。孙猴子和沙僧一见，这都打起来了，也别装了，开战吧！

黄狮精久居山野，又没什么交际，也不晓得唐僧一行的厉害。他更不知这三人就是宝贝的主人，反倒怪孙猴子诓骗自家宝贝，被孙猴

子毫不留情地骂了回去。黄狮精的四明铲哪能敌得过孙猴子师兄弟的三样神器。不一会儿，黄狮精便抽身跑了。

孙猴子带着八戒和沙僧把洞内百十余口的妖精尽皆打死，原来，这些妖精全都是些虎狼彪豹、马鹿山羊。他们又把黄狮精藏的细软物件，连同带来的猪羊与这些虎鹿的尸首一同带回了玉华州城内，临走，还不忘放一把火，把这妖怪洞府烧得干干净净。

又是神仙坐骑"作妖"

黄狮精败走后，直奔竹节山九曲盘桓洞，找自己的祖爷爷——九灵元圣为自己出头。

黄狮精一入洞内，便把自己所遭受的委屈与祖爷爷说了。

那九灵元圣原是一尾九头狮子，本是太乙救苦天尊的座驾，趁看管自己的小童偷喝太乙天尊的轮回琼液沉醉之际，私下凡间来的。他法力高强，下凡为妖后收了黄狮精并狻猊、抟象狮、白泽、伏狸、猱狮、雪狮这七头狮精为徒孙。

九头狮子听闻自家孙儿受了孙猴子的欺负，虽怪黄狮精没眼光，错惹了闯祸头子孙猴子，却还是答应把孙猴子一众连同玉华王子都擒来给黄狮精出气。

黄狮精跟随祖爷爷与众师兄一同向自家山头出发。一路上，黄狮精都在盘算如何打败孙猴子，好出了心头这口恶气。

谁料想，到了山头，没见着孙猴子，却见刁钻、古怪二人在那里哭自己。黄狮精再一看，自己的洞府已经被烧，合家老小没了踪影，那娇滴滴的美人也被烧死了。自己辛苦半辈子积攒下的偌大家当，全都化为乌有，心中怎能不痛。这份痛是别的妖怪所不能体会的，别家妖怪，所有财物要么偷、要么抢，来得容易，只有这黄狮精的所有产业，都是靠自己省吃俭用，一滴滴汗珠落地上摔八瓣，用力气挣来的。

黄狮精此刻跌坐在地上，泪如泉涌，他恨孙猴子下手太狠，直气得要背过气去。

九头狮子看着难受，让猱狮把他拉起来，劝道："事已至此，哭也没用，我跟你去城里报仇。"

这不劝还好，一劝，把黄狮精整治家业的种种辛酸都勾了起来，想想自己用命挣来的家业如今被毁于一旦，自己还活个什么劲儿，不如死了好。于是，黄狮精当场就要撞石自杀，还好，被雪狮、猱狮等拉住，这才没死成。

九头狮子带着一众徒孙入城而去，一时间飞沙走石，把玉华城给搅了个乌云密布，吓得人们纷纷找地方躲藏。只有孙猴子连连叫好，省得自己还得寻那妖怪，直接上前迎战去了。

这一众妖怪与孙猴子师兄弟三人打得是天昏地暗，难解难分。八戒一个不留神，竟然被雪狮、猱狮给活捉了。孙猴子和沙僧也被打得落花流水，惨败而逃。**这便是唐僧师徒西天取经路上遭遇的第七十五难——竹节山遭难。**

大败一场后，孙猴子急中生智，拔出一把毫毛，变成百十个小孙行者，把攻打自己与沙僧的白泽、伏狸、狻猊、捕象并黄狮精团团围住，这才抽出身来，重新加入战斗，并活捉了狻猊、白泽两头狮子，扳回一局。

第二日，黄狮精与师兄弟五头狮子和孙猴子、沙僧再次对战，而九头狮子得了空，驾着黑云来了个偷袭，把唐僧与王子和三个小王子噙入口中拿住。这九头狮有九个头，一头噙一人，加上八戒共用了六头，还有三头空着。

这黄狮精眼见祖爷爷得胜，与其他师兄弟越战越勇。

孙猴子无奈，只得故技重施，又拔了一把毫毛，变作千百个小孙行者帮忙，这才活捉了白泽、伏狸、抟象几头狮子，而黄狮精则被他曾经竖在东头地上的如意金箍棒给一棒打死了。

那边，九头狮子把唐僧等人噙在口内，带到了洞府。九头狮子正愤恨黄狮精被杀、诸徒孙被俘，孙猴子和沙僧竟找上了门。那九头狮子也不带兵刃，张口便把孙猴子与沙僧噙在嘴里，带回洞内，着小妖绑了，好好拷打，好替死去的黄狮精出气。

这黄狮精若在天有灵，估摸会被九头狮子的报仇法给气活过来，那孙猴子原在炼丹炉里熬炼过的身体，怎会怕柳棍的抽打。只有唐僧、八戒与王子父子被唬得不轻，吓得直打战。

孙猴子眼瞅打不过九头狮子，只得抽身逃了，临了还不忘把洞内仅剩的三个小妖压成肉饼，连同洞中的层层门防也都打破了。

好在，他得到消息，说九头狮子是太乙救苦天尊的座驾，便腾云驾雾去搬来了救兵。

这九头狮子见到自家主人，只得俯首帖耳，现回原形，任凭看管自己的小童打骂也不敢作声。

这报仇的事情就此别过，再也不提。

犀牛精
三头牛精一台戏

"八十一难"之第七十六、第七十七难

主人公　犀牛精
武　器　辟寒大王用钺斧，辟暑大王用大刀，辟尘大王用奇挞藤
特　点　三只犀牛精不但武艺高强，而且能腾云驾雾，随意变化。
弱　点　目中无人，贪得无厌。

青龙山的玄英洞里，住着犀牛精三兄弟。老大叫辟寒大王，武器是一把钺斧；老二叫辟暑大王，武器是一把大刀；老三叫辟尘大王，武器是一根奇挞藤。这三只犀牛精，从小在深山里修炼，都练就了一身好武艺。

妖界的妖怪，大都喜欢干些坏事，比如打架、抢劫、伤人，但这三只犀牛精却不热衷这些，他们从小喜欢吃酥合香油。修炼成精后，为满足"吃"的愿望，他们在金平府假装成佛像，哄骗当地官员，设立三盏大金灯，灯油就用酥合香油。

虽然酥合香油很贵，但是谁在乎呢？反正，当地官员会找老百姓要钱。

于是每年的元宵节，就成了三只犀牛精最快活的日子。他们会变成佛像，大摇大摆地收走酥合香油，带回洞府慢慢享用。

"做妖精就是快活啊！"三只犀牛精看着洞府里装得满满的大油缸，由衷地感叹。

很快，今年的元宵节又到了。三只犀牛精到了金平府，变成佛像，刮起一阵大风，神气活现地向装满酥合香油的金灯飞去。看着周围的人四散回避，他们兴奋地哈哈大笑起来。不过，辟尘大王却发现这次和往常有些不一样。

"大哥、二哥，你们快看，有个和尚没有回避啊！"他指着一个和尚说。

辟寒大王、辟暑大王从空中往下一看，果然一个和尚向他们跑了过来。跑到桥头，那个和尚跪下就拜，他身后还站着三个丑陋的和尚，正对着空中指指点点。

这几个人，自然是唐僧师徒了。他们路过金平府，刚好赶上了元宵节。听人说灯会上会有活菩萨显灵，唐僧说啥也要留下来看一看。当看到三尊金光闪闪的"大佛"从天而降时，他顾不得几个徒弟的阻拦，慌忙上前拜见。

这一拜，拜出了祸事。

犀牛精三兄弟见这个和尚白白胖胖，心中的贪念一下子升了起来。辟尘大王留着口水，说："大哥、二哥，这和尚细皮嫩肉的，肯定好吃！"

辟寒大王和辟暑大王对视一眼，异口同声地说："肯定好吃！"

三兄弟很默契，都不用商量，就一起使出法术，空中顿时狂风大作。趁着大风，辟暑大王、辟尘大王收走了酥合香油，辟寒大王则抓起唐僧，一溜烟返回玄英洞了。

他们返回洞府的第一件事，就是吩咐小妖把唐僧清洗干净。

"小的们，一定要把这个和尚清洗干净！"辟尘大王笑眯眯地说，"这样吃起来才卫生！"

小妖们答应一声，就开始忙活了。有只水牛精一边干活，一边问："大王，咱们怎么吃这个和尚呀？"

"憨牛！"辟尘大王敲了一下水牛精的脑袋，说，"当然是切成条，用酥合香油煎着吃，那才香呢！"

小妖们听了，个个口水"哗哗"直流，干活更起劲儿了。唐僧被扒得精光，羞得脸红成了猴屁股，不住地念着"阿弥陀佛"。**这便是唐僧师徒西天取经路上遭遇的第七十六难——玄英洞受苦。**

妖怪们正忙得热火朝天，忽然听到"轰隆"一声，洞府石门破了个大口子，一个声音传来："妖怪，快送我师父出来！不然，叫你们个个都成为锅里的炖肉！"

原来是孙悟空来了。元宵节灯会上不见了唐僧，他和猪八戒、沙和尚心急如焚，分头寻找，始终找不到。后来遇到四值功曹，他才得知，唐僧被犀牛精捉走了。这还了得？他是个急脾气，没有通知猪八戒和沙和尚，一个人提着棒子就杀了过来。

但是，犀牛精也不好惹，尤其是三只武艺高强的犀牛精。

辟暑大王、辟尘大王听到洞府大门被打破了，火冒三丈，拿起兵器就要出去拼命。辟寒大王却把他们拦下了："两位弟弟，等会儿再去打架，咱们还不知道这伙人的来历呢！先审审这个和尚吧！"

几个小妖把唐僧押了出来。唐僧看见三个妖怪凶神恶煞，快吓哭了，把一切都招了。

三只犀牛精听到唐僧说他还有三个徒弟，分别是孙悟空、猪八戒和沙和尚，顿时感觉大事不妙。他们在妖怪圈里混了这么久，"齐天大圣"孙悟空的名号自然听说过，知道那是个难缠的主儿。

"大哥，怎么办？这唐僧肉还吃不吃？"辟尘大王问。

辟寒大王没说话，辟暑大王却是个火暴脾气，把大刀往肩膀上一扛，大声说："他再厉害，也是个猴子！山中有犀牛，猴子咋能称大王？"

辟寒大王点点头，说："打！咱仨怕过谁！"

三只犀牛精各拿兵器，冲了出去，见到孙悟空也不客套，围上去就打。这一仗打得"霹雳乓啷"，昏天黑地。若论单打独斗，三个犀牛精谁也不是孙悟空的对手，但三只一起围攻，孙悟空就吃不消了。

打了一百多个回合，孙悟空见打不过，翻起一个筋斗，灰溜溜地跑掉了。

犀牛精也不追赶，招呼小妖回洞府，安排些晚饭。他们虽然贪吃，但却有仁慈之心，怕唐僧饿着，还让小妖送了一碗饭给他。

"二弟、三弟，我料定孙悟空今晚还会再来。"辟寒大王对辟暑大王和辟尘大王说，"可能还会带来帮手，咱们要小心防范！"

辟暑大王和辟尘大王点头称是，赶紧吩咐小妖："小的们，加强巡逻，关好门户，别让猴子溜进来了啊！"

他刚说完，忽然听到"噼里啪啦"一阵打斗声，接着有小妖扯着嗓子大喊："不好了！不好了！猴子在这里打人杀人了！"

犀牛精的克星来了

原来孙悟空逃走以后，怕犀牛精把唐僧吃了，赶紧招呼猪八戒和沙和尚，又一起溜到了玄英洞外面。这次他学聪明了，没有直接杀上门来，而是变成一只萤火虫，从门缝里飞了进来。他在洞里转来转去，找到唐僧，刚想救人，就被巡逻的小妖发现了。

犀牛精见孙悟空在自家洞府里打人杀人，顿时大怒，抄起兵器就

围了过来。孙悟空寡不敌众，只好丢下唐僧，独自杀了出去。跑到洞府门口时，他大声喊道："兄弟们，快过来呀！"只见两道人影闪过，猪八戒和沙和尚跳了出来，举起兵器就打。

原来，他们两个埋伏在外面，想要来个里应外合。

计划虽好，但他们错误地估计了犀牛精的实力。

三只犀牛精带着一群小妖，气势汹汹地冲了出来。他们见到孙悟空、猪八戒和沙和尚，也不说话，举起兵器就打。辟寒大王对阵孙悟空，辟暑大王对阵猪八戒，辟尘大王对阵沙和尚，打得不可开交。双方打了几十个回合，辟寒大王见难以取胜，对着周围的小妖们大喊一声："小的们，一起上！"

几十个小妖举着兵器，一窝蜂冲了上来。孙悟空还能应对，猪八戒和沙和尚就难以抵挡了。他俩一不留神，被小妖们扑倒，用绳索捆住捉回洞里去了。孙悟空眼见斗不过，气得面红耳赤，再次逃走了。

打了胜仗，小妖们欢呼雀跃。

三只犀牛精也很兴奋。他们坐在宝座上，眉飞色舞，对小妖们说："小的们，尽情狂欢吧！猴子又败了，咱们放心吃唐僧肉！"

不过，他们高兴得太早了。唐僧、猪八戒和沙和尚还没有被收拾干净，孙悟空又在外面叫阵了："偷油贼！还我师父！还我师弟！"

"吼！"辟暑大王气得鼻子冒烟，尾巴上扬，"这臭猴子，我要打得他心服口服！"

辟寒大王说："别像个蛮牛一样！他刚才逃跑，现在又回来，肯定有救兵！"

辟尘大王说："怕什么！咱们是牛，打架也牛！"

三兄弟拿着兵器，带着一群小妖，又冲了出来。可这一次，却没他们想的那么顺利了。

他们刚出洞府，忽然听到一声大喝："孽畜！还不快现出原形！"

犀牛精和小妖们抬头一看，只见四木禽星手拿兵器，正站在半空中。这下，他们吓得魂飞魄散。

原来，四木禽星正是他们牛精的克星。孙悟空又吃了败仗，心中不服，就跑到天庭去找帮手，经太白金星推荐，请来了专克牛精的四木禽星。一物降一物，三只犀牛精再厉害，见到四木禽星也是腿脚发软，心里发怵。

他们现了原形，就往东北方向跑去。其他小妖也现了原形，都是一些水牛精、黄牛精之类的妖精，哇哇乱叫，满山乱跑。

这一仗没有任何悬念。三只犀牛精慌不择路，一口气跑到了西洋大海，原本以为可以藏在海里躲过一劫，却不料惊动了龙王。龙王和孙悟空可是老交情了，啥也没说，就派出太子率领虾兵蟹将帮忙。前有龙王太子，后有孙悟空和四木禽星，犀牛精再也没有地方可逃，被捉回了青龙山。

虽然心中不服，但人在屋檐下，不得不低头，他们慌忙求饶："大圣饶命！我们马上交出你师父和师弟！"

孙悟空原想放了他们，但猪八戒记仇，想着自己差点儿被吃掉，气不打一处来，拿出一把大刀，就把他们的头给砍了下来。不仅如此，他还砍下了犀牛角，打算带到灵山献给佛祖。

可怜堂堂犀牛精，最后竟然只剩下犀牛角，成了装饰品。虽然如此，可这三只犀牛毕竟给唐僧师徒带来了很大的麻烦，孙悟空搬来救兵才打败犀牛精，因此，唐僧师徒西天取经路上的第七十七难便是"赶捉犀牛"。

玉兔精

妖怪也有"自尊心"

"八十一难"之第七十八难

主人公　玉兔精
武　器　捣药杵
特　点　聪明伶俐，善于变化，而且武艺高强。
弱　点　沉不住气，心胸狭窄。

玉兔精原本是一只可爱的小兔子。她住在月亮上的广寒宫里，每天捣捣药、赏赏花，工作简单，生活舒心，优哉游哉。可是因为一件事，这一切都变了。

因为琐事，她和广寒宫里的素娥仙子发生争执，吵了起来。争吵中，素娥仙子一时激动，抬手就打了她一掌。这一掌虽然不重，但对玉兔来说，却是赤裸裸的羞辱。从此以后，她就把这事牢牢记在心里，一直想要寻找机会报复。

机会往往只留给有准备的人。

素娥仙子失手打了玉兔，心里愧疚，于是就下到凡间，投生在天竺国，成了天竺公主。玉兔从砍树的吴刚那里打听到素娥仙子的下落，为了报仇，也私自下到凡间，在天竺国的毛颖山占山为王。

仗着法术高强，玉兔精把没有法术的天竺公主扔到荒野受苦，自己则变成了天竺公主的模样，在皇宫里过起了奢华的生活。看着仇人受苦，而自己却代替仇人享乐，她的心里充满了复仇的快感。

但是很快，玉兔精又开始不满足了。因为她发现，唐僧师徒也到了天竺国。"唐僧是金蝉子转世，如果能和他成亲，我就可以成仙啦！"

她现在的身份是"天竺公主"，深受天竺国王的宠爱，想要找个丈夫简直不要太容易！她知道唐僧要进皇宫交换文牒，就让人在去皇宫的街道上，建起一座彩楼，然后举行"抛绣球招驸马"活动。

"一旦发现唐僧，我就把绣球抛给他！"玉兔精心想。

老百姓听说公主在抛绣球选驸马，纷纷挤上去看热闹，一时间人山人海，好不热闹。丑的、俊的，老的、少的，个个眼巴巴地张望着，盯着公主手里的绣球，希望好运降临到自己头上。可是，"假公主"的目标是唐僧，又怎么会乱扔呢？

功夫不负有心人。这天，她终于在人群里发现了唐僧。顾不

得唐僧后面还跟着孙悟空,她凌空一抛,就把绣球扔到了唐僧的脑袋上。

"咣当!"绣球砸中了光头,惊呆了周围的群众。谁也没想到,公主千挑万选,竟然挑中了一个和尚。大家纷纷围过来看热闹。还有不服气的,挤过来就想抢绣球,但看见孙悟空面目丑陋,又都吓跑了。

玉兔精很满意,对身边的宫女、太监说:"就是他了!"说完扬长而去。

宫女、太监不敢怠慢,慌忙上前参拜:"驸马,请跟我们回皇宫。"

唐僧哪里想到会被绣球砸中,慌慌张张、磕磕巴巴地连忙拒绝,说:"弄……弄……弄错了。我是个出……家人,不……不能……不能做驸马!"但宫女、太监可不管这些,拉起他就往皇宫里走。孙悟空也不阻拦,还在后面大喊:"师父,记得请徒弟们喝喜酒啊!"

唐僧恨得牙根痒痒,却没办法,只好一步一停地跟着宫女、太监去了皇宫。这便是唐僧师徒西天取经路上遭遇的第七十八难——天竺招婚。

国王听到唐僧的来历后,有些不太满意,想要拒绝这门亲事,放他去西天取经。可是,"公主"却哭哭啼啼,说啥也要嫁给唐僧。国王没有办法,只好传下圣旨,给"公主"和唐僧两人举行结婚大典。

计划快要实现了,玉兔精开心极了,在花园里蹦蹦跳跳。不过她也知道,想留下唐僧容易,想瞒过他的几个徒弟却不容易。在妖精圈里,齐天大圣孙悟空的名头可是响当当的。

"怎么办,怎样才能不被孙悟空识破呢?"她思来想去,觉得只有一个办法不被孙悟空看见。为此,她又向国王请求:"父王,听说驸马有三个徒弟,个个丑陋无比,我有些害怕,请您让他们离开!"

对于"公主"的话，国王一向言听计从。他立即派人通知孙悟空师兄弟三个，让他们收拾行李、马匹，赶快离开皇城，不用参加婚礼了。

"唉！大好的酒席吃不到了！"猪八戒眼泪汪汪。人在屋檐下，不得不低头。他们虽然心中不满，但也只能离开。

玉兔精听说孙悟空三人离开了，得意地笑了。对她来说，这几个危险分子一走，接下来的计划，就更容易实现了。

玉兔回到了月亮上

婚礼如期进行。在皇宫里，国王、皇后主持婚礼，朝中大臣都来贺喜，宫女、太监来回穿梭，一派喜气洋洋。万众瞩目下，"公主"在宫女的搀扶下，慢慢走了出来。只见她穿着大红礼服，美丽得如同一个仙子。参加婚礼的人，个个"啧啧"称赞。

突然，有人大喝一声："妖怪！还不快现出原形！"接着，一根大棒迎着"公主"，当头砸下。在众人的惊呼声中，"公主"就地一滚，躲开棒子，然后跑到花园里的土地庙中，拿出一根捣药杵，和孙悟空打了起来。

顿时，国王、皇后、大臣、宫女们，都吓得又哭又叫，东躲西藏，乱成一团。

原来，孙悟空师兄弟三人并没有走远。他们走出皇城后，住进了驿站，孙悟空让猪八戒和沙和尚原地等着，自己却变成一只小蜜蜂，"嗡嗡"地飞到皇宫，落在唐僧的帽檐上。等到"公主"出来，孙悟空火眼金睛，一眼就看出有妖气，大喝一声，举棒就打。

两人一个拿杵、一个拿棒，从地上打到了天上，吓得全城的老百姓都瑟瑟发抖。

玉兔精虽然武艺不错，但哪里是孙悟空的对手，十几个回合后，就有些吃力了。她瞅准机会，变成一道金光，向南逃去。一直逃到毛颖山，哧溜一声钻进洞里，再也不出来了。孙悟空追来，找了半天也找不到人，只好叫来了土地和山神。

土地和山神告诉孙悟空，这里是玉兔精的老巢，有三个兔子洞，别人很难找到她。

"这是狡兔三窟吗？俺老孙偏要抓到她！"在土地和山神的带领下，孙悟空找到了三个兔子洞。他用两块大石头，堵住了其中的两个洞门，只留下一个，然后用棒子一阵乱打。一时间，"噼里啪啦"，碎石滚滚。

玉兔精躲在山洞里，见两个洞门被堵，还有一个洞门有孙悟空守着，知道逃不掉了。她急红了眼，猛地跳了出来，一边和孙悟空打，一边骂土地和山神："两个死老头，竟然出卖我！一会儿再找你们算账！"

虽然嘴上骂得凶，但她的武艺实在比不过孙悟空，只打了十几个回合，就有些支持不住了。但她很固执，身体摇摇晃晃，但说啥也不肯开口求饶。

孙悟空打得性起，当头一棒就要打下去，忽然听到天上有人大声喊："大圣，请棒下留情！"

原来是太阴星君和嫦娥仙子来了。他们拦下孙悟空，并向他讲了玉兔精下凡为妖的原因。当知道她是为了报仇才下凡的，孙悟空也服了，说："你这小兔子，比俺老孙还记仇，饶了你吧！"

玉兔精撇了撇嘴，没有说话。她现出原形，跟着孙悟空、太阴星君和嫦娥仙子，一齐驾着五彩祥云，回到了天竺国。

"当了这么长时间的公主，总要有个交代！"她向天竺国王、皇后告别，说出了真公主的下落，然后头也不回地向着月亮飞去了。

通天河老鼋·妖怪的"梦想"

通天河老鼋
妖怪的"梦想"

"八十一难"之第七十九、第八十、第八十一难

主人公　通天河老鼋①
武　器　无
特　点　武功一般,恩怨分明,脾气温和,处处与人为善。
弱　点　武力值低,心胸狭窄,睚眦必报。

① 鼋：yuán，大鳖。

降服玉兔后，唐僧师徒继续往前走，来到了一个叫铜台府的地方。此地有一个大财主叫寇员外，心地善良，见唐僧师徒远道而来，便好吃好喝地招待了一番，还留唐僧在他家长住。此时，唐僧距离如来佛祖所在的灵山已经不远了，他一心想要快点儿取到真经，便婉拒了寇员外的邀请，带着徒弟们离开了铜台府。

唐僧走后不久，一伙强盗冲进寇员外家里，抢走许多财宝，还杀死了寇员外。寇员外的老婆、儿子见寇员外死了，便认为是唐僧师徒去而复返、谋财害命，杀死了寇员外，于是将此事报了官。

官府派人把唐僧师徒抓了回来，要治他们的杀人之罪。有些读者可能要问了："唐僧师徒那么大本事，怎么会被普通的人间官差给捉住呢？"其实，正因为是普通的人间官差，所以唐僧四人才不愿意用法术和武力去打对方，他们只想搞明白事情的真相，还自己一个清白。

为了洗脱冤屈，孙悟空来到了地府，找到阎罗王和地藏王菩萨，让他们给寇员外延续了十二年阳寿。如此一来，寇员外死而复生，他向自己的妻子和儿子说明了自己死亡的真相，自然也洗脱了唐僧师徒的嫌疑。**这便是唐僧取经的第七十九难——铜台府监禁。**

离开铜台府后，唐僧师徒终于来到了灵山脚下，他们马上就可以取到真经了。但是，灵山脚下有一条河叫凌云渡，堵住了唐僧师徒的去路。坐船渡河的时候，唐僧不慎跌入水中，等他慌里慌张地从河里爬到船上时，却发现自己的"肉身"留在了河水中，这可把唐僧给吓坏了，还以为自己被淹死了，只有灵魂上了船。但三个徒弟却告诉唐僧："这是你脱胎换骨的结果，你现在已经成仙了！"**这"凌云渡脱胎"便是唐僧经历的第八十难。**

过了凌云渡，唐僧终于取到了真经，于是走上了回大唐的路。但他万万没想到，还有一难在前头等着他呢！

凑足八十一难的"工具人"

讲到第八十一难,话还要说回唐僧取经路上,途经通天河时,这里有只活了一千三百多年的老鼋。虽然是妖精,但他从来不干坏事,只是躲在水底,一心一意地修炼,想要早点儿脱掉龟壳,修炼成人。

他不干坏事,不代表这里的其他妖精也不干。前几年,一个金鱼精闯进通天河,在这里兴风作浪了好一阵子。

这个金鱼精,原本是观音菩萨莲花池里养大的金鱼,每天听观音菩萨念经,时间久了,就修成了法术。有一天,观音外出,他趁着海水涨潮,偷偷地游出莲花池,溜进了通天河。进入通天河后,他先是胖揍了老鼋一顿,霸占了老鼋的洞府,把老鼋和他的龟子龟孙赶了出去,然后又带着虾兵蟹将,欺负住在岸边的老百姓,为祸一方。

老鼋心中怨恨,但却没办法,谁让自己打不过人家呢!他龟缩在河边的一个水池里,再也不敢出现。

恰巧这个时候,唐僧师徒路过通天河。他们听说金鱼精每年要吃童男童女,就决定动手降妖除魔。打了几架后,孙悟空请来观音菩萨,收服了金鱼精,解救了当地的老百姓。当然,这也把老鼋从苦海中解救了出来。对此,老鼋感激涕零。

老鼋是一只很实在的龟,心里感激,就想要报恩。他知道唐僧师徒想过河,就主动现身,说明了原因,然后驮着他们师徒渡过了通天河。孙悟空不放心,过河前,在他的鼻子里穿了缰绳。对于这种"不尊重",他也乐呵呵的,没有放在心上。

当时唐僧坐在老鼋背上,心里过意不去,对他说:"老鼋,辛苦你啦!我身上没啥东西送你,这可咋办?"

"我啥也不要。"老鼋摇头晃脑地说,"我在这里修炼了一千三百

多年，寿命很长，也会说人话，但却不能脱掉龟壳，变成人身。师父，你去西天取经，如果见到如来佛祖，请帮我问一声，我啥时候能修炼成人身。"

这是一件小事，唐僧自然连忙点头，说："我问，我问！"

这个承诺，老鼋记在了心里。自从送走唐僧师徒后，他就带着一群小龟，没日没夜地守在渡口，盼星星盼月亮，盼着他们取经返回，能给自己带回一个答案。

这天，老鼋正在洞府里睡觉，忽然有个小龟跑了回来："老祖宗！老祖宗！出大事了！"

老鼋慢慢睁开眼睛，慢条斯理地说："急啥？天又塌不下来！"

小龟喘着气，说："老祖宗，天上掉下来了四个和尚！"

"啥，和尚？"老鼋不镇定了，小眼睛睁得溜圆，"他们在哪里？快带我去！"他有预感，这是唐僧师徒取经回来了。

果然，离得老远，他就看见了站在河边的唐僧师徒。老鼋一激动，竟然仰头大叫了一声——"嗷呜！"

原来，唐僧师徒经过重重磨难，终于到达西天灵山，见到如来佛祖，并取到了真经。佛祖认为他们取经有功，就派出八大金刚，使用法术护送他们返回大唐。这原本是件喜事，但乐极往往生悲。他们正在天上飞着，观音菩萨掐指一算，却发现八十一难还缺一难呢。

"九九归真，他们还要再经一难啊！"观音菩萨说。

于是，八大金刚就收回法术，把他们从天上扔到了地上。而他们落下的地方，刚好是通天河边。

让老鼋失望　后果很严重

唐僧师徒望着眼前的滔滔大河，不知道该怎么办才好。正在一筹莫展时，忽然听到"嗷呜"一声，接着有人大喊："唐圣僧，唐圣僧！这里来，这里来！"

招呼他们的正是老鼋。还离很远，他就一改往日稳重的形象，大呼小叫起来。由此可见，他的心情是多么激动。

"师父，我等了你几年，怎么今天才回呀！"老鼋说，"我是老鼋，你还记得吗？"

孙悟空笑着说："记得，记得！当时你驮我们过河，咋能不记得呢？"

唐僧也说："你今天又是来帮忙的吗？太感谢了！阿弥陀佛！"

"你这老龟，还真是个好妖！"猪八戒竖起大拇指，"真够意思！"

沙和尚没有说话，但青脸也变成了菊花，显然也很高兴。

为了方便唐僧师徒乘坐，老鼋慢慢爬到岸边，像骆驼一样伏低了身体。唐僧师徒一个一个爬上龟背，把白马、行李也全都搬了上来。孙悟空最后一个上来，他像上次一样，跳到龟脖子上，一只脚踩着老鼋的头，叫道："老鼋，咱们走吧！稳当点儿啊！"

老鼋爬回水里，带着他们快速向对岸游去。

通天河很宽，老鼋带着他们游了半天，才游了一半。见唐僧一直没有提起当年的承诺，老鼋有些忍不住了，低声问："师父，我当年请你帮我问如来佛祖的那件事，怎么样了啊？"

这一下，把唐僧给问住了。原来到灵山后，唐僧嘴里念的、心里想的，全都是取经的事。对于答应老鼋的事，他早忘到九霄云外去了。可出家人不打诳语，他又不能说瞎话，因此只能支支吾吾，不敢回答。

老鼋龟老成精，见唐僧不说话，就知道怎么回事了。他心中气急了，寻思："当年我免费送你们过河，今天又免费送你们回去，没有功劳也有苦劳吧！你们倒好，拿我当空气，还给开了张空头支票！真

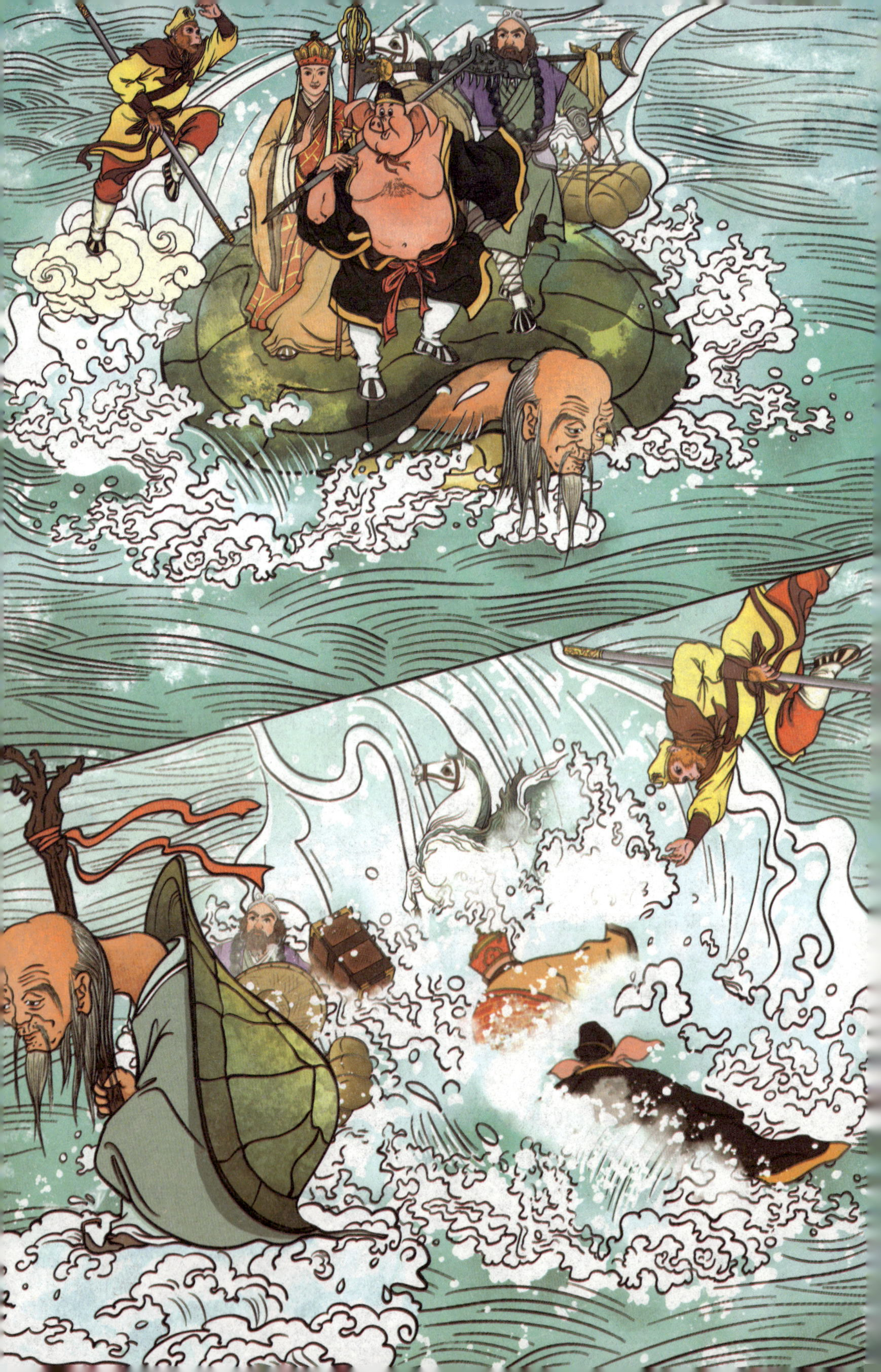

当我好欺负啊！"

　　想到这里，他立即采取了行动。他也不说话，趁着唐僧师徒不注意，"扑通"一声，潜到水里去了。在水底游了二三里，他才钻出水面，抬头一看，只见唐僧、孙悟空、猪八戒和沙和尚，包括白龙马都在河里挣扎，行李漂得到处都是。看到他们狼狈的样子，他觉得出了一口恶气，心里舒服多了。

　　"你们这是活该！"他大声说，然后钻回水里，再也不出来了。

　　但是，这样也惹出了大祸。唐僧师徒落到水里，虽然很快游到了岸边，但刚刚取来的经书被水一泡，全都湿了。没有办法，他们只好把经书放在岸边岩石上晒干，但经书有些地方破损，再也不能复原了。**这便是唐僧师徒西天取经路上的第八十一难——通天河遇鼋湿经书。**

　　毁了经书可是大错，作为"罪魁祸首"，老鼋自然也受到了惩罚。尽管他后来没日没夜地又修炼了几百年，却直到老死，始终不能修成人身。

　　据说，这就是佛祖对他的惩罚。

取得真经　修成正果

　　话说西天的菩萨们给唐僧凑齐了"九九八十一难"之后，才终于满意。他们派"八大金刚"带着唐僧师徒四人腾云驾雾回到了大唐的首都长安。唐僧到西天取经时是"腿儿"着去的，再加上一路上历经艰险，整整走了十四年。回大唐的时候是"飞"回去的，所以只用了一天时间。

　　历经十四年寒暑重回大唐的唐僧，得到了唐太宗李世民的热烈欢迎。这些年来，唐僧每走过一个国家，便让该国的国王在自己的"通

关文牒"上盖一个"国印"。一路上，唐僧已经"集齐"了宝象国印、乌鸡国印、车迟国印、西梁女国印、祭赛国印、朱紫国印、狮驼国印、比丘国印、灭法国印等许多国家、地方的印章，他把这些印章给唐太宗看，唐太宗很高兴，因为有了这些国印，就可以证明唐僧真的去过西天，没有"消极怠工""虚报业绩"。

唐僧又把自己的三个徒弟和白龙马都"介绍"给唐太宗认识，虽然徒弟们没一个有人样的，但大唐皇帝毕竟是见过世面的，也没有显得太过惊讶。唐太宗命令唐僧把取来的真经在大唐的雁塔寺宣讲，这个地方就是现在西安市的大慈恩寺，直到今日，去大慈恩寺还能看到大雁塔，这个塔就是唐僧当年供奉佛经的地方。

这天，唐僧正在雁塔寺给和尚们宣讲经文，八大金刚突然现身，他们很嘚瑟地站在半空中，说："唐僧，你传播佛法有功，随我们再去西天，论功行赏吧。"说完不由分说把唐僧师徒连带白龙马都"召唤"到了半空中，正在一旁听经的皇帝和和尚们见状慌忙下拜——毕竟，可以在天上飞的神仙凡人见得少，谁看见不得膝盖一软！

唐僧师徒再次来到西天后，如来佛祖亲自给他们"评职称"。唐僧是西天取经的项目"总责任人"，因此被晋升为"旃檀功德佛"；孙悟空是取经项目的"业务骨干"，一路上降妖除魔、功劳最大，因此被晋升为"斗战胜佛"；猪八戒和沙僧，一个被晋升为净坛使者，一个被晋升为金身罗汉。

在佛教中，使者、罗汉比"佛"和"菩萨"的等级要低，沙僧是个老实人，当个"罗汉"就已经挺满足了，猪八戒却不满意，对如来佛祖说："师父和大师兄都成佛了，怎么我才是个'使者'？"

如来佛祖见猪八戒一开口就想"升官"，便对他说："净坛使者虽然级别低点儿，可是但凡他人供奉佛祖的贡品，你都可以去吃。对于你这样一个饭桶来讲，岂不正好？"猪八戒这才知道，自己这个职位级别虽然低，但福利待遇着实不错，便高兴地接受了。

最后，如来佛祖封白龙马为"八部天龙马"。虽然还叫"马"，但其实是给他恢复了"龙身"，而且属于级别很高的那类龙，可以待在佛祖身边工作，比他父亲海龙王可威风多了！

到此为止，西游记的故事迎来了大团圆的结局。不过，我们需要知道的是，历史上的唐僧，也就是玄奘法师，他的确曾经到过西天，也就是印度取经，但他的身边可没有孙悟空、猪八戒、沙僧、白龙马这样法力通神的徒弟。玄奘靠着自己坚强的意志，一路走过沙漠戈壁、雪山丛林，艰难险阻不计其数，几次几乎丧命，但是他从来一步不退，最终完成了自己的目标，这样的精神，值得所有人学习和铭记。

西游记 八十一难图

第一难 金蝉遭贬		
第二难 出胎几杀		
第三难 满月抛江		
第四难 寻亲报仇		
第五难 出城逢虎		
第六难 落坑折从	第七难 双叉岭上	
	第八难 两界山头	
	第九难 陡涧换马	
	第十难 夜被火烧	
	第十一难 失却袈裟	
	第十二难 收降八戒	
	第十三难 黄风怪阻	
	第十四难 请求灵吉	第二十九难 风摄圣僧
	第十五难 流沙难渡	第二十八难 号山逢怪
	第十六难 收得沙僧	第二十七难 被魔化身
	第十七难 四圣显化	第二十六难 乌鸡国救主
	第十八难 五庄观中	第二十五难 莲花洞高悬
	第十九难 难活人参	第二十四难 平顶山逢魔
	第二十难 贬退心猿	第二十三难 金銮殿变虎
	第二十一难 黑松林失散	第二十二难 宝象国捎书
		第三十难 心猿遭害
		第三十一难 请圣降怪
		第三十二难 黑河沉没
		第三十三难 搬运车迟
		第三十四难 大赌输赢
		第三十五难 祛道兴僧
		第三十六难 路逢大水

第五十一难 取宝救僧	第五十二难 棘林吟咏	第八十一难 通天河遇鼋湿经书
第五十难 赛城扫塔	第五十三难 小雷音遇难	第八十难 凌云渡脱胎
第四十九难 收缚牛魔王	第五十四难 诸天神遭困	第七十九难 铜台府监禁
第四十八难 求取芭蕉扇	第五十五难 稀柿衕秽阻	第七十八难 天竺招婚
第四十七难 路阻火焰	第五十六难 朱紫国行医	第七十七难 赶捉犀牛
第四十六难 难辨猕猴	第五十七难 拯救疲癃	第七十六难 玄英洞受苦
第四十五难 再贬心猿	第五十八难 降妖取后	第七十五难 竹节山遭难
第四十四难 琵琶洞受苦	第五十九难 七情迷没	第七十四难 会庆钉耙
第四十三难 西梁国留婚	第六十难 多目遭伤	第七十三难 失落兵器
第四十二难 吃水遭毒	第六十一难 路阻狮驼	第七十二难 凤仙郡求雨
第四十一难 问佛根源	第六十二难 怪分三色	第七十一难 隐雾山遇魔
第四十难 普天神难伏	第六十三难 城里遇灾	第七十难 灭法国难行
第三十九难 金兜山遭怪	第六十四难 请佛收魔	第六十九难 无底洞遭困
第三十八难 鱼篮现身	第六十五难 比丘救子	第六十八难 僧房卧病
第三十七难 身落天河	第六十六难 辨认真邪	第六十七难 松林救怪